Roswitha Quadflieg

EIN MANN SEINER ZEIT

Roman

Faber & Faber

*Unter all den stummen Erfahrungen
sind diejenigen verborgen,
die unserem Leben unbemerkt
seine Form, seine Färbung und
seine Melodie geben.*

Pascal Mercier

*Verstehen kann man das Leben
oft nur rückwärts,
doch leben muss man es
vorwärts.*

Søren Aabye Kierkegaard

Aus dem Urteil des Bundesverfassungsgerichts
in Karlsruhe vom 26. Februar 2020

1.

a) Das allgemeine Persönlichkeitsrecht umfasst als Ausdruck persönlicher Autonomie ein Recht auf selbstbestimmtes Sterben.

b) Das Recht auf selbstbestimmtes Sterben schließt die Freiheit ein, sich das Leben zu nehmen. Die Entscheidung des Einzelnen, seinem Leben entsprechend seinem Verständnis von Lebensqualität und Sinnhaftigkeit der eigenen Existenz ein Ende zu setzen, ist im Ausgangspunkt als Akt autonomer Selbstbestimmung von Staat und Gesellschaft zu respektieren.

c) Die Freiheit, sich das Leben zu nehmen, umfasst auch die Freiheit, hierfür bei Dritten Hilfe zu suchen und Hilfe, soweit sie angeboten wird, in Anspruch zu nehmen.

ERSTER TAG

»Also gut, ich trau mich jetzt mal: Ich heiße Paul Gärtner, heute ist der 23. August 2020, Sonntag, fast 7 Uhr. Und das hier ist ein Test.«

Paul drückt die Stopp-Taste, dann auf Wiedergabe und hört sich an, was er eben gesprochen hat. Prima! Scheint nicht so kompliziert zu sein, wie er befürchtet hatte. Er trifft sogar die Tasten, trotz des leichten Tremors in seiner rechten Hand.

Weiter gehts. Rec-Taste.

»Okay, läuft.

Vor ein paar Tagen habe ich mir diesen Rekorder im Internet bestellt, samt Batterien und zwei SD-Karten. Ich habe mich belesen, die sollten eine gute Strecke weit reichen. Mal sehen, was mir so einfällt. Gar nicht so einfach, unter zig Geräten das für mich passende zu finden.

Gestern Abend brachte Kuno das kleine Päckchen mit herein. Für die Zeit, in der Ayla verreist ist, haben wir einen Zettel an die Haustür geheftet, auf dem steht, dass Post, die nicht in den Briefkasten passt, vor der Tür deponiert werden darf. Dann muss nach dem Klingeln niemand warten, bis ich mit meinem Rollstuhl angeeiert komme, und in unserer Gegend klaut niemand was weg. Kuno hat sogar einen kleinen Comic gezeichnet, für die, deren Deutschkenntnisse für den Hinweis auf dem Zettel noch nicht ausreichen. Damit muss man immer rechnen. In unserer Gegend arbeiten viele Geflüchtete bei der Post.

Kuno war neugierig und hätte gerne gewusst, was in dem Päckchen ist, ich habe es aber jetzt erst ausgepackt – ich bin sehr aufgeregt.«

Sicherheitshalber stoppt Paul erneut, drückt die Wiedergabe-Taste und lauscht. Alles bestens, jetzt kann nichts mehr schiefgehen.

»In weniger als einem Monat werde ich fünfundsiebzig Jahre alt, und ich habe mir vorgenommen, mein Leben zu dokumentieren. Aber nicht in der Art, wie es viele meiner Zeitgenossen tun, die trockene Nachrufe verfassen, welche dann an ihren Gräbern verlesen werden. Bei mir gibt es viel zu viel Stoff. Um mich herum türmt sich ein ungeordnetes Archiv. Ich war schon als Junge ein Sammler. Kein Papierschnipsel, dem ich Bedeutung beimaß, durfte weggeworfen werden. Und so hat sich im Lauf der Jahre einiges angesammelt. In diesem Zimmer – und auch in meinem Kopf.

Zurück zu meiner Frage nach der Form für meine Dokumentation. Die zündende Idee kam, als ich vor ein paar Tagen wieder einmal Wim Wenders Film *Lisbon Story* sah. Anlässlich seines 75. Geburtstags sind momentan fast alle seine Filme in der Mediathek abrufbar – ja, er und ich sind derselbe Jahrgang.

In *Lisbon Story* läuft dieser wunderbare, wahnwitzige Rüdiger Vogler in der Rolle des Toningenieurs und Geräuschemachers Philipp Winter mit einem Mikrofon durch die Straßen – wie bei Profis üblich, befestigt an einer langen Stange und mit Windschutz ausgestattet –, um schon mal Audiomaterial für den geplanten Film seines Freundes Monroe einzufangen. Sehr komisch! Per Postkarte hatte dieser ihn um Hilfe gebeten. Als Philipp eintrifft, ist Monroe jedoch verschwunden. Philipps Umherlaufen mit diesem Ungetüm hat, neben der Komik, einen sehr speziellen Effekt: Es führt sämtliche Geräusche ›vor Augen‹, teilt ihnen in gewisser Weise eine eigene Erzählebene zu.

Ich hoffe, das war jetzt nicht zu verwirrend, aber ich setze mal voraus, dass jeder, nicht nur in meiner Generation, diesen Film kennt. Falls nicht, sollte er das schnellstens nachholen. Es spielt überhaupt keine Rolle, dass er schon 1994 gedreht wurde. Ich habe ihn schon x-mal gesehen, er ist immer wieder großartig. Und jetzt habe ich Folgendes vor: Mit diesem Rekorder in der Hand werde ich mein Leben, mein eigenes Lissabon, um bei diesem Bild zu bleiben, in Gedanken durchstreifen – tatsächlich einige Orte aufzusuchen geht leider nicht, weil ich noch im Rollstuhl sitze – und meine eigene Stimme als Tonmaterial einfangen. Und sie wird alles erzählen. Was war und was ist. Wem? Euch, der Welt – egal! Wer sich das eines Tages anhört, mag sich wundern, was der alte Paul da so in den Wind gesprochen hat ...«

Paul stoppt. Was war das denn eben? Früher war er es gewohnt, wenn er sprach, zu anderen zu sprechen. Zu Schülern oder Seminarteilnehmern, in Ausschüssen oder Bürgergruppen. Seine Stimme brauchte das Gegenüber. Und hier? Was passiert hier? Auf jeden Fall etwas Irrwitziges. Er liegt in seinem Bett, denkt an Philip Winter, der mit einem Mikrofon durch Lissabon rennt, und redet los. Aber im Alter darf man sich auch mal etwas herausnehmen, verrückt, schräg und unlogisch sein. Ich habe diese unbedingte Ernsthaftigkeit satt, selbst wenn es um ernsthafte Themen geht.

Ein Blick aufs Display: Drei Aufnahmen, mit fortlaufenden Nummern gelistet. Grandios! Das kleine Gerät verfügt über ein Ordnungsprinzip, das Paul hörbar machen kann:

»Den Test eingerechnet, kommt jetzt bereits Aufnahme 4:

Ist das nicht fantastisch? Kaum hat der alte Gärtner so'n Ding in der Hand, wird er kreativ. Ihr werdet ja sehen, wohin das führt.« Paul lacht. »Ich rede jetzt einfach drauflos, wie mir der Schnabel gewachsen ist, ohne mich zu korrigieren, ohne mich um eine Chronologie zu scheren. Wozu der Herr Lehrer angehalten war, seine Schüler zu trimmen, und was ihre Aufsätze so langweilig machte. Vielleicht gelingt es mir ja, euch in den Bann zu ziehen.« Paul räuspert sich. »Zurzeit stört mich niemand, der erste Stock des Hauses steht leer. Ayla ist mit Amar und Milad zu ihrer Schwester nach Hamburg gefahren, um sich dort noch ein paar Tage zu erholen, bevor das Baby kommt. Ja, sie ist tatsächlich zum dritten Mal schwanger. Ihre Sache. Darauf komme ich noch. Wie ein breiter Theatervorhang, der das Eigentliche verbirgt, ziehen sich die Tage hin. Schönes Bild, oder? Ich bin nämlich sicher, dass in meinem Leben noch irgendwas kommt, etwas komplett Überraschendes. Aus dem Verborgenen.

Es bestehe durchaus noch Hoffnung, dass sich mein Allgemeinzustand bessert, murmelten die Propheten in Weiß, als sie mir den letzten Entlassungsbrief in die Hand drückten und unverhohlen froh waren, mich endlich los zu sein. Das beruhte auf Gegenseitigkeit.«

Paul stoppt. Sein Hals kratzt. Er ist es nicht mehr gewohnt, längere Zeit laut und deutlich zu sprechen. Ein Schluck Wasser aus dem Glas, das immer auf seinem Nachtschrank bereitsteht, und weiter. Rec-Taste.

»Aufnahme 5:

Ja, stimmt, ich war Lehrer und Erzieher, hört sich vielleicht nicht so prickelnd an? Gebt mir eine Chance! Es geht hier nämlich um noch viel mehr, und außerdem habe ich meine Sache anders vertreten als die meisten Damen und Herren Kollegen, und manch einer verstörten Seele wieder auf die Beine geholfen. Kann man das so sagen? Oder wäre das in einem Schulheft ein fetter Fehler? Seelen auf die Beine helfen? Scheiß drauf! Vielleicht habe ich es sogar geschafft, dieser ›German Angst‹ vorzubeugen, die momentan grassiert. Für mich eindeutig die Folge mieser Kriegs- und Nachkriegspädagogik. So ein Satz fordert zum Widerspruch heraus, klar, ist mir jetzt aber egal. Ich kann hier sagen, was ich will, und bin niemandem Rechenschaft schuldig. Keinem Schuldirektor und keiner Elternvertretung.

Leider muss ich zugeben, dass auch ich irgendwann in diese dämliche Lehrerfalle tappte – permanente Besserwisserei. Was mir aber erst mit einigem Abstand vom Berufsleben klar wurde. Und wie jeder weiß, behebt eine Erkenntnis nicht gleich das Problem. Meine zweite Frau hat mich deswegen ab einem bestimmten Zeitpunkt regelrecht gehasst. Behaupte ich jetzt mal. Wir haben nie darüber gesprochen. Trotzdem, trotz unserer irgendwann großen Entfremdung, war es für sie ein Schock, als Olga mich, einen damals Anfang Fünfzigjährigen, komplett aus der Bahn schmiss. Die klassische Nummer, junge Frau angelt sich über dreißig Jahre älteren Mann und krempelt ihn komplett um. Musste das sein? Ich hatte genügend Frauen in meinem Leben. Aber die Biologie tickt anders. Als mein Zögling Caro dieses Mädchen Olga aus Moldawien in Olhos de Àgua anschleppte, verknallte ich mich sofort in sie. Alles andere war mir komplett egal. Aber jetzt greife ich wirklich zu weit vor. Portugal, Olhos, *Novo Começo* sind noch lange nicht dran.«

Paul stoppt. Also doch eine Chronologie, Herr Lehrer? Wie sonst wäre diesem Wust beizukommen? Irgendeine Leitplanke müsste her, an der er sich entlanghangeln könnte. Er drückt wieder die Rec-Taste.

»Aufnahme 6:

Unbestritten, ich war immer – und bin es noch – was man einen unbequemen Zeitgenossen nennt. Das hat mein Leben nicht leichter gemacht, aber sinnerfüllter. Wie es dazu kam? Der Dichter Günter Eich ist schuld. Als fast Erwachsener verschlang ich seine Werke. ›Seid unbequem, seid Sand, nicht das Öl im Getriebe der Welt!‹, schrieb er 1951 unter die Textfassung seines Hörspielzyklus Träume. Anfang der 60er-Jahre führten wir den ersten Traum als Lesung in einem Jugendlager in der Lüneburger Heide auf. Ein Alptraum. Eine kleine Menschengruppe, schon für Jahre eingesperrt in einen Güterwaggon, verlernt die Wirklichkeit und verschließt augenblicklich das Loch in der Wand, durch das sie sich für einen Moment zeigt.

Nach der Ursendung sollen, wie ich gehört hatte, Hunderte von Protestbriefen im Sender eingegangen sein. Das elektrisierte mich. Ich war nicht bereit, mir die Wirklichkeit durch die Verlockungen einer Wirtschaftswunder-Bundesrepublik vernebeln zu lassen, und schrieb mir Eichs Satz auf die eigene Fahne. Was keineswegs als Link in Richtung ›Heldentum‹ verstanden werden soll. So war mein Strickmuster. Punkt.

Momentan, ihr habt das richtig verstanden, bin ich noch ein sogenannter Pflegefall. Trotzdem versuche ich weiter, Sand im Getriebe zu sein. Via Blog auf meiner Homepage, wo es um Themen wie das Recht auf selbstbestimmtes Sterben, die weitere Verfolgung von Nazi-Tätern, den #Täterkinder und die jetzt anlaufenden Diskussionen zum Thema ›Verschickungskinder‹ geht. Später mehr dazu.

Stichwort Pflegefall. Ich habe in den letzten vier Jahren tatsächlich einiges hinter mich gebracht. Burkitt-Lymphom, Chemotherapie, die sich über Monate hinzog, zwei Lungenentzündungen, Hirninfarkt, Nierenversagen …«

Paul stoppt. Mehr aufzuzählen wäre unglaubwürdig. Müßig ebenfalls, die Zustände beschreiben zu wollen, die er Geisterbahn nennt, in denen sich menschliche Gesichter wie aus dem Nichts über ihn beugten, ihn etwas fragten, womit er nichts anzufangen wusste, und wieder verschwanden. In denen er fremdartige Musik und Geräusche hörte, sich durch sonderbare Landschaften fortbewegte, zwischen Pyramiden umherirrte, alles um ihn sandsteingelb war, auch der Himmel und die Kleider der Menschen. Als Junge hatte er sich für Pyramiden interessiert, aber so machten sie ihm Angst.

»Aufnahme 7:

Es half mir nichts, wenn man mir erklärte, dass die Bilder, die ich unter Narkose sah, Nebenwirkungen des Medikaments seien und dass jeder Patient seine eigenen imaginiere. Eine Ärztin meinte, Pyramiden seien doch großartig, und ich versprach ihr, sie beim nächsten Mal mitzunehmen. Ihre Antwort: Sie sind mir ja ein Scherzkeks.

Und so wurde der Scherzkeks Paul Gärtner etwa vier Jahre lang – mit kurzen Unterbrechungen, genannt ›Heimaturlaub‹ – von einem Klinikum zum nächsten gereicht, und ich lernte etliche der Orte kennen, die sich unser Gesundheitssystem zur Wiedergewinnung von Lebensmut erdacht hat. Wobei die meisten – geschuldet einem Massenbetrieb – eher das Gegenteil bewirken. Jedenfalls bei mir. Den Aufenthalt in der ›Geriatrischen Rehabilitation‹ habe ich nur mit meiner im Laufe der Zeit erworbenen Technik überlebt, die Vogelperspektive einzunehmen, alles von weit oben mit viel Abstand zu betrachten und mich kaputtzulachen. Es ist unbeschreiblich, was da passiert.

Mit all diesen Maßnahmen ist jetzt aber Schluss, seit gut drei Monaten lebe ich wieder in meinen eigenen vier Wänden.

Morgens und abends versorgt mich der Pflegedienst IMMER DA. Morgens kommt Irene, gleich wird sie hier sein. Sie hilft mir vom Bett in den Rollstuhl und sorgt dafür, dass ich ein einigermaßen ansehnliches Wesen bleibe. Immerhin sind meine Haare jetzt so weit nachgewachsen, dass man von Frisur sprechen kann.« Paul grinst und streicht sich mit der Linken über den Kopf, als wolle er seine Behauptung überprüfen. »Nachteil, sie müssen gewaschen werden. Und sonst? Interessiert es euch, wie ich aussehe? Lang und dürr. Nicht schön. Man soll nicht lügen. Früher hieß es, ich sei attraktiv. Schwarzhaarig, kräftig, sportlich.« Paul lacht.

»Morgens also Irene, abends Kuno. Ihn erwähnte ich schon. Ein neunzehnjähriger junger Mann mit Mosaik-Trisomie in sehr schwacher Form, worüber er offen spricht und dabei schelmisch grinst. Wenn er aufgeregt ist, stottert er. Spielt keine Rolle, ich verstehe ihn trotzdem. Ehe er mir zurück ins Bett hilft, belegt er mir mit seinen weichen Knubbelfingern zwei Brote, Käse und Wurst. Aber vorher kicken wir. Wilde Runden! Seinen Tischkicker kutschiert er auf seinem Lastenfahrrad durch die Gegend. Dieses Vehikel hat den großen Vorteil, dass Kuno nie im Stau hängen bleibt und meistens pünktlich ist, vorausgesetzt, ihm läuft kein Mädchen über den Weg, dessen Aufmerksamkeit er zu wecken versucht. Bisher leider immer ohne Erfolg. Kuno organisiert seine Touren so, dass ich sein letzter Kunde bin. So bleibt uns genügend Zeit für das, was nicht im Leistungskatalog des Pflegedienstes steht.

Den Tischkicker vom Rollstuhl aus zu bedienen ist übrigens keine leichte Sache, macht aber einen Heidenspaß, und Kuno lacht sich kaputt, wenn meine Kicker sich im Eifer komplett verheddern, und dann nichts mehr geht. Missgeschicke anderer, seine Highlights. Dann ist endlich einmal nicht er das letzte Rad am Wagen. Seine Mutter, sagt er, frotzele manchmal mit ihm: Du hast das Missgeschick wohl gepachtet. Aber Kuno hat gelernt gegenzuhalten: Wenn er einem seiner Patienten den Arsch abwischt, kommt jeder auf seine Kosten.

Ich hoffe, ihr seid jetzt neugierig auf ihn.«

Paul stoppt und überlegt, ob jetzt nicht Aylas Geschichte dran wäre, um seine etwas ungewöhnliche häusliche Situation zu klären. Warum? Er lacht. Wie schwer es fällt, die Rolle des Korrektors abzulegen.

»Aufnahme 8:

Zunächst möchte ich ein Thema erörtern, das mich schon seit Jahren beschäftigt und für das ich mich mit allen mir noch zur Verfügung stehenden Mitteln einsetze: Jeder in diesem Land soll sterben dürfen, wenn er es will. Wenn es für ihn an der Zeit ist, und nicht erst dann, wenn Medizinmänner, am Ende ihrer Weisheit, den Stecker ziehen. Niemand soll in ein anderes Land fahren und hohe Summen entrichten müssen, um die letzte große Reise erfolgreich antreten zu können.

Ein Rechtsanwalt steht mir zur Seite, bremst meinen Hang, in Diskussionen ironisch oder aggressiv zu sein, verfasst sämtliche Schriftsätze und ist mir ein guter Freund geworden. Wir – und eine Reihe von Mitstreitern – sind durchaus stolz darauf, einen nicht geringen Anteil an dem ›epochalen Urteil‹ zu haben, wie es in der Presse hieß, das am 26. Februar dieses Jahres vom Bundesverfassungsgericht in Karlsruhe gesprochen wurde und jedem Menschen das Recht auf einen assistierten Suizid einräumt. Egal aus welchen Gründen, egal, in welchem Alter er ist.

Mediziner, Juristen, Politiker, vor allem aber Theologen müssen endlich lernen, auch Menschen wie mich, Nichtmediziner und Atheisten, ganz normale Bürger, als autonom zu respektieren und ihren Willen zu achten. Auch ihren letzten, womit ich jetzt nicht mein Testament meine – das seltsamerweise sogar über meinen Tod hinaus unangefochten Geltung hat. Ich habe mein Leben lang über mich selbst bestimmt, mich weder zu einer Handlung noch zu einer Haltung zwingen lassen, die ich für falsch hielt. Wie zum Beispiel die, dass es rechtens sei, Menschen, die die Absicht hegten, eine Landesgrenze zu ›verletzen‹, zu erschießen. Kein System entschuldigt solche Verbrechen! Vor zehn Tagen wurde in den Medien wieder an den 13. August 1961 erinnert, den Tag, an dem die Berliner Mauer gebaut wurde. Fast genau einen Monat vor meinem sechzehnten Geburtstag. Ich kam am 15. September 1945 in Hamburg zur Welt, sagte ich das schon?« Paul überlegt, er ist sich nicht sicher. »Egal, ein paar Wiederholungen werdet ihr in Kauf nehmen müssen. Irgendwann erreichte die Kunde von solch kruden DDR-Denkweisen sogar unsere enge Wohnung in Barmbek, wo ich zusammen mit meiner Mutter Emma und meiner sieben Jahre älteren Schwester Ulla lebte. Ein Jahr nach dem Mauerbau besuchte ich eine etwa gleichaltrige Freundin in Berlin-Charlottenburg, die ich in einem dieser Jugendlager in der Lüneburger Heide kennenlernte, und ihr älterer Bruder gurkte uns mit seinem klapprigen Käfer durch die Stadt, zeigte uns abgeriegelte Straßen und führte uns auf Besucherplattformen an der Mauer. Fröhlich winkten wir in den Osten hinüber, aber ich war mir nicht sicher, ob die Menschen auf der anderen Seite das mochten. Die Mutter dieser Freundin schleppte uns in ein riesiges Kino, der Film hieß *Frühstück bei Tiffany*, und ich hatte den Verdacht, dass ihr Wunsch, Audrey Hepburn zu sehen, stärker war als die Überlegung, ob dieser Film der richtige für ihre Tochter und deren Freund war. Ich jedenfalls verstand nichts – aber *River Moon* zu hören und dabei die Hand der Freundin im dunklen Kinosaal zu spüren, war … heute würde man wahrscheinlich sagen, great.

Oje, jetzt habe ich mich aber verzettelt! Das war vorauszusehen, wenn einer wie ich sich so ein –«

Paul drückt die Stopp-Taste, weil er hört, dass die Haustür aufgeschlossen wird, kurz darauf trällert Irenes »Guten Morgen!« zu ihm herein, während sie ihre Jacke in der Garderobe aufhängt. Es folgen die vertrauten Geräusche ihres Hantierens in der Küche: Anknipsen des Wasserkochers, Kraspeln der Maschine, die zwei Scheiben Brot schneidet. Auch dass Irene dabei mit dem Fuß gegen den Küchenstuhl stößt, dringt bis zu ihm, ein höchst unangenehmes Geräusch, das sie aber offensichtlich jeden Morgen braucht. Vielleicht als Fanal, das klarstellt, wer hier für die nächste knappe Stunde der Boss ist. Wenn es nach ihr ginge, würde sie sofort überall aufräumen, aber ihr Dienstplan stoppt diesen Impuls und verhindert, dass es hier richtig Krach gibt. Paul schmunzelt und legt seine FFP2-Maske bereit. Doch bevor er sie aufsetzt, will er seinem letzten Gedanken noch diesen hinzufügen:

»Aufnahme 9:

Korrektur bezüglich Selbstbestimmung: Als ich acht Jahre alt war, ein dünnes, hibbeliges Kind, schickte mich meine Mutter zur Kur in ein Kinderheim nach Wyk auf Föhr. Auf eine Insel im tosenden Meer! Wie großartig hatte ich mir das vorgestellt und gehofft, am Strand Seeigel und Muscheln zu finden. Doch schon beim ersten Abendbrot platzten alle Träume, weil eine der Erzieherinnen mich zwang, drei dicke Scheiben Blutwurst, die dunkelrot und kalt vor mir auf dem Teller lagen, aufzuessen. Und als ich mich erbrach, weil Blutwurst der absolute Horror für mich ist, verlangte sie, dass ich auch das Erbrochene aß. Eine unfassbare Demütigung, die meinen Aufenthalt zur Hölle machte und mich bis heute beschäftigt, obwohl das Ganze siebenundsechzig Jahre her ist. Ein paar Wochen vorher hatte mein Vater sich das Leben genommen. Worüber in der Familie …«

Jetzt erscheint Irenes Kopf in der Zimmertür, Mund und Nase vorschriftsmäßig mit der bunten firmenlogobedruckten Maske bedeckt. »Nanu, meckern Sie ab jetzt ins Mikrofon?«

»… allerdings ein Teppich des Schweigens gebreitet war«, beendet Paul rasch seinen Satz, drückt die Stopp-Taste und wendet sich Irene zu: »Gerade fertig. Sie sollten lieber nicht dazwischenreden, das Gerät ist hochsensibel und zeichnet alles auf. Ich habe mit der Dokumentation meines Jahrhunderts begonnen!« Paul zieht ebenfalls seine Mund-Nasen-Bedenkung auf.

Irene gibt sich Mühe, nicht zu lachen. »Immer hoch hinaus, der Herr Gärtner! Aber so alt sind Sie doch noch gar nicht.« Rasch will sie die Verpackung des Rekorders, die neben dem Bett liegt, wegräumen, aber Paul stoppt ihren Eifer, das werde Kuno übernehmen. Im Übrigen müsse er sich beeilen, niemand wisse, wie viel Zeit ihm noch bleibe. »Aber für die nächste halbe Stunde machen wir eine Pause.«

»Wir?«, frotzelt sie und senkt Pauls Bett auf Rollstuhlhöhe. »Draußen scheint die Sonne.«

»Schön für die Sonne.«

Sie hilft ihm, seinen Platz zu wechseln – noch nicht einmal das schafft er allein –, schiebt ihn zur Toilette, anschließend ins Bad und zelebriert gewissenhaft, aber äußerst zügig ihr Waschritual. Geduscht wird nur einmal pro Woche, das beansprucht zu viel Zeit. Dann sitzt der saubere Senior Paul Gärtner, in seinem grünen Trainingsanzug ordentlich gekleidet, am großen Tisch und nimmt sein Frühstück ein.

Der Tisch! Jeden Morgen wieder freut sich Paul, dass er damals diesen und keinen von den kleineren gewählt hat, die auch zur Auswahl standen. Fast das einzige neu erworbene Möbelstück, das vor vierzehn Jahren zusammen mit den Erbstücken in dieses Haus einzog. Als hätte Paul geahnt, was auf sie beide zukommt. Jetzt muss die große Holzplatte sowohl Esstisch als auch Stellfläche für Kicker und Büro sein. Pauls Laptop ist immer in Reichweite – seine Nabelschnur zur Welt.

Dann wird die Morgendosis unterschiedlich geformter und gefärbter Tabletten geschluckt. Genügend Aktivitäten, um wieder erschöpft zu sein. Wie war das früher? Wecker-Rasseln, aufspringen, duschen, anziehen, ein Brot streichen, während die Kaffeemaschine lief, drei Schluck aus der Tasse, zwei Happen, der Rest wurde, immer auf dem Weg zu einem wichtigen Termin, später verschlungen. Damals und heute – zwei Welten.

»Der Mensch ist ein metaphysisches Massiv.« Diese Feststellung Gottfried Benns beschäftigt Paul seit seiner Krebsdiagnose vor vier Jahren. Zu viel hat er erlebt, was ihm kein Naturwissenschaftler beantworten kann. Woran keiner der Ärzte, denen er in die Hände fiel, Interesse zeigte. Nicht einmal seine Frage, was genau der Körper eigentlich macht, wenn eine Wunde heilt, konnte ihm irgendjemand befriedigend beantworten. Woher der Impuls des Gewebes, nicht zu verharren, abzusterben, sondern sich zu verändern, zusammenzuwachsen, zu heilen? Eines der Wunder, denen er sein jetziges Leben verdankt. Die Krankheit – eine Zäsur, wenngleich er immer noch Paul Gärtner heißt und seit 2006 am selben Ort, im selben Haus wohnt. Damit muss man erst mal fertig werden, ein anderer in demselben zu sein. Viele seiner alten Freunde haben sich zurückgezogen, vor allem weil sie mit seiner Haltung, seinen Tod autonom bestimmen zu wollen, nicht klarkommen. Egal, er hat neue dazugewonnen, die begreifen, worum es geht.

Irene hat Pauls Bett frisch bezogen, die Wäsche in den Sack gestopft, der jede Woche gegen ein Paket frisch gemangelter Laken und Bezüge eingetauscht wird. Jetzt räumt sie das Geschirr ab und stellt den Hebel der Terrassentür in die Position, in der Paul die große Scheibe selbst beiseiteschieben und mit dem Rollstuhl hinausfahren kann. Falls es nicht zu heiß ist.

»Und? Was haben wir heute noch vor?«, ruft sie ihm zu, während sie ihre Jacke vom Bügel nimmt.

»Ich fahre ans Meer.«

»Viel Spaß!« Sie kommt noch einmal ins Zimmer. »Aber bitte pünktlich zurück sein, sonst fällt Kuno ins Koma.«

»Ich auch.«

»Ich habe Ihren Rekorder auf den Papierstapel gelegt. Obenauf liegt ein Brief Ihres Rechtsanwalts, Sie haben ihn noch nicht geöffnet. Schauen sie lieber nach, vielleicht waren Sie erfolgreich, und Ihr Wunderpulver gibt's jetzt online.«

Paul hört, wie die Haustür ins Schloss fällt, und nimmt seine Maske ab. Schon oft hat er mit Irene über Natrium-Pentobarbital diskutiert, das einzige Medikament, das sicher und sehr rasch nach Einnahme zum Tod führt. Doch sie bleibt dabei, dass man sich nicht über die Natur erheben dürfe. Und wenn er dann spottet, der Mensch sei aber nun mal ein nicht nur natürliches Wesen, hält sie dagegen, eines sauber zu halten reiche ihr.

Paul angelt nach dem Rekorder. Der Papierstapel – Post, Zeitschriften und Bücher – auf einem kleinen Rollwagen wächst täglich an und wird von seinen Helfern abwechselnd nah an den Tisch oder das Pflegebett geschoben. So hat Paul alles stets griffbereit. Auch Telefon und Fernbedienung wandern mit. Der Fernseher ist so aufgestellt, dass er den Bildschirm von beiden Positionen aus gut sehen kann.

»Aufnahme 10:

Diese dumme Nuss! Hat den ganzen Tag mit Pflegebedürftigen oder Leuten zu tun, die in Richtung Ende marschieren, und plappert trotzdem nichts als blanken Unsinn, wenn es um das Thema assistierten Suizid geht. Wie die meisten Menschen. Selbst im Deutschen Bundestag. Es werde zu einem nicht mehr kontrollierbaren Dammbruch führen, verhasste Schwiegermütter würden en masse ins Jenseits befördert, und so weiter und so weiter. Daran hat sich leider auch seit dem Karlsruher Urteil nichts geändert. Momentan diskutiert man lang und breit über das Thema Beratungsstellen. Jeder Abgeordnete tritt seinen selbst ersonnenen Quark breit, wann, wer, wo hingehen soll, um die Ernsthaftigkeit seines Anliegens glaubhaft zu machen und es sich genehmigen zu lassen. Immer häufiger höre ich jetzt das Wort ›Suizidpräventionsgesetz‹. Die Schwerkranken, die sich schon lange nirgendwo mehr hinbewegen können und nur noch händeringend darauf warten, dass ihnen das Recht zuteilwerde, das ihnen in diesem Rechtsstaat zusteht, sind längst aus dem Fokus gerutscht. Was ist denn hier los? Haben Politiker zu viel Angst vor dem eigenen Tod und versuchen deshalb, alles, was damit zusammenhängt, auf die lange Bank zu schieben? Wobei es doch auch zu ihrem Besten wäre, diese Angelegenheit endlich zu klären. Vielleicht wollen auch sie irgendwann Schluss machen. Aber bitte ohne Beratung!

Neulich habe ich was Tolles gehört … Moment …« Paul überlegt, wie dieses Formular heißt, das jetzt auf manchen Intensivstationen zur Routine gehört und den Willen eines Akut-Patienten ermittelt. Diese Wortfindungsschwierigkeiten machen ihm zu schaffen. Warum kann sein Hirn denn nicht … »Ah, jetzt: AND-Formular. ›Allow Natural Death‹. Das muss man sich mal reinziehen! In den Fängen der Hightech-Medizin kann man sich seinen Tod per Stempel genehmigen lassen. Leben wir im Irrenhaus, oder wo?

Kuno und ich reden oft über Sterbehilfe. Jetzt, wo sie nicht mehr strafbar ist, würde er mir sogar beistehen. Mein kleiner Held! Nie würde ich ihm das zumuten. Nur leider haben es Richter Voßkuhle und sein Stab in ihrem ›epochalen Urteil‹ versäumt, auch gleich den Weg zu Natrium-Pentobarbital frei zu machen. Was nützt es, Hilfestellung beim Suizid als Menschenrecht zu würdigen, wenn das entscheidende Medikament nicht greifbar ist? Wir stecken fest! Die nächste Hürde auf dem steinigen Rechtsweg dieses Landes muss genommen und das Betäubungsmittelgesetz geändert werden. Mein Rechtsanwalt und ich haben Klage eingereicht. Stopp.«

Pauls Hand zittert, am liebsten würde er sich in seinem Bett verkriechen, die Decke über den Kopf ziehen, abtauchen. Aber wie? Noch schafft er es nicht, allein in sein Bett zu klettern, und außerdem möchte er seine Überlegungen zu diesem ihm so wichtigen Thema zu Ende führen. Jetzt! Verdammt noch mal!

»Aufnahme 11:

An Pentobarbital kommen bisher nur Tierärzte ran. Tiere werden erlöst, Menschen sollen leiden, weil ein Schöpfer es so will. Angeblich! Wer, bitte, weiß das denn so genau? ›Mercy Killing‹ heißt Sterbehilfe oder Gnadentod auf Englisch. Barmherziges Töten. Sind Ärzte barmherzig?«

Paul stoppt und lässt die lange Riege weißer Kittel, die in den vier Jahren um ihn waren, an seinem inneren Auge vorüberziehen. Am schlimmsten waren diese Eins-Komma-irgendwas-Mädchen, die er lieber auf Modeplakaten bewundert hätte, als sie hilflos fuchtelnd neben seinem Bett zu haben.

»Aufnahme 12:

Man könnte verzweifeln. Palliativmedizin boomt als gigantischer Wirtschaftszweig. Ihre meist teddyhaften Vertreter betonen in jeder Debatte, wie stolz sie darauf sind, Menschen in letzter Minute von einem Suizidgedanken abgebracht und sie stattdessen in die eigene Obhut gerettet zu haben. Weiß man eigentlich, wie viele Branchen insgesamt heute an all denen verdienen, die sich nicht verabschieden können, wie sie es vielleicht wünschen, und stattdessen betüddelt, zwangsernährt und wohlsediert bis zur letzten Entwürdigung ausharren müssen? Vor ein paar Tagen las ich bei dem italienischen Rechtsphilosophen Norberto Bobbio den wunderbaren Satz … Moment …«, aus dem Papierstapel auf dem Rollwagen neben sich zieht Paul das Buch *Vom Alter* und sucht nach dem Eselsohr, das er in eine der Seiten geknickt hat. »Hier, hört zu: *In einer Gesellschaft, in der alles einen Preis hat, kann auch das Alter zu einer Ware wie jede andere werden.*« Paul klappt das Buch zu. »Wobei keine noch so gute Palliativmedizin aktive Sterbehilfe ersetzen kann, wie jedem einleuchten müsste, dem …, wie formuliert es mein anderer ›Sterbe-Begleiter‹?«

Paul legt den Rekorder auf den Tisch und fummelt den Band *Kultiviert Sterben* von Alois Schöpf aus dem Stapel. Schnell hat er gefunden, wonach er sucht, und greift wieder nach seinem Gerät:

»Dem eine totalitäre Ideologie noch nicht den letzten Rest an Humanität aus dem Hirn geblasen hat.« Dann drückt er die Stopp-Taste und legt beide Bücher neben sich auf den Tisch. Noch immer bedeutet Lesen eine enorme Anstrengung für ihn. Buchstaben und Sätze als sinnhaft in seinem Gehirn zu verschalten, und sich den Inhalt zu merken ist noch lange keine Selbstverständlichkeit. Wenn er daran denkt, wie viele Bücher er früher gelesen hat! Sowohl Sachtexte als auch Literatur. Das vollgestopfte Bücherregal ist sein Zeuge.

Über einen längeren Zeitraum hatte er die Fähigkeit, lesen zu können, sogar gänzlich verloren. Nie wird er den Augenblick im Krankenhaus vergessen, als ihm nach seinem scheinbar auskurierten Hirninfarkt ein freundlicher Pfleger eine Zeitung ans Bett brachte, er diese drehte und wendete, ohne mit dem schwarzen Gewimmel auf dem Papier auch nur irgendetwas anfangen zu können. Der Trost der Ärzte, das Phänomen Brain Fog sei bekannt und werde sich geben, half ihm wenig. Erfahrungen anderer lassen sich nicht als Hoffnung in die eigene Not einbauen. Was, fragt er sich oft, machte das Dasein für einen Sinn, wenn die Werkzeuge, durch die es sinnhaft wird, nicht zur Verfügung stehen?

Wieder Rec-Taste.

»Aufnahme 13:

Ich jedenfalls habe beschlossen: Nur dieses eine Mal! Wenn ich siege, gut. Wenn der Krebs wiederkommt, werde ich kein weiteres Mal als Tummelplatz für feindliche Zellen zur Verfügung stehen – und gehen. Vielleicht ist es ja so, dieser Gedanke kommt mir gerade, dass Leute, die bewusst auf den eigenen Tod zugehen, ihn frei wählen, tatsächlich auch mit klarem Bewusstsein im Jenseits ankommen – diesem Jenseits, oder der ›geistigen Welt‹, von der Esoteriker reden. Als Zwanzigjähriger las ich Bücher, deren Autoren sich mit dem Tod und dem, was danach sein könnte, beschäftigen. Ihnen zufolge kommen sowohl Mord- und Kriegsopfer als auch Selbstmörder verstört in der ›geistigen Welt‹ an, weil sie in keiner Weise auf ihren Tod vorbereitet waren. Selbstmord ist jedoch, wie mir gerade klar wird, auch in diesem Zusammenhang der völlig falsche Begriff. Ein Freitod oder assistierter Suizid ist lange überlegt, geplant und letztlich ganz bewusst ausgeführt. Wer ihn wählt, taumelt keineswegs geschockt oder ›verdunkelt‹ hinüber wie ein Sedierter. Die Esoteriker sollten sich uns anschließen!«

Paul stoppt und kichert ein bisschen. Egal, hier hat jeder Gedanke Platz, in diesem Projekt gibt es kein Tabu. Spannend, auf was er wohl noch so kommen wird. Seinem Freund und Anwalt Stefan Ruppert muss er ja nicht unbedingt von dieser Erwägung erzählen. Er legt das Gerät auf dem Tisch ab – es über einen längeren Zeitraum zu halten strengt doch mehr an als gedacht. Er muss die Hände häufiger abwechseln, alle zehn Finger spreizen und die Handgelenke ausschütteln.

Wie weiter? Wäre es nicht besser, eine Pause einzulegen und auf die Terrasse hinauszufahren? Aber die Sonne hat den kleinen Garten noch nicht erreicht. Also abwarten. Er gähnt. Kein Trappeln über seinem Kopf, kein Kinderlachen, kein Mucks im Haus. Draußen, auf der Straße, hört Paul ab und zu ein Auto vorbeifahren, einen Nachbarn in seinen Carport einparken, die Vögel sich gegenseitig ihre Lieder zuzwitschern, das harte kurze Klack an der Scheibe, wenn ein Insekt dagegenfliegt. Ihn umgibt ländlicher Raum, tatsächlich, hier gibt es noch Insekten, die kleine Stadt ist fünfzehn Autominuten entfernt. In den Häusern um ihn herum wohnen ordentliche Leute, die ihre Eigenheime mit korrekt gestutzten Hecken vor neugierigen Blicken ihrer Nachbarn schützen.

Als junger Mann hätte er sich geschüttelt, in eine solche Gegend zu ziehen. Aber jetzt, im Alter, fühlt er sich hier, in der Nähe seiner »studentischen Heimat«, geborgen. Trotz seines nicht gerade gewöhnlichen Lebensstils war da immer eine Sehnsucht nach Ruhe und Bürgerlichkeit. Nach einem Schutzraum.

Paul streicht mit dem Finger über das Metallgehäuse seines Rekorders. Was für ein geniales Teil, dem er seine Stimme und jeden Gedanken anvertrauen kann. Er drückt wieder auf Start, hinter der letzten Aufnahme steht eine 13. Wenn das so weitergeht – keine Sorge, er hat für genügend Speicherplatz gesorgt.

»Aufnahme 14:

Im Mai 2006 juckelte ich mit einem befreundeten Makler in dieser Gegend herum, sah das Haus und wusste sofort: Das ist es! Perfekt für meine Bedürfnisse. Im Gegensatz zur sonstigen Bauweise in dieser Gegend hat es zwei Stockwerke und ist, wie ich gleich bei der ersten Besichtigung sah, solide gebaut. Ich kenne mich aus. Im Lauf meines Lebens habe ich schon etliche Häuser bewohnt – gemietet, gekauft, saniert und wieder verkauft. Einmal ließ ich mich sogar auf die Finanzierung eines großen Bauvorhabens in Amerika ein. Dumm genug!

Drei Monate vor dem Einzug hatte ich es endlich geschafft, Ayla nach Deutschland zu holen und ihrem Bleiberecht durch Heirat eine Chance einzuräumen. Ein unsäglicher Behördenparcours lag hinter uns! Doch wenn jemand in Not ist, muss ich helfen. Ich kann gar nicht anders. Ein Spleen, eine Passion? Mein mir selbst gegebenes Versprechen, Sandkorn zu sein? Egal. Manch einer meiner Freunde zeigte mir einen Vogel.« Paul lacht. »Wir switchen ins Frühjahr 2005. Ein ICE von Stuttgart nach Hamburg, ich sitze in Fahrtrichtung – wenn es irgend geht, handhabe ich das so. Mir gegenüber nimmt eine junge Frau Platz, eine Afghanin, wie sich herausstellt. Und, wie bei längeren Zugfahrten unvermeidlich, wir kommen ins Gespräch. Sie erzählt mir von Ayla, ihrer jüngeren Schwester, die mit sechzehn verheiratet wurde. Gerade hat sie es geschafft, vor ihrem gewalttätigen Ehemann in den Iran zu fliehen und sich dort, mithilfe einer Frauenhilfsorganisation, scheiden zu lassen.

Als ich von ihr hörte, war Ayla gerade zwanzig geworden und saß in Mashhad fest, ohne Beruf, ohne Geld, ohne Perspektive – verstoßen von der Familie. Eine muslimische Frau bleibt bei ihrem Mann, geschlagen zu werden gehört zum Ehe-Alltag. Ihre beiden noch sehr kleinen Kinder hatte sie in Afghanistan zurücklassen müssen. Mehrere Versuche der Schwester, Ayla nach Deutschland einzuladen, waren gescheitert.

Wir saßen im Zug, draußen zog die Landschaft vorüber, ich hörte dieser jungen Frau zu und dachte, das kann nicht wahr sein, wir leben im 21. Jahrhundert, nicht im Mittelalter, und bot meine Hilfe an. In meiner Hybris ging ich davon aus, die Sache rasch und zielführend regeln zu können. Der erste Dämpfer kam prompt, auch meine Einladung wurde ohne eine Begründung abgelehnt. Das konnte ich unmöglich auf mir sitzen lassen, und ich ersuchte um einen Termin in der Botschaft in Teheran. Die Reise war rasch gebucht, mehr als zwei Stunden ließ man uns, Aylas Schwester und mich, vor der Pforte des wenig einladend wirkenden Gebäudes stehen – es war kalt. Überhaupt benahmen sich die Ortskräfte uns gegenüber äußerst arrogant. Als wir endlich ins Innere des Gebäudes vorgerückt waren, bat ich darum, die Person sprechen zu dürfen, die die Ablehnung unterschrieben hatte. Wie deutsch das war! Man geht von Zuständigkeiten aus, die Sachverhalte klären. Aber im Iran lautete die Antwort: Sie können hier niemanden sprechen! Vor Empörung wurde ich laut, der zunächst freundliche Ton meines Gegenübers kippte, das Wachpersonal rückte näher, und Aylas Schwester gab mir zu verstehen, dass es besser sei, zu verschwinden, ehe diese Leute reagierten, wie es hier durchaus üblich sei. Wütend und desillusioniert verließen wir das Amtsgebäude, warteten etliche Stunden in dem schmutzigen und nervtötend lauten Flughafengebäude, bis unsere Maschine endlich startklar war – und flogen zurück nach Deutschland.

Die Rettung kam von einer anderen Seite. Nach der Schilderung meiner Erfahrungen in Teheran empfahl der rundliche Typ in der Stuttgarter Ausländerbehörde, das Aufgebot zu bestellen – und stempelte alle nötigen Papiere. Eine Aufklärung darüber, dass ich dieser Frau lediglich ein freies, emanzipiertes Leben in Deutschland ermöglichen wollte, ersparte ich dem redlichen Staatsdiener, um den Begriff ›Scheinehe‹ gar nicht erst in seinem Hirn nisten zu lassen. Übrigens: Ich war schon für Emanzipation, als es sie noch gar nicht gab.

Ayla und ich waren nie ein Liebespaar, aber wir respektieren uns, das können nicht alle Paare von sich sagen. Anfangs gingen wir wie selbstverständlich davon aus, dass ihre beiden kleinen Kinder rasch aus Afghanistan würden nachkommen können. Welch großer Irrtum das war! Nach jahrelangem zermürbendem Streit mit der Botschaft, dem Auswärtigen Amt, allen Instanzen der Verwaltungsgerichte bis hin zum Bundesverfassungsgericht gaben wir auf. Aber für Ayla war die Sache damit nicht erledigt, ihre biologische Uhr war noch lange nicht abgelaufen. Ein Leben ohne Kinder – für sie nicht vorstellbar. Also regelte sie die Angelegenheit auf ihre Weise, bekam mit einem Mann aus Bangladesch, den sie auf Besuch bei ihrer jüngeren Schwester kennenlernte, und den sie tatsächlich nach Deutschland holte, im Abstand von drei Jahren zwei Söhne. Amar und Milad. Das dritte Kind wird in etwa fünf Wochen kommen. Ayla hofft auf ein Mädchen. Vor Kurzem hat sie den Vater rausgeschmissen. Er tauge nichts. Ich halte mich da raus. Ayla ist eine selbstverantwortliche Frau.

Die Jungs nennen mich Opa, auch wenn ich nicht ihr »Opa«, sondern nur der Mann ihrer Mutter bin. Alles ein bisschen verwickelt oder ganz normal, je nachdem, welchen Standpunkt man bei Betrachtung der Verhältnisse in diesem Haus einnimmt.« Paul muss husten, er stoppt, hustet und hustet, und braucht eine Weile, bis er, mit etwas verkratzter Stimme, fortfahren kann:

»Aufnahme 15:

Nach Unterzeichnung des Kaufvertrags für dieses Haus rückte der Verkäufer, der Bruder der beiden Vorbesitzer, ein Zwillingspaar aus Lüneburg, mit einer Geschichte heraus, die skurriler nicht sein könnte. So etwas hört man nicht alle Tage.

Diese Brüder – ein Klempnermeister und ein Postbeamter – erfüllten sich mit der Errichtung und Einrichtung dieses Hauses ihren Lebenstraum, zogen nach Fertigstellung allerdings nie ein, sondern bewohnten dreißig Jahre lang den Keller. Der Familie wurde nur eine einzige Besichtigung gestattet, durfte aber nur die Nasen an den Fensterscheiben plattdrücken – über die Schwelle kam niemand. Kurz nacheinander sind sie gestorben. Und jetzt der Clou, sie wurden am selben Tag geboren wie ich.

Manchmal frage ich mich, ob ihre Seelen nachts durch die Räume geistern und es missbilligen, dass jetzt jemand darin wohnt. Den Keller habe ich stets nur ungern betreten, als liefe ich Gefahr, einem der beiden dort unten zu begegnen. Überhaupt Keller! Als Junge kroch ich auf Trümmergrundstücken in Resten davon herum und suchte nach Essbarem. Aber in den Keller unseres Hauses in der Blumenau traute ich mich nie. Aus Angst, die Tür könne hinter mir ins Schloss fallen und der holzbeinige Hauswart sie blitzschnell abschließen. Er hasste Kinder. Angsthase, Pfeffernase!, lästerte meine Schwester. Aber das war mir egal. Sollte sie doch runtergehen und weggesperrt werden. Sollte sie doch da unten vergammeln! Mit ihren Affenschaukeln! Wie ich allein diese Frisur hasste.«

Paul stoppt. Irgendwas wollte er doch zu dem Haus noch sagen. Es braucht eine Weile, bis er seinen Faden wieder hat.

»Aufnahme 16:

Als ich Ayla ein paar Monate nach der Hochzeit bei ihrer Schwester in Sinsheim abholte und wir hier einzogen, fühlte es sich so an, als hätte das Haus nach längerem Leerstand nur auf uns gewartet. Dass dann alles ganz anders kam und zunächst keine Kinder mit einzogen, konnte niemand ahnen. Und niemand weiß, ob ich eine andere Entscheidung getroffen hätte, wenn ... na ja, ich bin kein Hellseher.

Schon lange bevor ich aus dem Krankenhaus entlassen und hierher zurücktransportiert wurde, hatten Ayla und ich uns darüber verständigt, dass durch meinen Zustand keinesfalls auch ihr Leben beeinträchtigt werden dürfe. Sie sollte wie bisher mit Amar und Milad im ersten Stock wohnen bleiben und ihren Job machen. Sie entwirft und näht Kleider für eine Boutique in Hamburg. Das hat für uns alle den großen Vorteil, sie ist zu Hause, wenn die Kinder aus der Kita kommen. Gleich nach dem Einzug hatte ich ihr eine Nähmaschine und weiteres Handwerkszeug vorfinanziert, längst von ihr zurückgezahlt. Das Geschäft läuft. Mit einem orientalisch-europäischen Mix trifft Ayla offenbar den Geschmack gut situierter Frauen in Hamburg-Eppendorf.

Aus praktischen Gründen wurde mein Pflegebett hier, im Wohnzimmer, und nicht im engen Schlafzimmer aufgebaut. Hier haben die beiden, die mich umsorgen, genügend Platz, und ich kann Tag und Nacht vom Bett aus in den Garten sehen. Am Leben teilnehmen, wie mir die Leiterin des Pflegedienstes die Neumöblierung kurz vor meinem Rücktransport telefonisch schmackhaft machen wollte. Ich habe mich mit diesem Arrangement abgefunden, auch wenn das Ensemble Bett, Nachtschrank, Rollwagen und Toilettenstuhl die Umgebung bizarr verfremdet. Was haben die alten Möbel, Kulisse meiner Kindheit in der Hamburger Blumenau – das braune Bücherregal, zwei hohe Eichenschränke, der inzwischen zerschlissene Sessel, ein klobiger Schreibtisch mit Rollladen, die monströse Standuhr –, mit diesen rein ›praktischen Dingen‹ und ihren aseptischen Oberflächen zu tun? Die Berge ungeordneter Papiere, Zeitungsartikel und Aktenordner zu sortieren oder gar zu beseitigen verbiete ich kategorisch. Trophäen, die sich möglicherweise darin verbergen, wird außer mir niemand finden. Eines Tages werde ich mich darum kümmern.

Übrigens habe ich das Schlagwerk der Uhr, den unbarmherzigen Taktgeber meiner Kindertage, gleich nach Übernahme stumm gestellt. Wie es mir aus dem düsteren Wohnzimmer entgegendröhnte, wie sich jeder Schlag auf mein wild pochendes Herz setzte, wenn ich die Treppe hochgerast kam. Die große Angst, das Schlagen zu versäumen. Stille bedeutete, dass ich zu spät dran war und nur wenige Augenblicke später Prügel auf mich niederprasseln würden.

In den Nächten kommt es mir manchmal so vor, als flüsterten diese Möbel miteinander. Nichts Gutes. In ihnen spukt der Geist einer unsäglichen Zeit, auch wenn der Inhalt der Schubladen schon lange entsorgt ist. Ihr Knacken! Erst seitdem ich in ihrer Nähe schlafe, oder zu schlafen versuche, fällt es mir auf, dieses ständige Knacken, und ich frage mich, warum ich den alten Krempel nicht längst entsorgt, sondern überall hin mitgeschleppt habe. Aus Sparsamkeit? Aus Geiz? Ich hätte diese alten Möbel auch meiner Schwester überlassen und mich stattdessen neu einrichten können. Gönnte ich sie ihr nicht? Hänge ich daran, weil ich sie hasse? Ich weiß es nicht. Wundert euch! Und jetzt? Genau besehen brauche ich nichts mehr davon. Das letzte Hemd hat keine Taschen, sagt man. Sehr witzig.«

Paul stoppt. Drückt dann rasch wieder die Rec-Taste, flüstert »Aufnahme 17 –« und hält den Rekorder für eine Weile in die Luft. Ein paar Sekunden Stille tun auch gut, denkt er. Vielleicht fängt er sogar leises Knacken ein? Auch darüber kann sich dann irgendwann irgendjemand wundern. Stopp-Taste.

Seit Kurzem ist es nicht mehr eindeutig, wohin Paul Gärtners Reise geht. Immerhin verbringt er seine Tage jetzt im Rollstuhl und liegt nicht nur schlapp und antriebslos in seinem Bett. Ein Riesenfortschritt! Noch vor wenigen Wochen hätte niemand diesem elenden Haufen Haut und Knochen, der er war, eine derartige Entwicklung zugetraut.

»Aufnahme 18:

Ich müsste vorne an der Haustür eine Rampe bauen lassen, dann könnte ich tatsächlich, wenn schon nicht bis ans Meer, so doch wenigstens eine kleine Strecke …, Unsinn, meine Arme sind noch viel zu schwach, und ich bin schon froh, wenn ich es an guten Tagen bis hinaus auf die Terrasse schaffe.

Den Antrag auf einen elektrischen Rollstuhl hat die Rotzbande, genannt Krankenkasse, abgelehnt. Ayla hat sich furchtbar aufgeregt, aber da war nichts zu machen. Meine sämtlichen Rücklagen hat ein Betrug aufgefressen, eine Riesensauerei, darauf komme ich noch.«

An Tagen wie heute, an denen nichts weiter passiert, als dass Kuno am Abend erscheint, spürt Paul es besonders, wie sehr er inzwischen an Aylas Jungs hängt. Wie er heimlich darauf wartet, dass der pechschwarze Haarschopf von Amar um die Ecke kommt, der kleine Kerl auf seinen Schoß klettert, die Arme um seinen Hals legt und sagt: »Opa, ich liebe dich!« Er hat keine Ahnung, wo ein Dreijähriger so was aufschnappt. Ein Dreijähriger, der geboren wurde, während er, Paul, noch in seinen Geisterbahnen unterwegs war.

Die Papierstapel in diesem Zimmer sind magische Anziehungspunkte für die kleinen Kerlchen, wobei sie genau wissen, dass hier nichts gemopst werden darf, und Paul ihre Umkreisungen mit strengen Blicken verfolgt. Dem Krach, den sie hin und wieder veranstalten, versucht er stets mit Machtworten zu begegnen, manchmal mit Erfolg. Ayla geht entschieden entspannter damit um. Sie hat Schlimmeres erlebt. Ihr Schwiegervater enthauptete im Streit den Neffen mit einem Schwert. Vor den Augen der Kinder.

Paul greift nach dem Brief seines Rechtsanwalts. Die Schere in die kleine Lücke zum Aufschlitzen zu führen gelingt nicht gleich.

Er wird Kuno bitten, sich sämtlicher, noch ungeöffneter Post anzunehmen. Zwar ist sein junger Freund nicht der Geschickteste, aber ihn plagt wenigstens kein Tremor. Paul faltet die Seiten auseinander, will lesen, kann sich nicht konzentrieren, fühlt sich zu matt, um zu begreifen, was dort steht. Was soll werden? Müßig, sich Gedanken darüber zu machen. Dieser Körper dreht eh sein eigenes Ding, kümmert sich einen Dreck darum, was ihm, Paul Gärtner, passt, und verwehrt ihm, der zu sein, der er einmal war. Ein Mann, der Respekt einflößte, der in der Lage war, Konflikte zu lösen. Was er allein schon für seine angeblich »schwer erziehbaren« Jugendlichen durchsetzte. Immer am Rande der Legalität, klar. Es bereitete ihm eben ein fast kindisches Vergnügen, Vorschriften zu umgehen, in einzelnen Fällen sogar zu sprengen.

Er spürt einen Druck in der Brust, diese hin und wieder aufkochende Wut, die sich Platz schaffen möchte, die das Atmen erschwert. Am liebsten würde er schreien, laut schreien: Wozu!? Wozu noch dieses kümmerliche Dasein? Er rüttelt an den Armlehnen seines Rollstuhls. Sollte er nicht besser mit voller Wucht gegen die Terrassentür fahren – und Schluss? Von wegen! Nie könnte er genügend Schwung nehmen, das doppelte Glas zu zersplittern und tot auf der Terrasse zu landen. Außerdem peilt er einen anderen Weg an, um eines Tages von dieser Erde zu verschwinden. Und den will er vor seinem Ableben noch für andere ebnen. Denn genau das muss aufhören! Diese aggressiven Selbstmorde, die die Hinterbliebenen beim Auffinden der »Reste« traumatisieren. Sein Vater hatte keinen einzigen Gedanken daran verschwendet, dass er seine Familie samt Nachbarn in die Luft hätte jagen können, als er den Gashahn in der Küche aufdrehte.

Nächster Versuch. Paul greift erneut nach dem Brief, drückt die Rec-Tate und liest ihn laut vor:

»Aufnahme 19. Schreiben Ruppert:

Sehr geehrter Herr Gärtner, anbei übersende ich Ihnen den Beschluss des Bundesverfassungsgerichts (BVerfG) vom 20.05.2020, womit unser Anliegen abgelehnt wurde, sowie den Schriftsatz des Bundesinstituts für Arzneimittel und Medizinprodukte (BfArM) vom 24.07.2020 und meinen Erwiderungsschriftsatz vom 20.08.2020. Nunmehr ist das Verfahren vor dem Verwaltungsgericht Köln wiedereröffnet. Ein großer Schritt. Mit freundlichen Grüßen, Dr. Stefan Ruppert.

Na, bitte, es geht weiter. Ihr habt es gehört.«

Paul atmet tief durch und liest den langen Schriftsatz seines Anwalts, einzelne Passagen laut. Auf dem Fenstersims landet ein Vogel und pocht mit dem Schnabel gegen das Glas. Paul nickt ihm zu: Du hast sie auch nicht mehr alle.

»Die Entscheidung des Einzelnen, seinem Leben ein Ende zu setzen, ist im Ausgangspunkt als Akt autonomer Selbstbestimmung von Staat und Gesellschaft zu respektieren. Es gibt keine Verpflichtung des Staates zum Erhalt des Lebens bei einem entgegenstehenden uneingeschränkt frei verantwortlich handelnden.«

Als Paul aufwacht, entdeckt er den Brief neben sich auf dem Boden und den Rekorder immer noch im Aufnahmemodus auf seinem Schoß. Wie lange hat er geschlafen? Er stoppt, hört, entgegen seiner selbst erdachten Präambel, die letzte Aufnahme ab, seine Stimme, wie sie Abschnitte von Rupperts Schriftsatz vorliest, plötzlich stockt, weiterliest, wieder stockt und in tiefes Atmen übergeht. Dann sind Röcheln und leises Schnarchen zu hören, manchmal unterbrochen von eigenartigem Glucksen. Hat er geträumt? Merkwürdig, diese eindeutig selbst hervorgebrachten Geräusche zu hören, von deren Erzeugung er nichts weiß. Es ist lange her, dass eine Frau an seiner Seite schlief, ihm nachts manchmal sanft über die Schulter strich und sagte: Du schnarchst. Soll er diese Sequenz überspielen? Wozu würde ihm der Geräuschemacher Philipp Winter raten? Paul schmunzelt. Was für ein wunderbarer Beruf! Warum ist er nie auf die Idee gekommen, Geräuschemacher zu werden? Warum, verdammt, ist er so lange Erzieher geblieben, warum hat er so lange geglaubt, alles besser zu wissen? Warum musste erst eine Krankheit kommen, ihn an den Rand des Todes katapultieren, um alles vermeintliche Wissen infrage zu stellen – um den Menschen als »metaphysisches Massiv« zu begreifen?

»Aufnahme 20:

Hier wird nichts gelöscht, ihr könnt ruhig mitkriegen, wie müde Paul Gärtner Ende August 2020 war. Hundemüde. Mit Covid-19 hat dies nicht das Geringste zu tun. Stopp!«

Vor gut vier Jahren fing es an. Mit heftigen nächtlichen Schweißausbrüchen machte der Krebs auf sich aufmerksam. Pauls Hausarzt wusste nichts damit anzufangen, aber ein Laborergebnis ließ sämtliche Alarmglocken in der Hamburger Universitätsklinik schrillen.

In Windeseile musste Paul Gärtner einrücken, und sein bis dahin geführtes Leben verschwand hinter zwei Glasschiebetüren. Von da an war er Todeskandidat – den Ärzten und ihrem Wissensstand ausgeliefert. Die lange Reise in der Geisterbahn begann. Den Begriff hat er heute Morgen bestimmt schon eingeführt.

Die Geisterbahn auf dem Hamburger Dom, das war was! Immer wieder schaffte es Paul, seine Schwester auszutricksen, wenn sie ihn heimtückisch erneut in eine dieser Buden locken wollte, aus denen Sensenmänner und Totenköpfe winkten. Keine Wiederholung! Eine einzige Runde hatte ihm gereicht. Grusel und Schrecken gab es zu Hause und in der Schule genug. Warum sollte er auch nur einen einzigen weiteren seiner mühsam gesparten Groschen für solchen Horror ausgeben?

Jetzt, so scheint es, hat das Krebs-Monster aufgegeben. Aber kann Paul sicher sein? Fünfzehn Gramm Natrium-Pentobarbital sind das Einzige, was ihm Sicherheit geben könnte, nicht doch eines Tages als sabbernder Vollpflegefall geduzt, gefüttert und notdürftig abgewischt vor sich hindämmern zu müssen.

»Aufnahme 21:

Hätte ich dieses Pentobarbital, könnte ich mein eingeschränktes Leben viel besser ertragen, mich, wenn mein Zustand schlechter würde, an einem Tag X, von Ayla, den Kindern und Freunden verabschieden. Selbstbestimmt, als freier Mann.

Das Karlsruher Urteil nennt den Vorgang einen ›Akt autonomer Selbstbestimmung‹. Eigentlich doch doppelgemoppelt, oder? Handele ich, wenn ich selbstbestimmt handele, nicht auch autonom? Egal. Hauptsache die Politiker kommen jetzt mal in die Pötte, wie man in Norddeutschland sagt, und setzen das sensationelle Urteil rechtsgültig im Deutschen Bundestag um – vorbei an hinterwäldlerischen Bischöfen, verstaubten Ethikern und Schwarzsehern. Im Herbst 2021 sind Wahlen. Traut euch! Macht endlich eure Hausaufgaben! Bei einem Großteil der Bevölkerung könntet ihr punkten. Umfragen zu diesem Thema haben gezeigt, was die Mehrheit will.

Gerade fällt mir der Film *Das Meer in mir ein*. Erinnert ihr euch? Wie lange ist es her, dass er in die Kinos kam. Zehn Jahre? Fünfzehn Jahre?«

Paul stoppt, klappt seinen Laptop auf und gibt den Namen des Films in die Suchzeile ein.

Rec-Taste.

»Aufnahme 22:

Tatsächlich, 2004! Damals ging es mir nicht um das Thema Sterbehilfe, aber ich schwärmte für Javier Bardem, diesen großartigen spanischen Schauspieler. Hier spielt er einen jungen Mann, der, nach einem Unfall komplett gelähmt, nur noch mithilfe seiner Augen kommuniziert. Erst nach jahrelangen Qualen findet er eine Frau, die ihm dabei hilft, seinen Sterbewunsch in die Tat umzusetzen. Ein sehr berührender Film, der keinen Widerspruch zulässt, und ich war davon ausgegangen, dass er der Botschaft, den eigenen Tod selbst bestimmen zu können, sämtliche Türen öffnet. Nichts dergleichen geschah, die Religionspolizei, wie man sie in islamischen Staaten schimpft, hält auch bei uns die Fäden fest in der Hand. Stopp.«

Der Vogel ist längst weg. Schade! So ein kleiner Verrückter tut gut. Paul drückt wieder die Rec-Taste und liest auch das Ende des Rechtsanwaltsschreibens laut vor:

»Aufnahme 23. Zitat Ruppert:

Der Verweis auf eine weniger sichere Selbsttötungsmethode durch die Beklagte muss daher sowohl aus pharmazeutischer als auch aus medizinischer Sicht mehr als befremdlich wirken und entzieht sich jeglicher juristischen Bewertung. Dr. Stefan Ruppert.«

Paul stoppt und schlägt mit der Faust auf den Tisch. Warum, verdammt, muss eine Selbstverständlichkeit immer und immer wieder auseinandergefleddert, haarklein seziert, gedreht und gewendet werden? Können Richter denn nicht einfach mal sagen: Alles klar, wir haben's kapiert, es geht hier um einen Notstand. Wie lange sollen er, Paul Gärtner, Stefan Ruppert und die Mitstreiter denn noch vor den Schranken hoher Gerichte buckeln, damit das Leiden aufhört und endlich Klarheit herrscht? Es ist zum Aus-der-Haut-Fahren!

Schnell ein Schluck Wasser, um sich zu beruhigen.

»Aufnahme 24:

Jeder, der die Urteilsverkündung am 26. Februar in Karlsruhe im Fernsehen verfolgte, war Zeuge, wie gewissen Persönlichkeiten für Bruchteile von Sekunden die Kinnladen runterfielen. Dieser höchstrichterliche Entscheid – für sie eine schallende Ohrfeige. Und vermutlich ballten sie Rachefäuste in ihren feinen Sakkotaschen. Rache, an armen Schweinen wie mir. Zwei unserer Mitstreiter sind ihren Krankheiten inzwischen erlegen. Mussten Qualen erleiden, weil andere verbissen an der ›Kostbarkeit‹ ihres Lebens, an diesem ›Geschenk Gottes‹, festhielten und ihrer ›autonomen Selbstbestimmung‹ keine Chance einräumten. Was wäre denn das für ein Geschenk, wenn der Empfänger damit nicht machen kann, was er will? Versteht ihr, was ich meine? Ärzte begreifen es offenbar nicht, dass ›Patientenwohl‹ nicht immer und unbedingt ein Verweilen im Hier und Jetzt bedeutet, dass Sterben eine zum Leben dazugehörige Daseinsvariante sein könnte. So jedenfalls sehe ich es – das nimmt mir den Schrecken. Ein evangelischer Bischof hat neulich öffentlich sehr interessant formuliert, auch einen Sterbewunsch zu verweigern könne schuldhaft sein. Man solle sich Gedanken darüber machen, wie eine in diesem Sinne ›barmherzige Begleitung‹ aussehen könne. Genial! Stopp!«

Wenn er es doch endlich schaffte, aufzustehen und festen Schrittes auf andere zuzugehen. Dann würde er eine Gelegenheit suchen, dem Gesundheitsminister persönlich zu sagen, er missbrauche sein Amt, denn er tue so, als sei er derjenige, den es nicht gibt – Gott. Paul sackt in seinem Rollstuhl zusammen. Warum nur, verdammt, war alles so entsetzlich anstrengend?!

Wie spät ist es? Noch nicht mal Mittag. Der heilige Sonntag schleppt sich hin, noch Stunden, bis Kuno kommt. Kuno, sein allabendlicher Lichtblick. Paul würde jetzt gern etwas essen, doch er weiß genau, dass die Sonntagsration, die der Bote gestern in der Styroporbox zusammen mit dem Samstagsmenü brachte, und die jetzt im Kühlschrank auf ihn wartet, noch weniger gut schmeckt als das Essen sonst. Früher gab es doch die schöne Sitte mit den Sonntagsbraten, Servietten und Nachtisch. Paul lacht. Einen derartigen Luxus gab es zu Hause nur, solange sein Vater noch lebte. Später war die Haushaltskasse zu schmal, um sich etwas Derartiges leisten zu können.

Paul beschließt, erst später in die Küche zu rollen und zu kochen, wie er es nennt. Immerhin gelingt es ihm seit Kurzem, eine Aluschale in die Mikrowelle zu schieben. Welche Errungenschaft!

»Aufnahme 25:

Ich wuchs in einer Zeit auf, in der man bemüht war, Gras über die jüngste Vergangenheit wachsen zu lassen. Alle setzten auf das große Schweigen – das Verschweigen. Die Uniformen und Orden der Väter und Söhne, so diese aus dem Krieg zurückgekommen waren, wurden in Schränken oder alten Truhen auf Dachböden versenkt. Aber wie sollte das gelingen, unschuldiges Leben auf schuldigem aufzubauen? Hatte man tatsächlich geglaubt, so etwas sei möglich?

Als Zwölfjähriger nahm ich eines Tages allen Mut zusammen und hielt den brutalen Schlägen meiner Mutter – seht, wie Emma nach dem Stock greift, wie sich ihr Gesicht verhärtet, wie sie zuschlägt und schlägt und schlägt, und wie meine Schwester danebensteht und sich ergötzt – ein unmissverständliches ›Noch einmal!‹ entgegen. Mit erhobener Faust. Das tat seine Wirkung, von da an barg erneutes Zuschlagen ein hohes Risiko, das Emma nicht einging. Ich war ein zwar schmaler, aber kräftiger Junge, der auf der Straße gelernt hatte, sich zu behaupten. Bei meinen Trümmerkumpels gab es kein Pardon, täglich wurden Schrammen und mehr eingefangen – und ausgeteilt. Von da an hörten ihre Misshandlungen auf. Stopp!«

Aber Brutalität und Gewalt hinterlassen Narben in der Seele eines Kindes. Sie schimmern durch die Haut und sorgen lebenslang für Wetterfühligkeit, sogar wenn anderen Gewalt droht. Paul spürt es sofort, wenn Kinder in Gefahr sind. Und er greift ein, auch wenn er Ärger bekommt.

»Aufnahme 26:

Meine Mutter. Bis zuletzt blieb sie allein, zehrte von der schmalen Witwenrente. Wobei ich annehme, dass sie sich hin und wieder etwas dazuverdiente. Wahrscheinlich als Verkäuferin in dem Reformhaus, das in meiner Jugend eine gewisse Rolle spielte. Mein Vater war mit dem Besitzer befreundet. Darauf komme ich noch. Emmas Liebschaften sind unbelegt – außer die mit einem Rechtsanwalt noch während ihrer Ehe. Ich habe ihr nie hinterherspioniert. Unsere Wege trennten sich, als ich 1968 für mein Studium nach Lüneburg und sechs Jahre später in den Süden Deutschlands zog. Doch als sie neunzig wurde und sich nicht mehr allein versorgen konnte, habe ich sie – trotz aller Gräben zwischen uns – zu mir nach Möhringen geholt. Meine letzte Station in Süddeutschland.

Gut drei Jahre hielten Olga, meine dritte Frau, und ich durch. Dann war Emmas Pflege nicht mehr zu stemmen – wir waren beide beruflich rund um die Uhr eingespannt. Ich leitete damals zwei Häuser, ›Werkstätten für persönliche Entwicklung‹ fester Bestandteil im Resozialisierungsprogramm gestrauchelter Jugendlicher. Und so verbrachte Emma, die Krankenschwester aus Danzig, die sich als Einzige ihrer Sippe auf den Weg in den Westen gemacht hatte, und bis Hamburg gekommen war, ihre letzten Tage in einem katholischen

Hospiz in Möhringen. Sterbehilfe war damals noch kein Thema, weder für sie noch für mich. Und selbst wenn, hätten wir niemals ein Gespräch darüber führen können. Den Grad an Vertrautheit muss man sich frühzeitig im Leben erarbeiten – bei ihr und mir, keine Chance.

Olga, orthodox erzogen, stürzte sich mit Verve in die Dekoration von Emmas Zimmer, mit Kerzen und Blumen, Muttergottes- und Engelbildern, denn die religiöse Prägung der alten Dame, die lange verschüttet war, kam urplötzlich wieder zum Vorschein und pochte auf entsprechende Tröstungen. Ein katholisches Begräbnis wurde ihr allerdings nicht zuteil, weil sie im Sommer 1936 – um ihren Kurt heiraten zu können – zur evangelischen Kirche übergelaufen war. Für Kurts Foto in schmucker Nazi-Uniform schlug Olga noch einen Extranagel in die Hospizzimmerwand. Auf ihm ruhten Emmas wassergraue Augen, bis sie sie für immer schloss, ungebrochen stolz, einem treuen Diener Adolf Hitlers einst ihr Ja-Wort gegeben zu haben. Ihre letzte Verfügung: Ihre Tochter solle ihrer Beerdigung fernbleiben.

So schickte ich Ulla die Todesanzeige erst, als Emma bereits unter dem Rasen lag, und verkniff es mir nicht, ihr ein ›Ruhe in Frieden!‹ beizulegen. Gemein? Sie war ein Kinderleben lang gemein zu mir. Stopp!«

Sämtliche kleinen Petzereien und das hämische Grinsen seiner Schwester ploppen vor Pauls innerem Auge auf, er meint sie vor sich zu sehen, mit ihren blöden Affenschaukeln. Wie sie jetzt aussieht, weiß er nicht, die Geschwister haben sich schon Jahrzehnte nicht mehr gesehen. Und Paul hat nie erfahren, was der Grund für das Zerwürfnis zwischen Mutter und Tochter war. Er hat seiner Schwester auch nie erzählt, dass ihre Hamburger Wohnung vor mehr als fünfzig Jahren, eine Woche lang, als sie verreist war, zu einem Liebesnest wurde – für ihn und seine amerikanische Freundin. Ein Aufenthalt mit Folgen!

»Aufnahme 27:

Jetzt sollte ich eigentlich – Nein, wartet, davon erzähle ich später. Ihr sollt ruhig noch ein bisschen zappeln.

Als ich Emmas Zimmer räumte, das wir ihr in unserem Haus, mit ihren Möbeln, eingerichtet hatten, kam der Schock. Tatsächlich war es ihr gelungen, unbemerkt einen beachtlichen Bestand an Nazi-Literatur einzuschmuggeln. *Mein Kampf* unter meinem Dach! Ich schäumte, verscherbelte umgehend den ganzen Schund und spendete den Erlös einer Behindertenwerkstatt. Sollte Emma sich im

Grabe umdrehen! Schaut nach, im Internet findet sich ein riesiger Markt für Nazi-Dreck. Man fasst es nicht.

Ihre Möbel und eine kleine Kiste mit Fotos und Briefen nahm ich an mich – und meine Schwester schoss seitenlange böse Episteln an mich ab. Sie wohnte damals in einem kleinen Ort in der Nähe von Lübeck. Doch weil ich ihr keine Antwort gab, versickerte dieser einseitige Kontakt.

Erst drei Jahre später kam ich endlich dazu, einen Blick in die Kiste zu werfen, und – ihr ahnt es?

Das Highlight unter den vielen, unterschiedlich gut erhaltenen Schwarz-Weiß-Aufnahmen: Kurt und Emmas Hochzeitsfoto. Aufgenommen am 7. Juli 1936 vor dem Kirchenportal St. Katharinen in Hamburg. In kompletter SA-Uniform – hohe Stiefel, Hakenkreuzbinde, Schaftmütze mit Lederband und Reichsadler, Koppel und Handschuhen – führt Kurt seine Emma den vor der Kirche Wartenden als seine ihm soeben angetraute Ehefrau vor.

Dieses Foto war der Beweis dessen, was ich lange geahnt, bis dahin aber nie wirklich zu Ende gedacht hatte: Mein Vater war von Anfang an dabei, ein Nazi durch und durch! Ich begann, Erkundigungen über ihn einzuholen. Die Fotos und gebündelten Briefe aus Emmas Kiste gaben ja nur über einen sehr geringen Teil seines Lebens Auskunft. Wobei auch zeitgeschichtlich Interessantes dabei war, was die These stützt, dass auch das Private politisch ist. Als Beispiel: Ein Brief, den Kurt seiner Braut noch vor der Hochzeit schrieb, worin er ihr versicherte, einen Stammbaum, zurückreichend bis 1650, vorlegen zu können, ›in dem kein einziger Jude ist‹.«

Paul stoppt und starrt aus dem Fenster. Er ist müde. Muss das, was er über Kurt Gärtner in Erfahrung brachte und in seinem #Täterkinder veröffentlichte, zu Gehör gebracht werden? Kein Zweifel. Denn auch wenn er nicht sehr alt wurde, wirft dieser Vater immer noch Schatten, die Paul ständig triggern, ein »Schwamm drüber« bezüglich deutscher Geschichte niemals gelten zu lassen.

Paul öffnet den Laptop, klickt seine Homepage an, drückt die Rec-Taste und liest vor.

»Aufnahme 28:

Aus dem #Täterkinder:

Gleich 1933 wurde mein Vater Kurt Gärtner, Jahrgang 1906, Mitglied der SA. Sein Berufswunsch, ›Offizier der Reichswehr‹, ging nicht in Erfüllung, stattdessen lernte er Kaufmann. 1939, bei Kriegsbeginn, wurde er per Notdienstverordnung Polizist, diente sich vom

Wachtmeister der Hamburger Schutzpolizei (Gruppenreserve und ›Überfallkommando‹) hoch zum Oberwachtmeister im 101. Polizeireservebataillon. Dieses war bis zum Mai 1941 unter anderem mit der Bewachung des Ghettos Litzmannstadt betraut und wurde nach Rückkehr – mit Jubel empfangen und öffentlich gelobt – zur Deportation von Juden aus Hamburg eingesetzt. Nach weiteren Lehrgängen konnte mein Vater sich ab Ende 1941 Leutnant, zwei Jahre später Oberleutnant der Schutzpolizei nennen und wurde als solcher nach Emden abkommandiert. Nach der Verleihung des Kriegsverdienstkreuzes II. Klasse – für den ›Frontdienst‹ in Emden – strampelte er sich weiter hoch und geriet, zuletzt Adjutant des Befehlshabers des III. Polizeibataillons, am 1. Mai 1945 in Kriegsgefangenschaft. Drei Monate verbrachte er in einem Camp in Frankreich, erkrankte an Ruhr, blieb wider alle Erwartungen am Leben und war pünktlich zu meiner Geburt am 15. September 1945 zurück in Hamburg – mit zwei inzwischen ausgeheilten Pistolenschüssen in der linken Brust, über die er niemandem Auskunft gab. Freunde bescheinigten ihm schriftlich, dass Kurt Gärtner nie ein Nazi gewesen war. Als Detektiv für die Engländer hielt er sich und seine Familie im Nachkriegsdeutschland ein paar Jahre über Wasser, kam aber mit der neuen Weltordnung nicht klar. 1953, 47-jährig, nahm er sich das Leben. Im selben Alter, in dem auch sein Vater starb, und ihn als Achtjährigen zurückließ – so wie Kurt Gärtner mich.

Zitat Ende. Jetzt wisst ihr Bescheid.«

Paul stoppt. Wie bitter diese Fakten sind. Obwohl er sie jetzt lange kennt. Als Jugendlicher hatte er Prozesse gegen Nazitäter verfolgt, fasziniert und angewidert die Fotos von Adolf Eichmann in seinem Glaskäfig angestarrt, die 1961 aus dem Prozesssaal in Jerusalem um die Welt gingen. Fünfundzwanzig Jahre später fieberte er mit, dass Klaus Barbie verurteilt wurde, nachdem Bolivien ihn endlich an Frankreich ausgeliefert hatte. Aber erst mit Anfang sechzig stieß Paul auf handfeste Belege, dass es auch in seiner Familie »braune Flecken« gab. Ihm fallen die für ihn so wichtigen Sätze von Niklas Frank ein: *Es gibt Väter, die zeugen einen täglich neu.* So wie der meine mich. Hans Frank ging als »Schlächter von Polen« in die Geschichtsbücher ein, 1946 wurde er in Nürnberg hingerichtet.

»Aufnahme 29:

Nicht missverstehen, ich will Paul Gärtner hier in keiner Weise aufplustern, er war, weiß Gott, keiner der Großen, nein, aber er wäre gern ein Großer gewesen. Das ist das Entscheidende. Nach allem, was ich im Lauf meiner Recherchen über ihn in Erfahrung brachte, habe ich mich bang gefragt, zu was er fähig gewesen wäre, wenn man ihn gelassen hätte. Ich nenne das jetzt mal ›die Banalität des nicht ausgelebten Bösen‹.«

Paul beobachtet, wie ein Eichhörnchen über die Terrasse huscht, auf die Bank springt, kurz innehält, mit seinen schwarzen Knopfaugen um sich guckt, in dieser putzigen »Immer auf dem Sprung«-Eichhörnchen-Art, dann so schnell über den Zaun verschwindet, dass ihm kein Auge folgen kann. Er sollte hinaus auf die Terrasse fahren und ein bisschen frische Luft schnappen, denkt er. Aber seine Glieder fühlen sich an, als seien sie mit Blei gefüllt, als sitze er im Dunkeln, obgleich die Sonne scheint.

Dieser Vater!

Tatsächlich, in dem Moment, als Paul seine Krebsdiagnose erhielt, meinte er, seinen Vater vor sich zu sehen, bedrohlich wie immer, bereit zuzuschlagen: Reiß dich zusammen! Und das, obwohl er selbst gekniffen hatte. Warum eigentlich? Hatte ihn sein Gewissen eingeholt, nach allem, was er mit eigenen Augen gesehen haben musste, was er mit eigenen Händen vielleicht getan hatte?

Pauls erste Erinnerung an den Vater ist vage. Hält der ihn auf seinem Arm oder ist es seine Mutter? Sicher ist nur, sie sind auf dem Balkon der Wohnung in Hamburg-Barmbek und der Vater zeigt ihm die dort zum Trocknen aufgehängte Tabakblätter. Wieso eigentlich Tabakblätter? Woher kamen die, war das erlaubt? Machte der Detektiv nebenbei krumme Geschäfte?

Paul nimmt wieder den Rekorder zur Hand.

»Aufnahme 30:

Ergänzung zum Hochzeitsfoto: An ihm lässt sich tatsächlich ein kleiner Zipfel Weltgeschichte ablesen. Emma, in einem langen weißen Kleid, den Schleier wie einen Kranz um den Kopf gewunden, trägt ein Kreuz um den Hals, Kurt sein Hakenkreuz am Arm. Die später so fatale ›Verbrüderung‹ von Kirche und Drittem Reich, festgehalten auf dem Hochzeitsfoto eines Paares, das sich seiner Liebe in Briefen versicherte und doch nie wirklich zueinanderfand.

Emma war sechsundzwanzig, nichts deutet auf die allmähliche Verrohung ihres Gemüts hin, nichts auf die Brutalität, zu der sie fähig sein wird. Viermal wurde sie schwanger, nur zwei Kinder kamen lebend zur Welt. Das erste, Ulla, ein Jahr bevor der Zweite Weltkrieg ausbrach, das letzte, ich, kurz nach Kriegsende. Gezeugt während

Kurts letztem Weihnachtsurlaub, einem Versöhnungstreffen, nachdem sein Seitensprung, vollzogen mit einem Küchenmädchen in der Kaserne in Emden, ruchbar geworden war. Auch das belegen Unterlagen in Emmas Kiste. Als sie im fünften Monat ihrer letzten Schwangerschaft war, lagen die deutschen Städte in Schutt und Asche, der Krieg war aus. Dass ihr Mann zurückkehrte, habt ihr bereits gehört, auch dass er sich das Leben nahm. Es war am 20. März 1953, einem Freitag – zwei Tage, nachdem der Bundestag das deutsch-israelische Wiedergutmachungsabkommen ratifizierte.«

Paul drückt die Stopp-Taste. Ob dieses Abkommen tatsächlich den Ausschlag gab? War für einen aktiv am Holocaust Beteiligten, der auch nach dem Krieg keinen Sinneswandel erkennen ließ, dieses Schuldeingeständnis zu groß? Immerhin bröckelte mit Konrad Adenauer, dem ersten Kanzler der 1949 gegründeten Bundesrepublik Deutschland, die Überzeugung »Nie mehr eine Wehrmacht«, die das Bewusstsein, Verlierer des Zweiten Weltkriegs gewesen zu sein, wach- und alte Nazis im Zaum gehalten hatte. Oder waren es rein private Gründe?

Jedenfalls soll Emma, so wurde es später kolportiert – um die Mittagszeit und bereits in der offenen Wohnungstür stehend –, ihrem Kurt an den Kopf geworfen haben, sie gehe jetzt zum Scheidungsanwalt. Unmittelbar danach muss Kurt die Küche betreten, eine letzte Botschaft auf ein Blatt Papier geschrieben und dann den Gashahn aufgedreht haben. Paul hatte sich immer vorgestellt, dass sein Vater, auf dem Küchenstuhl sitzend, seinen Tod herbeiatmete, und dann vornüber auf den Tisch fiel.

»Aufnahme 31:

Eine glückliche Fügung. Zu ihrem fünfzehnten Geburtstag, wenige Tage vorher, hatten meine Eltern Ulla einen eigenen Hausschlüssel geschenkt. Ein Beweis ihres uneingeschränkten Vertrauens. Den Fortgang der Geschichte habe ich mir immer so vorgestellt: Ulla kommt aus der Schule und steckt den Schlüssel ins Schloss der Haustür, anstatt, wie in all den Jahren zuvor, auf den Klingelknopf zu drücken. Schon möglich, dass dann das ganze Haus in die Luft geflogen wäre. Im Treppenhaus fällt ihr ein eigenartiger Geruch auf, der Panik in ihr auslöst, und sie veranlasst, mit ihren Fäusten gegen die Tür der Nachbarn zu hämmern, anstatt unsere Wohnungstür aufzuschließen. Der Mann dieses schon betagten Ehepaars, ein besonnener Finanzbeamter in Pension, nimmt nach Öffnung seiner

Tür ebenfalls den Geruch wahr, was ihn zu einer beherzten Reaktion veranlasst. Er presst ein dickes Handtuch vor den Mund, greift nach Ullas Wohnungsschlüssel, erstürmt unsere Küche, dreht den Gashahn zu, reißt das Fenster auf und eilt – an meinem, zu diesem Zeitpunkt wahrscheinlich bereits toten Vater vorbei – zurück in seine Wohnung. Dort ruft er den Rettungsdienst an.«

Paul drückt die Stopp-Taste. Das war doch mal eine rasante Passage? Früher nannte man derlei »zum Mitschreiben«. Er lacht. Hier wird nicht geschrieben, hier sitzt ein kranker alter Mann und traktiert ein Mikrofon. Mit dem Geräusch einer brüchigen Stimme, die ein Leben erzählt!

»Aufnahme 32:

Hört, wie es meiner Mutter erging, als sie sich gegen Abend dem Haus näherte – die Unterredung mit dem Anwalt hatte sich aus bereits erwähnten Gründen in die Länge gezogen. Beim Anblick des vor der Haustür parkenden Polizeiwagens gerät sie in Panik, zwei Stufen auf einmal nehmend, erreicht sie den dritten Stock. Hier drückt ihr einer der dort auf sie wartenden Polizisten den ›Abschiedsgruß‹ ihres Mannes in die Hand: ›Der nationale Mann ist noch nicht wieder gefragt.‹ Der Schrei, den meine Mutter ausstößt, wird im ganzen Haus zu hören gewesen sein.

Wo war ich? Mich hatte man am Morgen jenes Tages – als hätte man das Verhängnis vorausgeahnt – angewiesen, nach der Schule nicht nach Hause, sondern zur Großmutter auf der anderen Seite des Eilbek Kanals zu gehen, eine U-Bahn-Station von uns entfernt. Spät abends kam meine Mutter, aber nicht, um mich abzuholen, sondern um der Großmutter mitzuteilen, dass der Vater ganz plötzlich ins Krankenhaus gekommen sei. Ich spürte, dass sie log, aber ein Achtjähriger hat keine Mittel, Wahrheit einzufordern. Ich bat darum, ihn besuchen zu dürfen, und erntete ein schroffes: Nein! Erst Tage später, während derer ich die Schule schwänzen und mit meiner Großmutter *Mensch ärgere Dich nicht* spielen durfte, kam meine Mutter zusammen mit meiner Schwester zurück, heulte und sagte, dass Vater gestorben und bereits begraben sei. Die Großmutter fiel auf das Sofa wie ein Stein, mich erfasste eine abgrundtiefe Traurigkeit, wie ich sie noch nie gespürt hatte, aber niemand tröstete mich.«

Durstig vom vielen Reden greift Paul nach der Wasserflasche auf dem Tisch und schenkt sich ein Glas ein. Beim Abstellen zittert seine

Hand, die Flasche kippelt und fällt um. Blitzschnell rettet er Laptop und Rekorder auf seinen Schoß. Eine kleine Wasserlache breitet sich aus, die Flasche rollt auf den gegenüberliegenden Rand des Tisches zu, immer weiter weg von Paul, er kann sie nicht aufhalten, ein dumpfes Klirren, als sie am Boden zerspringt. Er kämpft mit den Tränen. Wie soll es weitergehen, wenn er nicht einmal mehr eine Flasche abstellen kann? Was, wenn alles von vorn losginge? Das Zittern nimmt zu. Warum? Er begreift es nicht – er weiß doch, was er am Ende tun wird. Trotzdem würgt ihn Panik. Er braucht dieses Medikament! Nur dieses eine! Unbedingt! Nur um sicher zu sein. Nur für den Fall, dass … nur …

Hat er das Bewusstsein verloren? Als Paul zu sich kommt, fühlt er Laptop und Rekorder auf seinem Schoß. Was war los? Soll er seinen Arzt anrufen? Auf der gegenüberliegenden Seite des Tisches eine Wasserlache. Wahrscheinlich nur ein kleines Malheur. Kann doch jedem mal passieren. Deshalb muss man nicht gleich … Gelassenheit! Das schöne Wort, das in den Therapiegruppen diverser REHAS immer groß an der Tafel stand. Wie er diese Meetings hasste. Das ewige Gerede der anderen Teilnehmer, ihre Fokussierung auf das eigene Leid – grauenhaft!

Gleich 14 Uhr. Paul hat jetzt Hunger, packt den Laptop zurück auf den Tisch und peilt, den Rekorder auf den Oberschenkeln, die Küche an. Doch die geplante Drehung des Rollstuhls misslingt. Eine Glasscherbe ist bis zu ihm gestoben und stoppt das linke Rad. Paul flucht, weil er hin und her ruckeln muss, um über das Hindernis hinwegzukommen. Es knirscht gewaltig. Ein grässliches Geräusch! Woran erinnert es ihn? Es fällt ihm nicht ein.

Worum ging es zuletzt? Paul ist jetzt bereits im Flur, stoppt und kontrolliert das Display. Die letzte Aufnahme trägt die Nummer 32. Er drückt auf Wiedergabe – eine Ohnmacht erlaubt, die Regeln zu brechen: »… aber niemand tröstete mich.«

»Aufnahme 33:

Fast noch schlimmer als die Tatsache, dass es meinen Vater nicht mehr gab – jedenfalls nicht mehr im Hier und Jetzt, dafür aber im Himmel, wie meine Mutter mir täglich versicherte –, war das Gerede der Nachbarn, wovon ich ab und zu Brocken mitbekam. Den Herrn Gärtner hat man – jawohl, nachts – in einer Blechkiste … Natürlich fragte ich mich, was das hieß und ob er vielleicht gar nicht im Krankenhaus gestorben war. Ziemlich verwirrend für einen Achtjährigen. Zudem stellte ich es mir sehr hart vor in einer Blechkiste und sehr kalt. Ich hatte Mitleid mit meinem Vater, trieb mich oft vor dem Schaufenster des Bestattungsinstituts Bergmann & Krumbiegel in der Uferstraße herum und wünschte mir, man hätte ihn in einem dieser lackierten Holzsärge davongetragen. Sie standen hier doch nur herum. Einer war sogar mit blau schimmerndem Samt ausgeschlagen. Wahrscheinlich habe ich, vor der großen Glasscheibe stehend, sogar geweint, denn einmal winkte mir ein Mitarbeiter des Bestattungsinstituts von innen zu. Da lief ich weg. Mitleid konnte ich zu der Zeit gar nicht ertragen.«

Paul drückt die Stopp-Taste, fährt zum Kühlschrank, holt die Aluschale heraus, die Mikrowelle steht in Reichweite. Im Nu ist das Essen aufgewärmt. Er zieht den Deckel ab, schnuppert. Na ja, könnte schlimmer sein. Nach dem ersten Happen Kartoffelpüree ist die Mittagsdosis Tabletten dran, Irene legt sie ihm morgens abgezählt bereit. Das Fleisch schmeckt wie immer. Um was es sich dabei handelt, könnte niemand mehr sagen. Egal. Für Paul ist Essen zum Akt »Tabletten brauchen eine Grundlage« degradiert. Er verharrt in der Küche und bemüht sich, die Aluschale zu leeren. Ein gesittetes Tamtam rund um die Mahlzeiten zu veranstalten überlässt er Irene und Kuno. Sie sind dafür verantwortlich, dass er nicht zum Assi verkommt. Dafür werden sie bezahlt. Paul lacht. Das Leben wird komplett irrsinnig, wenn man sich nicht mehr erheben und keinen einzigen Schritt mehr laufen kann. Er überlegt, ob er Ayla anrufen soll. Um diese Zeit eine schlechte Idee, jetzt sind die Kinder dran.

Bevor Paul ins Zimmer zurückfährt, wirft er die Aluschale samt Essensresten in die Müllbox und steuert das Bad an. Seit ein paar Tagen schafft er es, sich ohne fremde Hilfe auf die Toilette zu wuchten. Eine wiedergewonnene, nicht gering zu schätzende Fähigkeit, die den besonderen Stuhl im Wohnzimmer eigentlich überflüssig macht, der sicherheitshalber aber noch neben seinem Bett verharrt, als glaube noch niemand so recht daran, dass auch Gebrechen ihre Zeit haben, die irgendwann endet. Einmal war Paul tatsächlich mit diesem Ungetüm umgestürzt und hatte in der eigenen stinkenden Brühe ausharren müssen, bis Kuno ihm nach einer gefühlten Ewigkeit zu Hilfe kam.

Zurück im Wohnzimmer umrundet Paul die Glasscherben, klappt seinen Laptop auf und klickt sich durch die Nachrichten. »Mehr als Hunderttausend Demonstranten fordern den Rücktritt Lukaschenkos«, alte und junge Menschen wie eine Woge in den Straßen von Minsk, »Hochwasser in Bangladesch«, »Konzertexperiment in Leipzig,

Wissenschaftler haben während der Veranstaltung Daten gesammelt«. Wieder überfällt ihn diese Müdigkeit, legt sich wie ein schwerer Mantel über ihn. Er ruckelt das kleine Kissen hinter seinem Kopf zurecht und schläft ein.

Das Telefon! Paul schreckt hoch, braucht eine Weile, bis er weiß, wo er ist, und drückt die grüne Hörer-Taste. »Hurra! Sie haben gewonnen!«, schrillt eine weibliche Stimme an sein Ohr. »Ihr Mega-Los hat die Nummer …« Paul drückt die Stimme weg. Eine Frechheit! Immer häufiger in der letzten Zeit belästigen ihn derart dämliche Trolle. Er hat von einem Wettbewerb gelesen, in dem es darum geht, herauszufinden, ob eine künstliche oder lebendige Stimme zu dir spricht. Seine Müdigkeit ist verflogen. Er legt das Telefon zurück auf den Rollwagen und nimmt den Rekorder in die Hand. Ein Blick aufs Display, dann Rec-Taste.

»Aufnahme 34:

Das passt gerade gut: Angelas ›Shocking Call‹. Es gibt Sachen, die denkt sich das Leben aus, niemand könnte sie erfinden.« Ein weiterer Blick aufs Display, die Batterieanzeige steht noch weit vor »Halb«, also keine Gefahr, dass die Technik ihn verlässt. »Es war die Nacht von Montag auf Dienstag, den 20./21. März 2005. Um genau zu sein, meine vierte Hochzeitsnacht. Ich verbrachte sie aber nicht im Bett meiner mir just Angetrauten, sondern auf der Autobahn. Ganz bewusst hatte ich im Stuttgarter Standesamt den 20. März als Tag für die Hochzeit mit Ayla gebucht, das Datum, an dem mein Vater sich das Leben nahm. Eine kleine Rache an ihm. In einem meiner stummen Monologe, die ich bis heute hin und wieder mit ihm führe, hatte ich es ihm gesteckt, dass ich eine junge Afghanin heirate, um ihr ein Leben in einer Demokratie zu ermöglichen. Demokratie, hörst du? Deinen ganzen Führer- und Rassenscheiß auf den Müllhaufen der Geschichte!

Nach dem Brimborium im Stuttgarter Standesamt – Aylas Schwester und deren Freundin gaben unsere Trauzeuginnen – hatte ich in ein italienisches Restaurant eingeladen. Am besten sollte Ayla gleich ganz Europa schmecken lernen, fand ich. Anschließend kutschierte ich Braut und Schwester nach Sinsheim. So war es ausgemacht. Fürs Erste sollte sie dort, in der Wohnung der Schwester, bleiben. Wie wohl schon mehrfach erwähnt, krempelte ich mein Leben damals gerade wieder um, brach meine Zelte in Stuttgart und Olhos de Água ab und hatte vor, zurück nach Norddeutschland zu ziehen. In die alte Heimat.

Es war schon Nacht, als ich mich in den um diese Zeit spärlichen Verkehr auf der Autobahn einfädelte. Eine kalte Märznacht. Ich hoffte, dass die Wohnung der Schwester gut geheizt war, Ayla hatte den Iran bei frühlingshaften Temperaturen verlassen.

Stellt euch die Situation vor: Vor mir, im Licht der Scheinwerfer, die silbrig schimmernde Fahrbahn, die weißen Markierungen zischen rechts und links an mir vorbei. Ich werde müde, schalte das Radio ein, höre Schlager und konzentriere mich auf das, was aus der Dunkelheit auf mich zukommt. Plötzlich klingelt mein Telefon. Ich drossele das Tempo etwas, drehe die Radiolautstärke runter und greife im Dunkeln nach dem kleinen Metallteil, das ich automatisch auf den Beifahrersitz lege, wenn ich mich ans Steuer setze. Sehr laut und munter höre ich: Hello, that's me, Angela! Die Stimme meiner alten Freundin. Überdeutlich, als befände sie sich ganz in meiner Nähe. Verdattert frage ich: Wo bist du? – At home! Das hieß, in Massachusetts, Tausende Kilometer entfernt, jenseits des Atlantiks. Mein Brief war also tatsächlich bei ihr angekommen. Du willst uns besuchen? Fein! Ich will ihr erklären, dass ich gerade auf der Autobahn bin, ob sie vielleicht ... Aber sie hört nicht zu, plappert einfach weiter, ich könne jederzeit kommen, auch Bill, ihr Mann, würde sich freuen. Aus einer plötzlichen Laune heraus hatte ich ihr geschrieben, auch auf die Gefahr hin, dass die Anschrift längst tot war. Immerhin waren vierzig Jahre vergangen, seitdem Angela mir ihre Adresse auf einem Zettel in die Tasche schob. Es gebe nur ein Problem, höre ich sie sagen, Steven, ihr Ältester ... ich verstehe nicht alles, sie redet sehr schnell, die Verbindung wird schlechter, und ich denke, hey, du bist immer noch genauso schräg drauf wie damals. Wir hatten uns, achtzehn-, neunzehnjährig, während eines freiwilligen sozialen Jahres in einem heilpädagogischen Heim in England kennengelernt, und zwei Jahre später tauchte sie ganz plötzlich in Hamburg auf.

Was ist mit Steven?, frage ich, und drossele weiter das Tempo. Plötzlich ist dichter Nebel aufgekommen. Er ist dein Sohn!« Paul macht eine kurze Pause. »Ja, genauso war es. In dieser Märznacht auf der Autobahn zwischen Sinsheim und Stuttgart erfuhr ich per Telefon, Vater eines bereits vierzigjährigen Sohnes zu sein Und im selben Augenblick, noch auf dieser Autobahn, fiel ein Schuldgefühl von mir ab, das auch nur annähernd zu definieren ich nie imstande war. Plötzlich schien eine jahrzehntelange Suche beendet – alle Fragen beantwortet. Die dunkle Wolke, die mich verfolgt und etliche Therapien nötig gemacht hatte, löste sich in Sekundenschnelle auf.«

Stopp-Taste. Paul legt den Rekorder vor sich auf den Tisch. Ein höchst sonderbarer Moment, eine Zäsur in seinem Leben. Er hatte überlegt, ob es nicht besser sei, die Standspur anzusteuern und eine Pause einzulegen. Aber Angela wollte in einer Stunde erneut anrufen, wenn er zu Hause war.

Die ganze Situation ist so präsent, als habe Paul sie gerade eben erlebt. Manche Ereignisse lassen sich nicht abschütteln, sie bleiben eine ewige Gegenwart.

Paul würde jetzt gerne etwas trinken, doch die Flasche ist am Boden zerschellt und er hat vergessen, aus der Küche eine neue mitzubringen. Diese Glasflaschensitte hat Ayla eingeführt. Früher trank er Wasser aus dem Hahn. Für sie jedoch bedeutet nicht abgefülltes Wasser Krankheit, wenn nicht gar Tod. Ab jetzt wird er auf Plastikflaschen bestehen. Er tippt mit dem Finger in die Wasserlache, welche die Flasche beim Umkippen auf dem Tisch hinterlassen hat, und befeuchtet seine Lippen. Hier gehts ja schon zu wie bei einem Sterbenden, denkt er.

»Aufnahme 35:

Während ich meine Fahrt durch die Dunkelheit fortsetzte, zog ich in Erwägung, dass Angela sich vielleicht nur verplappert und eigentlich überhaupt nicht vorgehabt hatte, mir die Wahrheit zu sagen. Ein schales Gefühl. Steven, so hatte sie versichert, wisse von nichts.

Als ich zu Hause ankam, stellte ich erschrocken fest, dass meine Hände zitterten. Ich setzte mich aufs Sofa, und als Angela tatsächlich wieder anrief, brüllte ich nur ein Wort ins Telefon: Warum? Sofort verteidigte sie sich, es habe nie den richtigen Zeitpunkt gegeben, und so seien die Jahre hingegangen. Irgendwann habe sie gemeint, es sei eh zu spät und spiele keine Rolle mehr. Nie habe sie damit gerechnet, dass ich mich noch einmal melden würde. Bill allerdings wisse Bescheid, ich solle doch kommen, einfach so, als Freund. Das sei das Beste für alle, auch für Stevens Kinder. Kinder?, fragte ich. Ja, Steven habe vier Kinder.

Die Information setzte mir dermaßen zu, dass mir meine Fragen, wie alt diese Kinder seien, wo sie lebten, was sie machten, buchstäblich im Hals stecken blieben. Meine Zunge war wie gelähmt, mein Mund trocken, als hätte ich Staub gefressen. Und ich lag da, auf dem Sofa, wie ein gefällter Baum. Unter der Bedingung, dass sie Steven endlich die Wahrheit sagte, verabredeten wir zeitnah einen Reisetermin. Die Lügerei musste ein Ende haben. Jedes Kind hat ein Recht darauf zu wissen, wer sein Vater ist.«

Paul stoppt. Ihm ist heiß, was selten vorkommt. Er zieht das Oberteil des Trainingsanzugs aus und wirft es neben sich auf den Boden.

»Aufnahme 36:

Zurück in den Frühherbst 1966 in Hamburg. Mein Aufenthalt in England war schon fast zwei Jahre her, ich besuchte die Fachschule für Erzieher, jobbte in den Semesterferien in kirchlich organisierten Ferienlagern, führte mit den Jugendlichen Hörspiele auf. Stichwort Günter Eich. Abends, am Lagerfeuer, packte ich meine Gitarre aus: *Sag mir, wo die Blumen sind.* Die Mädchen himmelten mich an. Mein eigentlicher Soundtrack in der Zeit war allerdings Joan Baez. *Farewell, Angelina.* Zum Abschied vor zwei Jahren hatte mir Angela zwei Schallplatten dieser amerikanischen Folk-Sängerin geschenkt, die gerade auch in Deutschland die Charts eroberte.

Und dann, im Frühherbst 1966, stand sie plötzlich vor meiner Tür, Angela, und wirbelte eine Woche lang mein Leben durcheinander. Um zu verhindern, dass meine Mutter uns in die Quere kam, brachte ich sie in der Wohnung meiner Schwester unter, die zu unserem Glück gerade verreist war. Ich erwähnte das wohl schon. Was für eine Woche! Bett und Hamburger Highlights! Es gibt nichts Schöneres, als an den Landungsbrücken zu sitzen – die großen Pötte gleiten vorbei, ein leichter Wind weht, die Möwen kreischen – und verliebt zu sein. Ich weiß das alles noch ganz genau, als sei es gestern gewesen. Am Ende dieser Woche meinte Angela, wir sollten heiraten. Doch ich fand, dafür sei es noch zu früh, wir steckten beide mitten in unseren Ausbildungen. Am Morgen nach meinem 21. Geburtstag brachte ich sie zum Flughafen, radelte dann blitzschnell nach Hause, kletterte aufs Dach und schwenkte, in der irren Hoffnung, sie könne mich aus einem der kleinen Flugzeugfenster sehen, wie ein Wilder ein Taschentuch, als ihre Pan-Am-Maschine eine noch relativ niedrige Schleife über Hamburg zog, ehe sie in die Wolken aufstieg und für immer verschwand.

In England hatte mich dieses Girl immer beruhigt, Don't worry!, sie sei nicht schwanger. Und also war ich davon ausgegangen, dass sie es mir sofort mitgeteilt hätte, wenn sich nach ihrer Heimkehr anderes herausgestellt haben sollte. Etwa drei Jahre lang schrieben wir uns noch, *Love as always.* Irgendwann schickte sie mir das Foto ihres Sohnes. Kurz nach ihrer Rückkehr damals habe sie geheiratet und gemeinsam mit ihrem Mann Bill die Lebensgemeinschaft *Robin Hood* in Boylston, Massachusetts gegründet, für ›People with diverse abilities‹. Da ich keinerlei Verdacht hegte, habe ich die Monate nicht rückwärts gezählt, das Foto nur flüchtig betrachtet und anschließend weggeworfen. Was sollte ich denn mit diesem amerikanischen Steppke auf einem Roller anfangen? Ich antwortete ihr nicht mehr, und auch sie stellte den Kontakt ein.

Ja, es ist wahr, ich habe einen Sohn und vier Enkelkinder in Amerika. Das klingt nach Happy End, oder? Freut euch nicht zu früh.«

Paul drückt die Stopp-Taste. Wenn es nicht so traurig wäre, wäre das Leben doch wahnsinnig komisch. Er hatte das Foto seines Sohnes in der Hand gehalten, es aber keiner weiteren Beachtung für wert befunden. Was bedeutet es denn, verwandt zu sein, was, Ahnen oder Kinder zu haben? Nichts! Er hatte nichts von diesem Sohn gespürt, der auf einem anderen Kontinent geboren.

Eine Zeitlang war Ahnenforschung Pauls Hobby gewesen. Hat er das von seinem Vater geerbt? Dessen Interesse galt allerdings wohl nur dem Beleg »judenfrei«. Paul ist bei seinen Recherchen bis ins 12. Jahrhundert gekommen, hat sämtliche Namen und Daten in eine Grafik eingetragen. Sie muss in einem der Schränke liegen.

An die Großmutter väterlicherseits, die eine U-Bahn-Station hinter dem Eilbek Kanal wohnte, kann Paul sich noch gut erinnern. Sie war nicht so streng wie seine Mutter, schlug ihm nicht gleich auf die Finger, wenn er mal ein Zuckerstück aus der Porzellandose mopste. So was vergisst ein Kind nicht. Die Auslassung von Strafe ist im Gedächtnis genauso verankert wie Strafen. Auch dass sie ihm erlaubte, die Schule zu schwänzen, als sein Vater angeblich erkrankt war, hat er nie vergessen. Irgendwas von seiner Verunsicherung und Traurigkeit muss sie gespürt haben. Ihr Mann, ein Gymnasiallehrer, war im Ersten Weltkrieg gefallen. Verwandtschaft seiner Mutter im heutigen Polen aufzustöbern ist Paul nicht gelungen. Ihr Vater, ein Glasmacher, war schon in jungen Jahren an Tuberkulose gestorben.

»Aufnahme 37:

Ich mach jetzt mal mit dem Thema Familie weiter, okay? Eigentlich doch die kurioseste Veranstaltung, die sich unsere Gesellschaft ausgedacht hat, oder? Allein der Ausdruck ›im Schoß seiner Familie‹! Möchte da irgendjemand sein? Ich will euch aber nicht weiter mit Theorie zutexten, sondern eine Vater-Sohn-Geschichte erzählen, wie ihr sie vielleicht noch nicht kennt.

Im Herbst 2006 flog ich zum ersten Mal über den großen Teich. Mit Ayla war alles geregelt, wir hatten derweil dieses Haus bezogen, Aylas Schwester war fürs Erste mitgekommen, um ihr dabei zu helfen, ein bisschen heimisch zu werden.

Als ich den Ankunftsbereich des Bostoner Flughafens betrat, winkten mir Angela und Bill aus der Menge der Wartenden zu. Ein Schock für mich, als ich sie sah. Aus meiner langhaarigen, schlanken, wilden Angela war eine pummelige alte Frau mit kurzen grauen Locken geworden, die auf dicken Beinen in Gesundheitsschuhen auf mich zukam. Und umgekehrt? Ich habe mich oft gefragt, ob mein Anblick für sie wohl genauso schockierend war. Sie umarmte mich und quasselte sofort los. Tatsächlich hatte sie Steven darüber aufgeklärt, wer da zu Besuch aus Deutschland kam, die Wut des Sohnes über ihr langes Schweigen jedoch mithilfe einer Notlüge abzufedern versucht, ich brächte ein großes Geschenk mit. Meine Verblüffung könnt ihr euch vorstellen. Und wenn ich mir die Geschichte vom Ende her ins Gedächtnis rufe, muss ich sagen, es wäre besser gewesen, sofort umzukehren. Dieser bodenlosen Frechheit, mir den Part eines um Vergebung bettelnden Schuldners zuzuweisen, der zwar schon immer von seinem Sohn gewusst, sich bisher aber nicht für ihn interessiert hatte, hätte ich sofort eine Absage erteilen müssen. Logischerweise erweckte sie bei Steven diffuse Erwartungen, die zu befriedigen keinen Augenblick lang meine Absicht war.

Gute eineinhalb Stunden glitten wir in Bills Limousine durch die Landschaft. Dieser freundliche und seiner Frau völlig ergebene Amerikaner brummelte nur ab und zu etwas, während Angela pausenlos redete. Beide amüsierten sich köstlich über meinen deutschen Akzent, was mich einigermaßen schockierte. Bis dahin hatte ich mir eingebildet, perfekt englisch zu sprechen. Wie Lehrer so sind.

Wir erreichten den Ort, an dem Steven, wie sie mir erzählten, aufgewachsen war. Ein Holzhaus am Rande der East Woods. Ihn dort zu treffen, war, wie ich fand, eine schöne Idee.

Und jetzt stellt euch Folgendes vor: Ich stieg aus dem Auto und sah in der Tür einen blonden, schlanken, hochgewachsenen Mann stehen. Er trug ein T-Shirt, stemmte den einen Arm lässig gegen den Türpfosten, ein Bein war angewinkelt. Und ich meinte, ein Foto von mir zu sehen. Ein Foto, auf dem ich ungefähr vierzig bin. Wenn ich je Zweifel an Angelas Behauptung gehabt oder auf einem Gen-Test bestanden hätte, dieser Moment machte jegliche ›Beweisführung‹ überflüssig. Der junge Mann, der dort stand und gegen das Sonnenlicht blinzelte, war mein Sohn. Ich ging auf ihn zu, und wir sahen uns in die Augen. Und weil ich hier ehrlich sein will, muss es gesagt sein: Er taxierte mich. Zwar freundlich, aber er taxierte mich. Was würde ihm dieser Vater-Tausch einbringen, konnte dieser fremde

Mann aus Deutschland mehr bieten als Bill? Würde es sich lohnen, sich auf seine Seite zu schlagen?

Angela und Bill verabschiedeten sich, und wir saßen uns zum ersten Mal allein gegenüber. Zwei erwachsene Männer, ein Vater und ein Sohn, an einem Tisch in einem Holzhaus am Rande der East Woods. Tausende Kilometer entfernt von dem Ort, in dem Steven aufgewachsen wäre, wenn Angela und ich damals geheiratet hätten. Wahnsinn! Oder? Was erwartet man, was fragt man, was möchte man gefragt werden? Behutsam tastete ich mich vor, was er als Kind gerne gespielt hatte und so weiter und so weiter. Vierzig Jahre sind nicht zu überbrücken. Erst als wir kleine Gemeinsamkeiten entdeckten, ließ er mich ein Stück weit an sich heran. Auch er war als Jugendlicher ständig allein auf der Walz gewesen, hatte Gitarre gespielt, mit fünfzehn eine Reise nach Europa unternommen, mit dem Ziel Hamburg, in England jedoch aufgeben müssen, weil seine Reisekasse leer war. Wieso Hamburg? Er wusste es nicht. Immerhin einmal europäischen Boden betreten, redete ich mir zur Beruhigung ein, und verbat mir den Gedanken, was alles ihm an europäischer Bildung vorenthalten worden war. Und ich erfuhr, dass er sich immer eine Lederhose gewünscht hatte. In Amerika gab es so etwas nicht. So erfand ich den Begriff ›Lederhosen-Gen‹.

Als ich meinen Sohn kennenlernte, war er gerade aus einem Vertrieb für Diätprodukte ausgeschieden und hatte angefangen, als Coach zu arbeiten. Nebenbei saniere er Häuser. Ich war elektrisiert. Häuser, das erwähnte ich ja schon, waren ein Thema für mich.

Später brachte Steven mich nach Worcester zu seiner Familie. Seine Kinder waren sehr aufgeregt und beäugten mich neugierig. Rose, seine Frau, war äußerst scheu. Steven hatte mir erzählt, dass sie aus einer jüdischen Familie stammt und bei der Enthüllung der neuen Verwandtschaftsverhältnisse regelrecht ausgeflippt sei. Ihre Urgroßeltern wurden in Auschwitz ermordet, einer der Söhne, Roses Großvater, überlebte, weil er 1938 mit einem der Kindertransporte nach England verschifft worden war.

Vor meiner ersten Reise nach Amerika wusste ich noch nichts von der ›Karriere‹ Kurt Gärtners, noch lag Emmas Nachlass unberührt in meinem Keller, und reinen Herzens versuchte ich, Rose ein anderes, differenzierteres Bild von Deutschland zu vermitteln, als sie es hatte. Dass nicht jeder Deutsche an den Gräueln beteiligt war ihr völlig neu. Bis zu diesem Zeitpunkt, als sie ihre Verwandtschaftsverhältnisse neu sortieren musste, hatte sie keinem Deutschen die Hand gegeben. Beim Abschied umarmten wir uns.

Um so schlimmer wog dann die Last, als ich herausfand, dass ich acht Jahre mit einem Menschen hatte unter einem Dach leben und harte Strafen von ihm erdulden müssen, der durchaus mitverantwortlich war für den braunen Sumpf, und diesem sogar noch nach dem Krieg anhing. Einem Menschen, der seinem Leben freiwillig ein Ende setzte, aus Gram darüber, in einer Welt leben zu sollen, in der dieser Sumpf scheinbar trockengelegt und somit nirgends mehr ein Platz für ihn war. Wie verrückt ist das denn?«

Paul stoppt, seine Stimme kratzt, seine Kehle ist trocken. Er schaut sich um und erschrickt fast, nach wie vor in diesem Zimmer in diesem Rollstuhl zu sitzen. So sehr hat ihn die Erinnerung in eine andere Zeit katapultiert. Eine Zeit, in der das Leben noch spannend war. Wer bekommt denn schon mit sechzig plötzlich einen Sohn geschenkt? Einen Sohn in Amerika! Erneut tippt er mit dem Finger in die Wasserlache, die sich beharrlich auf der Tischplatte hält, und benetzt seine Lippen.

Jetzt redet und schreibt er offen über Kurt Gärtner, sein #Täterkinder erfährt Zuspruch. Natürlich – wie nicht anders zu erwarten – gibt's auch Gegenwind. Wer Diskussionen anstößt, muss schwindelfrei sein. Selbstverständlich würde er auch mit Rose offen über diesen Kurt Gärtner sprechen. Es gibt nichts zu verschweigen! Alles muss ans Licht. Diese Haltung hat allerdings zum endgültigen Bruch mit seiner Schwester geführt. Seitdem Paul die Wahrheit über Kurt Gärtner an die Öffentlichkeit gebracht hat, schilt sie ihn Verräter. Und nicht nur sie. Es gibt Leute, die diese Meinung teilen und ihm anhängen, er wolle sich als Opfer stilisieren.

Weiter!

»Aufnahme 38:

Kurz zurück in die Zeit, bevor es zum Bruch mit Steven kam. 2007 lud ich ihn samt Familie ein, und die arme Rose musste den nächsten Brocken schlucken, dass ihr deutscher Schwiegervater mit einer sehr viel jüngeren Afghanin verheiratet ist, jedoch nicht das Schlafzimmer mit ihr teilt. Für Rose, eine Frau aus der nordamerikanischen Mittelschicht, völlig unvorstellbar. Aber Ayla hat den Graben wunderbar überbrückt, indem sie die Kinder, meine Enkel, zum gemeinsamen Kochen in ihre Küche einlud. Jenny, Stevens älteste Tochter, die Einzige aus der Sippe, die noch Kontakt zu mir hält, bietet ihren Freunden am liebsten *Kabuli Palau* an, Aylas Leibgericht. Reis mit Lamm, Rosinen und Möhren.

Jenny studiert jetzt Ökonomie in Boston. Per WhatsApp schickt sie mir ab und zu nette Selfies, und nur mit Mühe erkenne ich das stupsnasige Mädchen wieder, das mir von den Schnappschüssen entgegenlacht, die ich während des Familienausflugs nach Hamburg geknipst habe. An den Landungsbrücken – dort, wo Angela und ich als Liebespaar saßen –, im Treppenviertel von Blankenese, in Hagenbecks Tierpark, während einer Alsterrundfahrt, vor dem Michel, auf dem Fischmarkt. Alles, was die Stadt an der Elbe an Interessantem zu bieten hat, haben wir abgeklappert.

Kennt ihr ›Harrys Hafenbasar‹? Unser Besuch fiel leider nur kurz aus, weil Jenny von dem penetranten Geruch, der um die ausgestopften Seevögel, unzureichend präparierten Muscheln, Fisch- und Schrumpfköpfe waberte, schlecht wurde. Auch die Quengelei ihrer kleinen Geschwister konnte sie nicht zur Rückkehr in den Fuchsbau bewegen.«

Paul stoppt. Er merkt, dass er um den heißen Brei herumredet, weil er die Beschreibung des »dicken Endes« scheut. Die Erinnerungen schmerzen immer noch. Ein paar Wochen nach seiner Entlassung aus dem Krankenhaus hatte er Kuno tatsächlich gebeten, im Schrank nach dem Umschlag mit der Beschriftung »HH-Fotos« zu suchen. Und während einer der vielen Nächte ohne Schlaf hatte er diese Fotos betrachtet: Seinen Sohn, dessen Frau, vier Kinder – auf manchen ist auch deren Großvater zu sehen. Eine heile Familie, wie es scheint. Dummerweise war ihm der Stapel entglitten, und die Fotos hatten sich auf dem Boden verteilt. Irene konnte sich beim Einsammeln am nächsten Morgen gar nicht beruhigen: Wie süß! Ihre Enkel? Von denen hätte er ja noch gar nichts erzählt. Paul hatte ihr nicht geantwortet und Kuno abends gebeten, den Umschlag wieder im Schrank zu verstauen.

Paul nimmt einen neuen Anlauf.

»Aufnahme 39:

Etwa zwei Jahre lang erlebte ich die Euphorie des Vaterseins. Jeden Samstag telefonierte ich mit meinem Sohn, reiste mehrfach nach Amerika, diverse Immobiliengeschäfte wickelten wir gemeinsam ab. Steven hatte ständig neue Ideen. Mit simplen Angelegenheiten wie der Renovierung des eigenen Hauses fing es an, ich half mit meinen eigenen Händen, später mit Rat, noch später auch mit Geld, was er gerne annahm. Auf dem Gelände des Instituts seiner Mutter sollten weitere Gebäude entstehen. Plötzlich wollte Steven ein Bürohaus in Mexiko hochziehen, zuletzt – ein angeblich schon viele Jahre gehegter Traum – ein heruntergekommenes Krankenhausgebäude in Pennsylvania in ein Gesundheitszentrum großen Stils umwandeln. Ich fieberte mit. Alles, was Steven plante, mobilisierte meinen Tatendrang. Ich hatte mein berufliches Leben hinter mir, ich hatte Zeit. Der heiße Draht zwischen diesem Nest in Norddeutschland und amerikanischen Großstädten glühte. Mein Stolz auf Steven wuchs. Wir beide würden die Welt aus den Angeln heben! In meinem Rausch übersah ich erste Anzeichen von Unehrlichkeit, nicht nur mir gegenüber. Die Banken weigerten sich, ihm Kredit zu geben? So sind Bänker, das passte in mein Weltbild. Also trat ich an deren Stelle und streckte fällige Summen vor. Damals hatte ich einiges beiseitegelegt, besaß eine Lebensversicherung und nicht zuletzt dieses Haus. Unsere Verträge schlossen wir kurz und bündig, handschriftlich. Das, meinte ich, sollte zwischen Vater und Sohn genügen. Zumal ›leihen‹ auch auf Amerikanisch nicht ›schenken‹ heißt.

Es gab viele Anzeichen, die auf die Katastrophe hindeuteten – ich wollte sie nicht sehen. Dass mir mein Sohn, bei jedem Besuch mehr, aus dem Weg ging, andere Verabredungen vorzog, sich nur ungern von mir in den Arm nehmen ließ, an seinem Geburtstag, zu dem ich extra anreiste, plötzlich verschwand. Irgendwann wachte ich auf und fing an, mich an seiner Großspurigkeit zu stören, zumal als ich mitbekam, dass er die Arbeiter auf seinen Baustellen schlecht bezahlte, gleichwohl seine Konten noch intakt waren. Leider erst als Angela mir scheinheilig die Frage stellte, ob ich denn wisse, von welchem Geld Steven sich seine vielen Projekte leisten könne, verstand ich, dass hier schon ziemlich viel faul war.

Als ich die erste Rückzahlung ansprach, stellte Steven sich taub, und als ich mir erlaubte, Fristen zu setzen, brach seine nur noch mühsam aufrechterhaltene Fassade ein. Er wurde laut. Angela riet mir kalt: Pin him down! Aber das war und ist nicht meine Art. Stattdessen versuchte ich, an Stevens Vernunft zu appellieren. Ohne Erfolg. Er bestellte einen Mediator, und ich reiste ein letztes Mal nach Amerika. Steven warf mir vor, ihn in die Scheiße geritten zu haben, und schwor vor Gericht, fest davon ausgegangen zu sein, dass es sich bei den Zuwendungen seines Vaters um ›Schenkungen‹ gehandelt habe, ich wohl hätte nachholen wollen, was ich in den mehr als vierzig Jahren zuvor versäumt hatte, meine Rückforderungen also Unrecht seien. Unsere Verträge? Papier! Geschlossen, um die Schenkungssteuer zu umgehen. Als dann auch die Dispos auf seinen insgesamt zehn Kreditkarten aufgebraucht waren, meldete er

Insolvenz an. Ich hatte keine Chance. Eine Viertelmillion Dollar war futsch, mein Haus beliehen, meine Lebensversicherung, die eigentlich eine Absicherung für Ayla hätte sein sollen – versenkt! Und klar, ihr ahnt es, die wöchentlichen Anrufe blieben aus.«

Paul hält einen Moment inne, ohne abzuschalten und setzt erst nach einer Weile mit derselben Aufnahme fort:

»So bin ich heute nicht nur ein kranker Mann, sondern auch ein – wie sagt man so schön? Egal! Jedenfalls einer, der all seine Ersparnisse in Amerika verschleuderte, um ein guter Vater zu sein, und sich heute nicht mal einen elektrischen Rollstuhl leisten kann. So crazy!«

Paul schaltet den Rekorder aus.

Das Bitterste für ihn an dem ganzen Theater war der nie völlig ausgeräumte Verdacht, einer von Mutter und Sohn von Anfang an akribisch geplanten Abzocke auf den Leim gegangen zu sein. Also dass mal andersherum nicht der reiche Onkel aus Amerika kommt und seine Schatullen öffnet, sondern ein ahnungsloser deutscher Rentner, im Rausch, ein Vater zu sein, sein kleines Vermögen in den Geschäften seines nimmersatten Sohnes in Amerika versenkt. Warum sollte Steven denn auch ganz plötzlich echte Gefühle für ihn entwickeln? Jedenfalls hatte Angela mit dieser Geschenknummer alles vermasselt. Vielleicht wäre Steven sonst nie auf den Gedanken gekommen, dass ihm etwas zustünde. Bitter für Paul, erkennen zu müssen, dass seine Jugendliebe, so sozial sie sich auch gab, »im Kern« kein guter Mensch war. Vor drei Jahren ist sie gestorben, Jenny hatte ihn informiert, auch darüber, dass Bill kurz nach ihr starb. Auf ihn hatte Paul eine Zeit lang die größere Wut. Warum hatte nicht wenigstens er darauf gedrungen, dass Paul und später auch Steven die Wahrheit erfuhren? Von Jenny weiß Paul, dass Steven derweil wenigstens sein eigenes Haus zurückgekauft hat und dass ihre jetzt erwachsenen Geschwister darin wohnen. Wenigstens diese Immobilie ging also nicht verloren und ist wieder in Familienbesitz. Das freut Paul, vor allem weil er die Außentreppe mit seinen eigenen Händen gebaut hatte.

Inzwischen ist es Nachmittag, längst ist die Sonne auf ihrem täglichen Weg ums Haus auf der Rasenfläche angekommen und zaubert einen hellen Streifen, den Paul von seinem Platz aus sehen kann. Einmal mit nackten Füßen darüber laufen!

»Aufnahme 40:

Selbstverständlich bleiben Steven, Rose und ihre vier Kinder im Stammbaum stehen. Verwandt ist man nun einmal, auch wenn es kracht. Mein Sohn bleibt mein Sohn – auch wenn er ein Betrüger ist.«

Paul will seinen Laptop zuklappen, sieht aber, dass eine E-Mail von Richy eingegangen ist. Richy, der eigentlich Richard heißt, und Ende der 90er-Jahre in seine Obhut gekommen war. Ab und zu meldet er sich bei Paul und berichtet, was bei ihm läuft. Er schreibt sogar, wenn er irgendwo mal wieder Mist gebaut hat, obwohl er Pauls Devise kennt, dass jeder allein wieder auf die Füße kommen muss. Paul überfliegt den Text, flüssig und fast fehlerfrei geschrieben. »Geheiratet …, lebe jetzt in Bayern …, wollte mich mal bedanken, ohne Sie wäre ich nie geworden, was ich heute bin.«

Paul schmunzelt. Schön gesagt, Richy, alter Schwabe. Dein Vater hatte dich so kaputt geprügelt, dass ich nicht nur das Jugendamt, sondern gleich auch die Staatsanwaltschaft wegen Kindesmisshandlung alarmierte. Sobald Richy transportfähig war, brachte Paul ihn in eines seiner beiden Häuser für gestrauchelte Jugendliche, die er Mitte der 90er-Jahre in Portugal »aus dem Boden gestampft« hatte.

»Aufnahme 41:

Zur Abwechslung eine Anekdote aus meinem beruflichen Leben. So was muss auch mal drin sein, sonst denkt ihr noch, hier ginge es nur um Familie, Krankheit und selbstbestimmtes Sterben. Weit gefehlt, denn über die längste Strecke meines Lebens habe ich Jugendliche betreut, die, aus welchen Gründen auch immer, den Anschluss an ihr eigenes Leben und das Leben der anderen verpasst hatten. Ich glaube, ich sagte am Anfang dieses Experiments, ich hätte ihren Seelen auf die Beine geholfen. Dazu stehe ich, auch wenn es merkwürdig klingt.

Der Flug mit Richy von Stuttgart nach Faro. Sein roter Haarkamm auf ansonsten blank rasiertem Schädel fesselte schon in der Abflughalle die Blicke der anderen Passagiere. Zu dieser Haartracht trug Richy die echte Punk-Uniform: Jacke mit Silberknöpfen, schwarze Schnürstiefel. Die Spuren der väterlichen Misshandlungen waren in seinem Gesicht noch deutlich zu sehen, außerdem hinkte er und konnte seine rechte Hand nur unter Zuhilfenahme der linken bewegen. Die Bemerkungen ringsum spiegelten blankes Entsetzen oder Hohn, kein Mitleid. War ich denn so ein erbärmlicher Tropf, mir einen solchen Jungen ›halten‹ zu müssen? Während des Fluges blieb ein älterer Herr mit Krawatte im Gang neben unsere Reihe stehen und gab Richy den Rat, es doch mal mit einem Shampoo aus dem Duty-free-Shop zu versuchen, das könne Wunder wirken. Ehe der Junge aufsprang, um seine Fäuste sprechen zu lassen, wies ich den Herrn freundlich darauf hin, dass er sich in der Reihe geirrt habe, hier sei, wie er ja sehe, kein Platz für ihn.

Es dauerte ein paar Wochen, bis der Junge Vertrauen fasste, aus seiner Höhle kroch, in der er sich verschanzt hatte, und sich der Gemeinschaft anschloss. Ein prima Junge, es gab viel zu tun in Olhos de Água. Als wir ein halbes Jahr später nach Deutschland zurückflogen – sechs Monate betrug die vertraglich gesicherte Dauer für den Aufenthalt eines Jugendlichen –, war der rote Kamm längst ausgewachsen, und auch seine Meinung, dass alle Erwachsenen Arschlöcher seien, hatte Richy revidiert. Er bestand den Eignungstest für die Berufsschule, machte eine Lehre und wurde Schlosser. Ich bin sicher, dass heute niemand mehr im Flugzeug neben ihm stehen bleibt und Ratschläge erteilt. Stopp!«

Schon oft hat sich Paul gefragt, wann eigentlich dieser Impetus in ihm gewachsen war, auffällig gewordenen Kindern und Jugendlichen zur Seite zu stehen, ihnen, wenn noch möglich, nachträglich zu geben, worum ihre Eltern und Lehrer sie betrogen – Geborgenheit und Respekt. Nur zu gut wusste er um deren Wert, hatte er das Gegenteil doch bis auf die eigenen Knochen gespürt. Auch er hatte gelogen und geklaut aus Mangel an basaler Zuwendung, als Antwort auf diesen sich erbarmungslos wiederholenden Malstrom von Beschimpfungen und Züchtigungen, im Mief der engen Barmbeker Wohnung, unter den verächtlichen Blicken der Ahnen, die sie aus den an den Wänden hängenden Rahmen auf den missratenen Enkel warfen. Mit zwölf Jahren wehrte er sich, drohte seiner Mutter, und als er dreizehn wurde und an den Fahrten der »Falken« teilnehmen durfte, wuchsen ihm Flügel. Die ihm eigentlich doch seine Eltern hatten verleihen sollen. »Wurzeln und Flügel«, gemäß dem weisen Herrn Goethe die Mitgift der Eltern an ihre Kinder. Neue Welten taten sich ihm auf. Zwar hängte der *Falke* Paul Gärtner im Unterricht deutlich ab, was ihn selbst aber wenig störte – Kote und Rucksack, Fahrtenmesser und Wanderstiefel bezeugten seinen neuen Daseinszustand.

»Aufnahme 42:

Selbstverständlich muss ich hier auch von meiner Schulzeit erzählen. Die Basis eines jeden Lebens. Was später nicht alles davon hergeleitet wird! Gutes, Schlimmes, Entsetzen.

Ich besitze ein Foto von meinem Einschulungstag. Wer hatte es aufgenommen? Ich kann mich weder an meinen Vater noch an meine Mutter mit einem Fotoapparat in der Hand erinnern, und auf die Idee, einen Fotografen zu engagieren, wären sie nie gekommen.

Neugier und Pfiffigkeit strahlt der kleine Junge auf dem Bild aus. Stolz hält er seine Schultüte im Arm. Ja, wundert euch, ich schaue mir dieses Foto tatsächlich manchmal noch an, es muss hier im Stapel auf dem Rollwagen sein. Die Unschuld dieses kleinen Kerlchens rührt mich. Wie er dasteht, in seinen Stiefelchen und weißen Kniestrümpfen, mit Ranzen und Brottasche, so strahlend und offen für die Welt – die ihn dann so bitter enttäuschte. Warum nur kurze Zeit später dieser Schulwechsel? Mitten im Schuljahr.

Gleich nach den Weihnachtsferien 1953, kurz bevor mein Vater sich das Leben nahm, kamen meine Eltern auf die sonderbare Idee, mich nach eineinhalb Jahren Volksschule in die Waldorfschule ›umzutopfen‹. Das verdanke ich wohl dem schon erwähnten Besitzer des Reformhauses, vorn an der Ecke, mit dem mein Vater befreundet war. Mit der Hilfe fleißiger Hände von Freunden und Nachbarn hatte dieser Mann es geschafft, seinen im Krieg völlig zerstörten Laden rasch wieder aufzubauen. Im Dritten Reich gab es an die zweitausend Reformhäuser. Hitler, Hess und Himmler setzten auf biologisch-dynamische Landwirtschaft, kümmerten sich pedantisch um ihr persönliches Wohlergehen, während sie Millionen Menschen in Gaskammern schickten. Auf solche Absurditäten stößt man, wenn man sich mit dem Nationalsozialismus im weitesten Sinne beschäftigt. Mein Vater war wohl der Meinung, dass einer, der über gesunde Ernährung Bescheid weiß, auch wissen wird, wer die beste Pädagogik anbietet. Mich allerdings stürzte dieser Schulwechsel in meine erste Krise, denn ich hatte zu meinen Lehrern auf der Volksschule Vertrauen gefasst und einen Freund gefunden.

Von da an und bis zum Ende meiner Schulzeit wachte Fräulein Agnes Sondermann über meine Entwicklung. Sie war eine der Frauen aus dem bunt gemischten Haufen von Leuten, die das Kollegium der ersten Waldorfschule in Hamburg bildeten, die die NS-Zeit entweder an der Front, auf irgendeinem kleinen Nazi-Posten, als ›deutsche Mütter‹ oder im KZ überstanden hatten.

Fräulein Sondermann – auf dem ›Fräulein‹ bestand sie bis zum letzten Schultag –, war eine beeindruckende Mischung aus sanft lächelnder alter Jungfer und Gift sprühendem Drachen, mit Nickelbrille und seltsam kammartig auf ihrem Schädel thronendem, wahrscheinlich künstlichem Haarteil. Manchmal fragten wir uns, wie sie wohl aussähe, wenn sie plötzlich ohne dieses Teil vor uns stünde. Ihre flachen Brüste zeichneten sich unter ihren viel zu engen Pullovern überdeutlich ab, sie trug keine Büstenhalter. Aber auch als wir älter wurden, ließen sie keinen Funken Erotik aufkommen. Die Krönung: Eine vor diesen Brüsten baumelnde, völlig unspektakuläre Bernsteinkette. Fräulein Sondermanns Hausbesuche mündeten jedes Mal in einem Desaster. Nach bravem ›Guten Tag!‹-Sagen hatte ich augenblicklich zu verschwinden und abends, wenn sie weg war und ich zurück in die Wohnung kam, ging ein Strafgericht über mir nieder: Vorwürfe, unkontrolliertes Zuschlagen, verbal verhängte Strafen, Hausarrest, Essensentzug. Was Lehrer anrichten!«

Paul stoppt und blickt aus dem Fenster. Kein Kind auf dem Rasen. Er vermisst dieses ihm so vertraute Bild von zwei sich streitenden Jungen. Kein Ball, kein Roller, kein umgekipptes Fahrrad. Nichts. Nur eine seltsam leblos wirkende grüne Fläche. Wie langweilig!

»Aufnahme 43:

Ich hörte von einer Schulkameradin, die nach dem Hausbesuch ihres Lehrers davongelaufen war und sich auf die Eisenbahnbrücke am Berliner Tor gestellt hatte, in der Absicht, sich vor den nächsten Zug zu stürzen. Glücklicherweise konnte ein zufällig vorbeikommender Passant sie davon abbringen.

Auch wenn ich in meinen elf Schuljahren keine gute Beziehung zu Fräulein Sondermann aufbaute, schrieb ich ihr, als ich 1963 die Schule verließ, einen langen Brief und steckte ihn zusammen mit einer Ausgabe von Selma Lagerlöfs Erzählung *Herrn Arnes Schatz* in einen Umschlag. Einmal wenigstens, fand ich, sollte sie etwas richtig Grausames lesen! So war ich damals, ein kleiner Aufklärer, ein Missionar.

Aber Fräulein Sondermann konnte man nicht erschüttern. Ein halbes Jahr später erreichte mich ihr acht Seiten langer Brief. Ja, acht Seiten, ihr habt richtig gehört. Darin stand, ich weiß es heute noch: ›Ich kannte dieses Buch bereits, freue mich aber, es jetzt in einer so schönen Ausgabe zu besitzen.‹ Und das neben endlosen Allgemeinplätzen, was junge Menschen unbedingt lernen sollten. Auch in den letzten Zeilen, die ich jemals von ihr las, musste sie Überlegenheit demonstrieren. Für mich schrumpfte sie zu einem Staubkorn, und ich ärgerte mich, ihr nicht ein Exemplar von Henry Millers *Sexus* geschickt zu haben. Das machte damals heimlich die Runde. Dann wäre ihr vielleicht wenigstens einmal der Kinnladen runtergeklappt.

Ihre letzte Beurteilung für das Fach Englisch lautete: ›Paul leistete durchaus Ausreichendes.‹ Und ich habe mich oft gefragt, was damit wohl gemeint sei. Vielleicht eine Vier plus?«

Stopp-Taste.

Die sehr spezielle Prosa, in der Waldorflehrer Zeugnisse verfassen, hat Paul nie vergessen. Da gab es echte Stilblüten. Ein Freund erzählte ihm, seine Beurteilung für Handarbeitsunterricht habe gelautet: »Er hätte dem Peddigrohr in diesem Schuljahr schon ein bisschen mehr abgewinnen können.«

»Aufnahme 44:

Am Ende meiner Schulzeit bekam ich bezüglich Berufswahl von unterschiedlichen Seiten drei sehr unterschiedliche Tipps: Erstens Seemann, du fährst um die Welt und hast in jedem Hafen eine Braut. Zweitens Malermeister, du brauchst eine Leiter, einen Farbeimer und einen alten VW-Bus – und dein Einkommen ist gesichert. Die praktische Umsetzung des zweiten Tipps, wegen notorischen Geldmangels sehr verlockend, fiel leider flach, weil mir eine Rot-Grün-Blindheit attestiert wurde. Sensationell insofern, als mir klar wurde, dass meine Wirklichkeit, die ich bis dahin für normativ gehalten hatte, eine andere ist als die der meisten Menschen. Verständlich? Dementsprechend denke, entscheide und handele ich solitär. Das macht einsam. Du bisch ond bleibsch äba an alloi bleibendr Vogl, warf meine zweite Frau mir einmal in bestem Schwäbisch an den Kopf – und ich flog davon. Dritter Tipp bezüglich Berufswahl: Erzieher. Den griff ich gerne auf, zumal mir ein sehr viel älterer Freund schon Jahre vorher genau das Gleiche empfohlen hatte. Von ihm werde ich euch später erzählen.

Auf Empfehlung meines Musiklehrers bekam ich eine Praktikantenstelle in dem jetzt wohl schon mehrfach erwähnten Heilpädagogischen Heim in England. Ein Jahr lang betreute ich sechs schwer gestörte Jugendliche. Dienstzeit: Rund um die Uhr, und ich fühlte mich darin bestärkt, dass Sozialpädagogik zu studieren und später vielleicht Lehrer zu werden mein Weg war.«

Paul drückt die Stopp-Taste.

Noch einmal zu wiederholen, dass Angela ihm die Zeit in England versüßte, verbietet sich. Auch wenn es verdammt schwerfällt. Von etwas zu schwärmen, dessen trauriges Ende bereits erzählt ist, ergibt keinen Sinn.

»Aufnahme 45:

Klar hingen meine Körbe ziemlich hoch, als ich nach Hamburg zurückkam. Die praktische Arbeit hatte mich gelehrt, wovon die meisten Studienanfänger nichts ahnten, will sagen, ich hatte die Weisheit mit Löffeln gefressen und meinte, jedem sagen zu können, wo's langging. Nur zu gern hätte ich überall Reformen angezettelt und die in der Pädagogik längst überkommenen Krusten aufgebrochen. Doch ohne Abitur und aufgrund meiner insgesamt nur ›durchaus ausreichenden‹ schulischen Leistungen war mir der Zugang zur Hamburger Universität versperrt. Aber Dank einer freundlichen Direktorin öffneten sich mir stattdessen die Tore zur Fachschule für Erzieher.

Wir sind im Jahr 1964. Die deutschen Familien fuhren mit ihren Käfern nach Bella Italia, ließen sich an der Adria von der Sonne rösten und rieben sich mit Nivea ein. Man trank Sinalco und schloss Bausparverträge ab. Die Errungenschaften des Wirtschaftswunders wurden den Nachbarn als Trophäen vorgeführt. Gartenzwerge versammelten sich um Springbrunnen. Aber unter den Teppichen in den gepflegten Gummibaum-Wohnzimmern goren nicht aufgearbeitete Nazi-Verbrechen.

Ich las Henry Miller und *Jerry Cotton*, selbstverständlich auch Hermann Hesses *Steppenwolf*, identifizierte mich mit Harry Haller, durchlebte seine Zerrissenheit zwischen Erleuchtung und Askese auf der einen und der Anpassung an die bürgerliche Gesellschaft auf der anderen Seite, entdeckte die Psychoanalyse und verkehrte in Kreisen, in denen Drogen zu konsumieren die Basis aller Kommunikation war. Mein erster Haschischkonsum ging allerdings dermaßen schief, dass er bis heute auch mein letzter war. Fünf ergiebige Lungenzüge katapultierten mich in eine Angstpsychose, die, wie ich später hörte, einige Stunden anhielt. Plötzlich kannte ich den Raum nicht mehr, in dem wir uns aufhielten, meine Freunde nicht, und die Musik, die wir gemeinsam hörten, machte mir Angst. Sollte ich jemanden umbringen oder ein anderer mich? Alles wirbelte durcheinander, Panik ergriff mich, ich sah mich in einem Irrenhaus enden. Zum Glück blieb eine Freundin die ganze Zeit bei mir, sonst wäre ich wohl aus dem Fenster gesprungen.«

Paul stoppt, gibt sich einen Ruck, noch einmal in die Küche zu rollen und neues Wasser zu holen. Der Durst ist unerträglich. Mit Bedacht stellt er die Flasche nach dem Einschenken ab. Ein solches Malheur darf ihm kein zweites Mal passieren!

»Aufnahme 46:

1967 verließ ich die Hamburger Fachschule für Erzieher mit befriedigendem Abschluss. Die letzte Phase meiner Ausbildung, die sogenannte Anerkennung, wurde dann leider durch die Beurteilung eines mir nicht gerade gewogenen Heimleiterehepaars gekrönt: ›Als Erzieher völlig ungeeignet‹. Was auch insofern ein Schock für mich war, als ich ein halbes Jahr anhängen musste, aber doch fest damit gerechnet hatte, endlich Geld zu verdienen. So eine Beurteilung kann dir gewaltig zusetzen. Vor allem wenn sie dir als Einzigem des Studiengangs zuteilwird.

Wenn ich heute darüber nachdenke, wird mir allerdings klar, dass diese Beurteilung die Quittung war für meine ständige Nörgelei an der deutschen Pädagogik und meine nie verhohlene Sympathie für angeblich schwer erziehbare Jugendliche. Körperliche Gewalt als Erziehungsmittel anzuwenden war für mich ein absolutes No-Go. Hatte ich doch selbst, wie ihr inzwischen wisst, zu sehr darunter gelitten und mich tatsächlich manchmal darüber gewundert, dass ich nicht zu denen übergelaufen war, für die Gewalt das Mittel ist, sich in der Gesellschaft zu behaupten.

Man sollte mal eine Untersuchung darüber starten, welche Gruppe von Schülern Wissenschaft, Politik und Kultur wesentlich vorangebracht hat. Ich schätze, man würde rasch darauf kommen, dass es die sogenannten Schulversager sind – nicht die Einser. Genies wie Albert Einstein, Hermann Hesse, Thomas Mann, Frank Kafka oder Robert Wilson verließen allesamt vorzeitig die Schule, flogen raus oder wechselten ihr soziales Umfeld, in dem sie zugrunde gegangen wären. Was wären wir ohne sie? Abraham Lincoln, Präsident der Vereinigten Staaten von Amerika, hat nie ein Schulgebäude von innen gesehen.«

Paul stoppt wieder. Gerade fällt ihm ein, woran ihn das widerliche Knirschen der Glasscherbe unter dem Rollstuhlreifen erinnert hatte.

»Aufnahme 47:

Themenwechsel, Ich war dreizehn als etwas geschah, an das ich mich bis heute en détail erinnern kann: Meine Mutter steht dicht vor mir, ich sehe die braunen Flecken auf ihrer Schürze und die roten an ihrem Hals, die immer aufflammen, wenn sie wütend ist. Ihre grauen Augen sind kalt und starr auf mich gerichtet. Gerade hat sie die Schallplatte *Ella and Louis*, die ich mir von meinem über einen langen Zeitraum gesparten Taschengeld gekauft hatte, vom

Plattenteller gerissen, über einem Knie zerbrochen und auf den Boden geschmettert. Negermusik, schimpft sie, hören wir hier nicht! Und der rechte schiefe Absatz ihrer klobigen braunen Schuhe dreht sich auf dem schwarzen Schellack. Es knirscht gewaltig – ein unvergessliches Geräusch. Anschließend muss ich die schwarzen Splitter zusammenfegen. Keine Diskussion, keine Widerrede – Schluss.«

In die letzten Sätze dieser Aufnahme schrillt der Wecker. Jedes Mal erschrickt Paul, obwohl er doch weiß, dass Irene ihn morgens stellt, damit er seinen Milchkaffee nicht vergisst. Er soll viel trinken! Jeden Morgen sagt sie ihm das. Also wieder in die Küche, Mikrowelle an und kurz darauf den Becher herausholen.

Lautes Hupen. Wahrscheinlich hat mal wieder irgendjemand sein Auto vor der Einfahrt seines Nachbarn geparkt. Dieser Mensch kennt dann keine Gnade und drückt so lange auf die Hupe, bis der oder die Ertappte herbeieilt und das störende Fahrzeug mit atemlos hervorgestoßener Entschuldigung wegfährt. In solchen Momenten wünscht sich Paul besonders, rasch vor die Tür rennen und seinem Nachbarn zurufen zu können: Hey, Junge, entspann dich! Weil er weiß, dadurch den Unmut dieses Mannes auf die Spitze treiben zu können. Kindisch? Vielleicht. Aber Spießern und Leuten mit Herrschaftsgebaren zeigt er immer noch gern die Nase. Doch stattdessen sitzt er brav im Rollstuhl und trinkt laschen Milchkaffee.

Der kleine Garten, die Rasenfläche, die Hecke, gerade noch lichtüberflutet, bevor die Sonne aufgeben wird. Paul liebt diesen Moment, den er jetzt täglich beobachtet. Die Welt kann auch schön sein. Aber in seinen Gliedern pocht der Schmerz. Im Nachtschrank findet er, was ihm Linderung verschafft, eine heimlich beiseitegeschaffte und gehortete Ration, von der er zehrt, wenn nicht ausreicht, was die Herrscherin der Morgenfrühe ihm zuteilt. Paul weiß, dass dieses Mittel schläfrig macht. Aber was soll's, ein weiteres Nickerchen heute stört hier wirklich niemanden.

Als Paul aufwacht, zeigt die kleine Uhr auf dem Display des Laptops 17:10 Uhr. Gleich wird Kuno um die Ecke schauen, mit seinem von Paul so geliebten Grinsen, das man trotz der jetzt vorgeschriebenen Maske sieht. Mit diesem jungen Mann verbindet ihn mehr als die eigene Hilfsbedürftigkeit.

Da ist er schon! Paul hört, wie sich der Haustürschlüssel im Schloss dreht. Kaum betritt Kuno das Zimmer, entdeckt er die Scherben, das Oberteil von Pauls Trainingsanzug und die Verpackung des Rekorders auf dem Boden, legt die Post ab, stellt den Kicker auf seinen Platz und reißt die Arme hoch.

»Ach, du meine Güte! Haste Spaß gehabt?« Er hängt das Oberteil über einen Stuhl, holt Lappen und Besen, schaut beim Aufkehren aber unverhohlen neugierig zum Rekorder auf Pauls Schoß. »Was gibt das jetzt?«

»Seit heute Morgen dokumentiere ich mein Leben. Ehe es vorbei ist.«

Solche Sätze mag Kuno nicht.

»Ich vermute, ich hatte vorhin eine kleine Absence«, sagt Paul.

Kuno runzelt die Stirn.

»Einen Ohnmachtsanfall. Das aber nur unter uns. Wehe, wenn du petzt.«

»Klingt nicht gut. Aber ich bin still wie ein Grab«, schwört Kuno.

Paul lacht. »Und die Verpackung bitte im linken Schrank deponieren. Irene wollte sie schon wegschmeißen.«

»Aber, aber! In diesem Haus kommt doch nichts weg.«

Paul lässt sich die leise Kritik von Kuno gefallen. »Okay, aber jetzt lass uns endlich anfangen!« Er ruckelt das Spiel zurecht, dreht an einem der Griffe und lässt seine Mannschaft blauer Kicker um ihre Stange schnurren.

»Erst essen.« Kuno tut wichtig, zeigt auf seine Uhr. »Vielleicht bist du unterzuckert.«

»Papperlapapp! Komm schon!«

Kuno seufzt laut, fummelt den kleinen weißen Ball aus seiner Hosentasche und wirft ihn auf die Spielfläche. Und dann geht es Zack auf Zack. Der Tisch wackelt. Die beiden Spieler schwitzen. Fast hätten sie das Klingeln des Telefons überhört.

Paul greift nach dem Apparat. Die Stimme seines Rechtsanwalts! Freundlich erkundigt er sich nach seinem Befinden.

»Alles bestens«, sagt Paul, »Kuno und ich kicken gerade.«

Dass er immer vergesse, wann der Pflegedienst kommt, entschuldigt sich Stefan Ruppert, und Paul weiß, dass er schmunzelt. »Ich melde mich später noch mal.«

»Gibt's was Neues von wegen Pento Dingsda?«, fragt Kuno, als Paul das Telefon weglegt.

»Leider nicht. Jedenfalls nichts, was mir in irgendeiner Weise weiterhilft.«

»Versteh' ich einfach nicht«, sagt Kuno. »Wenn ich Schluss machen will …«

»Hä!?«

»Lass mich ausreden, ja? Also, wenn ich irgendwann Schluss machen will, was kümmert es den Minister? Meinetwegen zieht der sich keinen schwarzen Anzug an.«

Paul lacht. Kuno bringt es immer auf den Punkt.

»Warum lachst du?« Kuno ist misstrauisch, ob er vielleicht etwas Falsches gesagt hat. Zu oft wird er ausgelacht.

»Ich musste eben an die Szene im *Mittagsmagazin* denken, vorgestern, glaube ich, wurde es ausgestrahlt: Ein angeblich zufälliges, aber voll durchorganisiertes Treffen des Gesundheitsministers mit Frederik ...«

»Mit wem?«

»... dem Mann, der schon seit vielen Jahren querschnittsgelähmt ...«

»Ach der!«

»... von seinem Spezialrollstuhl aus für gesetzlich erlaubte Sterbehilfe kämpft.«

»Weiß schon.«

»Haste gesehen?«

Kuno schüttelt den Kopf. Er musste doch arbeiten.

»Dann erzähl ich's dir. Nach seinem Auftritt im Gemeindesaal der kleiner Ortschaft Bühren, wo Frederik lebt, schert dieser dämliche Minister, gespielt spontan, aus seiner Security-Entourage aus, beugt sich in seinem immer blauen Anzug huldvoll zu dem armen Rollstuhlmenschen in der ersten Reihe herunter, der sich vorher lautstark zu Wort gemeldet hat, und sagt: Ich kann Sie sehr gut verstehen, aber wir müssen das Leben schützen, es ist das Kostbarste, was wir haben. Und Frederik? Halten Sie endlich die Klappe, Herr Minister! Und jetzt halt dich fest: Der im Anschluss an diese Szene geplante Kameraschwenk erfolgte eine Sekunde zu spät – für einen Moment war das fassungslose Gesicht des sonst immer coolen Ministers groß im Bild zu sehen. Eine Sekunde Wahrheit im deutschen Fernsehen! Grandios! Frederik kann man schon lange nicht mehr mit dummen Sprüchen kommen, ihm ist alles egal, und wenn er noch in der Lage wäre, einen seiner Arme zu bewegen, hätte er dem Minister ganz sicher eine Ohrfeige versetzt. Wobei, nein, das stimmt nicht, er ist grundsätzlich gegen Gewalt. Deshalb möchte er sie auch nicht gegen sich selbst anwenden, sich zum Beispiel einen Abhang hinunterstürzen. Er will in Ruhe und in Frieden sein Pento Dingsda einnehmen.«

»Du musst mich nicht verarschen, Paul.« Kuno ist wütend, und das »a« kommt zweimal über seine Lippen.

»Sorry, Natrium-Pentobarbital.«

»Warum kann ich mir diesen Namen nicht merken? Du sprichst jeden Tag davon.«

»Komm, Kuno, sonst kicken meine Blauen den Ball ins Tor.« Paul versucht abzulenken, obwohl er weiß, dass Kuno sich nicht ablenken lässt. Prompt fragt er nach.

»Nee, wirklich, warum?«

»Weil es ein ungewöhnliches Wort ist.«

»Für dich nicht.«

»Vielleicht, weil es mein größter Wunsch ist, Natrium-Pentobarbital im Schrank zu haben.«

»Okay, akzeptiert. Mein größter Wunsch war lange Zeit ein Chilaterina bleheri ...«

Paul ist irritiert. Was soll das sein?

»Ein Regenbogenfisch. Siehste, den Namen kann sich auch nur einer merken, der dieses Viech unbedingt in seinem Aquarium haben will. Jetzt aber essen. Sonst krieg ich Ärger.«

»Als ob uns hier irgendein Schwein beobachtet, Kuno, das ist doch Quatsch. Ich esse nachts manchmal sogar Schokolade. Das ist bestimmt verboten.«

»Schlecht für die Figur«, lacht Kuno. »Komm, wir essen in der Küche, dann muss ich den Kicker nicht wegräumen, okay? Soll das Teil mit?« Er deutet auf den Rekorder, den Paul auf dem Tisch abgelegt hat.

»Klar, von jetzt an immer dabei.«

»Also los!« Kuno steht auf und bugsiert Paul durch den Flur zum Küchentisch. Auch heute lässt er es sich nicht nehmen, zwei saure Gurken in Streifen zu schneiden und diese mit seinen Knubbelfingern fest in die Wurst zu drücken. Diese Dekoration herzustellen erfüllt ihn mit Stolz, und weil Paul inzwischen weiß, wie unendlich wichtig Rituale für Kuno sind, lässt er ihn gewähren. Sonst allerdings kommt es für ihn nicht infrage, dass jemand sein Brot anfasst. Auch gegenüber Aylas Jungs kennt er diesbezüglich kein Pardon. Wenn sie in seine Küche gerannt kommen und mit ihren flinken schwarzen Augen in Windeseile seine Vorräte absuchen, sagt er: Geht zu eurer Mutter. Manchmal ist er selbst genervt über sein irrationales Verhältnis zu Lebensmitteln, immer muss er Reserven im Schrank wissen, auch wenn er sich jederzeit etwas zum Essen bestellen kann und weiß, dass er nicht verhungern wird. Ein Tick, klar, etabliert in seiner Kindheit, wo der Hunger ein ständiger Begleiter und Essenbeschaffung viele Jahre das wichtigste Thema waren. Hier, in seinem Haus, besteht

Paul darauf, dass die Küchen streng getrennt sind und kein Kind zum Schnorren bei ihm auftaucht. Kuno findet das übertrieben, er liebt die beiden Jungs und würde gern mal den einen oder anderen Keks aus Pauls Vorräten für sie mopsen, zumal dieser nur selten davon isst. Aber er akzeptiert auch, dass Paul Regeln aufstellt, die unbedingt eingehalten werden müssen. So darf auch nicht der kleinste Kanten Brot weggeworfen werden. Das kennt Kuno aus Erzählungen seiner Mutter von ihren Großeltern. Die Generation, die sich durch einen Weltkrieg gehungert hat, wirft keinen Krümel weg.

»Kannst du dir vorstellen«, fragt Paul mit vollem Mund, »wie wir uns als Jungs um Schulbrote gekloppt haben?«

»Du wirst es mir gleich sagen«, grinst Kuno.

»Kaum waren die Blechbüchsen im Pausenhof aufgeklappt, versuchten flinke Finger zum Nachbarn hinüberzugreifen, manchmal gelang es, eine Stulle zu klauen. Manchmal gab es Tränen.«

»Gemein«, sagt Kuno, weil er weiß, dass ihm als Erstem ein Schulbrot gemopst worden wäre. Er war immer der Schwächste.

»Klar. Die Welt ist von vorne bis hinten gemein, schlecht, verdorben, enttäuschend. Aber manchmal ...« Paul hält inne.

Kuno wartet gespannt, es dauert eine Weile, bis Paul seinen Gedanken fortsetzt.

»... kann sie auch schön sein.« Paul schaltet das Diktiergerät ein, kontrolliert die Ziffern und drückt die Rec-Taste.

»Aufnahme 48:

Stell dir eine Silvesternacht vor, 1958 oder 59 ...«

»Da gab's mich noch nicht«, unterbricht Kuno und lacht, obgleich ihn Pauls Griff nach dem Gerät verstört und er nicht so recht weiß, wie er sich verhalten soll.

»Witzbold«, kontert Paul und macht einfach weiter. »Das genaue Datum weiß ich nicht mehr. Ich war mit einer Gruppe von etwa vierzig gleichaltrigen Mädchen und Jungen im Harz unterwegs. Die Hortenführer waren natürlich etwas älter, vielleicht siebzehn oder achtzehn. Wir wanderten durch hohen Schnee, fuhren Schlitten, bauten Iglus, hockten abends um ein Lagerfeuer und sangen. *Wildgänse rauschen durch die Nacht*. Am 31. Dezember erreichten wir das Dorf Hohe Geiß, ein Name, den man nicht vergisst, in der Ferne konnten wir die Wachtürme der DDR-Grenzposten sehen. In kleinen Gruppen gingen wir von Tür zu Tür und sagten unseren in Hamburg üblichen Silvestervers auf: ›Rummel, rummel, rusch!‹, und bekamen Süßigkeiten geschenkt. In der Nacht, am Feuer, verzehrten wir unsere Beute und tranken Raki, ein süßes türkisches Gesöff. Tee mit Alkohol. Klar war der verboten, aber irgendeiner hatte immer eine Flasche Fusel im Rucksack.«

Paul zwinkert Kuno zu.

»Um 24 Uhr klangen die Glocken der Kirche ›Zur Himmelspforte‹ zu uns herüber – auch diesen Namen habe ich nie vergessen –, und es wurde ganz still in unserer schnatternden Runde. Jeder hing seinen Gedanken nach. Für einen Moment hatte ich das Gefühl, als würde eine schwere Last von mir genommen, als atmete ich die klare Nachtluft, die über der winterlichen Landschaft schwebte, freier zu sein als je zuvor. Da war eine große Ruhe, wie ich sie in meinem ganzen Leben nie wieder gespürt habe. Stopp.«

Kuno sitzt da, saugt jedes Wort auf. Und Paul meint, hier, in dieser Küche, für einen Moment wieder diese Ruhe zu spüren.

Nach einer Weile stellt Kuno fest: »Heute kicken wir wohl nicht mehr. Komm, ich helf' dir ins Bett.«

Paul wehrt sich nicht. Er spürt wieder diese bleierne Müdigkeit, diesen dunklen Mantel, der ihn einhüllt, und lässt alles zur Vorbereitung für die Nacht Nötige über sich ergehen.

»Noch was, Kuno«, sagt er, als der junge Mann schon mit dem Tischkicker unterm Arm in der Tür steht, »morgen bitte ein frisches Hemd.«

Erleichtert nimmt er noch wahr, dass Kuno den kritischen Hinweis sportlich nimmt: »Aye, aye, Sir!«

Paul liegt da, das Kopfteil seines Bettes wie immer etwas hochgestellt. Wieso war er vorhin eigentlich auf diese Harz-Tour gekommen. Damals hatte er ein Tagebuch geführt. Vielleicht hatte er die große Ruhe dieser Silvesternacht darin festgehalten? Ganz sicher würde er darin auch die Lieder finden, die sie damals sangen und die er auf der Gitarre begleitete. *Träumt am Feuer, kleiner Bruder, Die Moorsoldaten.* Es war ein kleines, fast quadratisches stabiles Büchlein. Paul sieht es genau vor sich. Wo mag es sein? Ob es die vielen Umzüge überstanden hat? Immer wieder diese Packerei! Zu gerne würde Paul jetzt aufstehen und im Schrank nachsehen. Aber es geht nicht! Noch nicht. Doch eines Tages ... Ja, eines Tages wird es wohl gehen. Er weiß es.

Paul hat schon eine Weile geschlafen, als sein Rechtsanwalt wie versprochen noch einmal anruft. »Passt es jetzt?«

»Na klar«, lügt Paul und ruckelt sein Kopfkissen zurecht, damit die Stimme besser an sein Ohr dringen kann.

»Ich würde gern wissen, ob Du meinen Schriftsatz gelesen hast und damit einverstanden bist.«

»Ganz in meinem Sinne.«

»Freut mich. Ich möchte Dir gern die neueste Position der Bundesapothekerkammer zur Abgabe von Pentobarbital vorlesen, Quelle *Pharmazeutische Zeitung.*«

»Oh, là, là!«

»Die BAK lehnt eine eventuelle zukünftige Abgabeverpflichtung oder Einbindung eines Apothekers im Vorfeld der Entscheidung eines Suizidwilligen ab. Hörst du?«, fragt Ruppert, weil Paul so still ist.

»Ja, ja, ich bin ganz Ohr.« Paul ist so müde, dass er das Telefon kaum noch halten kann.

»Die BAK vertritt die Auffassung, dass der Staat seine Bemühungen vorrangig darauf richten sollte, die Begleitung der Patienten in die Palliativversorgung zu verbessern.«

»Klar!«, unterbricht Paul seinen Rechtsanwalt. Plötzlich ist er wieder hellwach. »An Pflegefällen wird ein Heidengeld verdient. Wenn außer mir noch viele andere auf die Idee kommen, ganz still und allein, im eigenen Kämmerlein Pentobarbital einzunehmen, fällt eine ganze Branche ins Koma. Für manche Firmen wäre das ...«

Ruppert räuspert sich.

»Pardon, ich hatte dich unterbrochen.«

»Ich wollte dir nur sagen, dass unser Weg auch aufgrund solcher Positionen sehr steinig wird.«

»Wir hatten es geahnt. Könntest du mir das Papier bitte als PDF schicken?«

»Selbstverständlich. Und jetzt eine ehrliche Antwort, bitte, wie ist dein Allgemeinzustand?«

»Kampfbereit, Herr Dr. Ruppert, keine Sorge. Der Krebs scheint tatsächlich eine Pause eingelegt zu haben. Wenn ich noch den Rollstuhl loswerde, bin ich schon fast wieder der Alte.«

»Das freut mich sehr. Und Corona, hast du Angst?«

»Ach, Stefan! Ich sehe das so: Ich lebe hier, geschützt in meinem Haus, werde versorgt und draußen sortiert sich die Welt neu. Nie hätte ich es für möglich gehalten, in meinem Alter noch eine derart gewaltige Veränderung mitzuerleben.« Paul ist wieder in Form. »Das Herunterfahren der Geschwindigkeit, das Bröckeln der Illusion von Machbarkeit, von Beherrschbarkeit der Welt. Wir lernen den Umgang mit der Unverfügbarkeit. Hörst du mir zu?«

»Selbstverständlich. Sprich weiter!«

»Brückentage vergehen, ohne dass Familien nach New York oder Venedig fliegen. Stattdessen schauen sie sich jetzt mal in ihrer eigenen Gegend um. Die Sonnenuntergänge sind andere, weil sich die Atmosphäre seit nunmehr einem halben Jahr in einer Weise erholt, wie es wahrscheinlich selbst die kleine Greta nie für möglich hielt. Ich sitze in der ersten Reihe, höre Politikern und Virologen zu, sehe kostümierte Verdummte auf den Straßen tanzen. Ein Schauspiel, das absurder nicht sein könnte!«

So habe er das bisher nicht gesehen, sagt Ruppert, und Paul ist sicher, dass er lächelt.

»Du verstehst mich richtig, ja?«, schiebt Paul nach, »ich weiß um den Todernst der Lage. Für mich persönlich steht allerdings fest, dass ich, falls das Virus wider Erwarten einen Weg in mein Haus findet, vielleicht, um dem Krebs ein Schnippchen zu schlagen, auf jede Beatmung verzichten und mein Leben hier beendet werde. Die Palliativ-Ampel liegt oben auf meiner Patientenverfügung und zeigt Rot für alle lebensverlängernden Maßnahmen. Hoffen wir auf Bewegung in der Bundesärztekammer, damit ich ein selbstbestimmtes Abschiednehmen realisieren kann, ohne einen Tierarzt bestechen zu müssen.«

»Genauso sehe ich das auch, Paul. Gute Nacht.«

Hat er Stefan genervt? Paul schmunzelt über sich und seine immer wieder hervorbrechende Schwäche, anderen Vorträge zu halten. Bei seinem nächsten Anruf wird er Stefan Ruppert sagen, dass er ihn einfach unterbrechen soll, falls er wieder …

ZWEITER TAG

Halbdunkel im Zimmer. Wie lange Paul geschlafen hat, weiß er nicht. Ein Blick auf die Uhr: halb Vier. Nicht schlecht, den längsten Teil der Nacht hat er geschafft.

Ihm geht noch einmal der Gedanke durch den Kopf, der ihm gestern Morgen kam, wie sonderbar es doch ist, dass man Tiere, wenn sie verletzt oder unheilbar krank sind, erlöst, weil es sonst Quälerei wäre. Und welch eigentlich abartige, aber bereits über Jahrhunderte tradierte christliche Auffassung in den Köpfen spukt, der Mensch solle leiden. Und es geht ja noch weiter, denkt Paul, dass der Mensch womöglich reife, wenn er Schmerzen aushalte – vorausgesetzt, er dreht nicht durch. Ist der gekreuzigte Christus das Vorbild? Warum sollte ein Atheist, ein Muslim, ein Hindu oder Jude eine *Imitatio Christi* antreten wollen? Davon hatte Paul im Konfirmandenunterricht gehört. Begriffe wie Palmsonntag, Karfreitag, Ostermorgen fallen ihm wieder ein. Und dass die Frauen zum Felsengrab kamen, gerade als die Sonne aufging, und es leer war. Diese anrührende Geschichte eines Gottessohns, der sein Leben für uns hergibt. Die Nonne und Mystikerin Anna Katharina Emmerick hat in ihren jährlich wiederkehrenden Visionen während der Karwoche die Ereignisse dieser Tage geschildert. Sogar was in der Nacht nach dem ersten Karfreitag, während der »Höllenfahrt«, geschah.

Ihn als Vierzehnjährigen hatte besonders beeindruckt, dass diese Nonne auch über Vorkommnisse berichtete, die sich in dieser Nacht zu ihrer Zeit, also am Ende des 18. Jahrhunderts, abspielten. Demnach gab es jedes Jahr wieder eine »Höllenfahrt«. Vielleicht sogar noch im 20. Jahrhundert, hatte Paul gedacht. Vielleicht war, was ihn umgab, die Hölle. Ein toter Vater, eine prügelnde Mutter, eine missgünstige, hinterhältige Schwester, Schulstunden bei Fräulein Sondermann.

Ein Fenster aus dieser Hölle öffnete für ihn eine sehr besondere Freundschaft. Der Mann, ein Komponist und Chorleiter, war vierzig Jahre älter als Paul. Er traf ihn beim Trampen am Bodensee. Wobei brave Kirchgänger und Alleswisser ihnen beiden wahrscheinlich gerade wegen dieser Freundschaft eine »Höllenfahrt« vorausgesagt hätten – er, Paul, war zu dem Zeitpunkt vierzehn Jahre alt.

Paul drückt den Knopf der elektrischen Bedienung seines Bettes, fährt das Kopfteil ein kleines Stück höher und holt sich mit ein paar Klicks Kantaten von Bach aufs iPhone. Eigentlich erstaunlich – seit der Freundschaft mit Ed, wie er ihn nannte, ist ihm die Liebe zur Klassik geblieben, sogar das *Weihnachtsoratorium* geht ihm immer noch nah.

Irene wundert sich, Paul schlafend bei ziemlich lauter Musik vorzufinden. Und was für Musik! Ein paar Takte lang hört sie zu, obwohl ihr Zeitplan es eigentlich nicht erlaubt. Und bevor ihr die Tränen kommen, fädelt sie sich rasch zurück in ihren eng getakteten Alltag.

»Herr Gärtner?«

Kaum hat Irene das Haus wieder verlassen, schaltet Paul den Rekorder ein, kontrolliert die Anzahl der bisherigen Aufnahmen und drückt die Rec-Taste:

»Aufnahme 49:

Montag, 24. August 2020. Zweiter Tag.

Heute als Erstes eine Geschichte, die zeigt, was Bildung, Zuneigung und Respekt aus einem jungen Menschen machen können, der drohte, zu verrohen und vor die Hunde zu gehen. Kleine Vorwarnung: Sie wird lang.

Sommer 1960. Ein heißer Tag. Frühmorgens war ich in Konstanz aufgebrochen und wanderte auf der deutschen Seite die Uferstraße des Bodensees entlang. Von den Falken hatte ich mich nach unserer letzten Tour getrennt, ihre strengen Regeln stimmten nicht mit meinen Vorstellungen von ›frei sein‹ überein. Also zog ich jetzt, mit meinem Affen auf dem Rücken, mit Feldflasche und Gitarre allein umher. Seltsamerweise erlaubte mir meine Mutter diese Touren, auch wenn sie dann oft tagelang nichts von mir hörte. Häufig hatte ich einfach keine Lust, ihr zu schreiben oder fand tatsächlich nirgendwo eine für sie passende Postkarte.

Die Sonne brannte und ich überlegte, ob ich meine Tour nicht doch lieber mit einem Auto fortsetzen sollte. Am Ortsausgang von Überlingen stellte ich mich im Schatten eines Baumes am Straßenrand auf und hielt vorbeifahrenden Fahrzeugen meinen nach oben gestreckten Daumen entgegen. Schon nach kurzer Zeit hatte ich Glück: Ein beiges Auto mit einem eigenartig abfallenden Heck hielt an, die Autonummer mit den Buchstaben SB konnte ich nicht zuordnen. Noch mehr erstaunte mich der Mann am Steuer, der sich über den Beifahrersitz beugte und die Scheibe herunterkurbelte – er trug ein gebügeltes Hemd und Krawatte. Und dass bei der Hitze! Das zu dieser Aufmachung passende Jackett lag auf der Rückbank, wie ich später feststellte. Er fragte mich nicht nach meinem Ziel, sondern rief mir zu, er sei auf dem Weg nach Meersburg, um dort die Burg zu besichtigen, die sei bestimmt auch für mich spannend. Hocherfreut stieg ich ein, denn tatsächlich hatte ich es auf diese Burg abgesehen.

Er hatte eine auffallend lange Nase und schwarze, nach hinten gekämmte Haare. Ich schätzte ihn auf Mitte fünfzig. Er roch angenehm. Später beobachtete ich, dass er sich in jeder Stadt, in der wir übernachteten, ein neues Parfum zulegte und das jeweils von uns bewohnte Hotelzimmer damit aussprühte. Gerüche und Töne seien die Basis untrüglicher Erinnerungen, lernte ich von ihm.

Ziemlich rasch bot er mir an, ihn ›Ed‹ zu nennen, und setzte die joviale Kurzform später auch unter seine Briefe und Postkarten. Ed vertraute mir, gleichwohl unsere Freundschaft alles andere als ungefährlich für ihn war – damals, nach § 175, sogar strafbar.

Wir unterhielten uns, das Wenige, was ich zu sagen hatte, nahm er interessiert auf. Nach der Burgbesichtigung lud er mich zu Kaffee und Kuchen ein – auf der Terrasse eines piekfeinen Ladens direkt am See.

Um es in einem Satz zu sagen: Ed war mein Fahrstuhl aus dem Keller in den ersten Stock. Ihn umgaben ein Stil, eine Welt, in die zu blicken, mir, dem Jungen aus Hamburg-Barmbek, sonst niemals vergönnt gewesen wäre. Staunend trat ich ein. Meine Lektüre damals? *Micky-Mouse* und *Jerry Cotton*. Mit Anna Katharina Emmerick war ich durch. Bei Ed ging es um Platons *Gastmahl*, um die Griechen, ihre Liebe zu Knaben – worüber ich in der Schule aber lieber nicht berichten sollte, wie er mich in einem seiner ersten Briefe bat – und um Musik. Nicht mehr um *Wildgänse* oder *Moorsoldaten*, sondern hauptsächlich um Johann Sebastian Bach.

Ed war Thomaskantor in Leipzig. Daher das komische Auto, DDR-Marke Wartburg. Ob er eine Familie hatte, erfuhr ich nie. Sein Privatleben war kein Thema zwischen uns. Einzig seine Ost- wie Westadresse gab er mir preis, damit ich ihm schreiben konnte.

Ihr ahnt es: Aus Kaffee und Kuchen auf der Seeterrasse in Meersburg wurde mehr. Eine siebentägige Reise durch Frankreich und die Schweiz, mit Übernachtungen in gehobenen Hotels. Ich kannte bis dahin nur Jugendherbergen. Nie habe ich Ed anders als in Hemd und Krawatte gesehen. Selbst bei unseren Stadtrundgängen, ja sogar bei Ruderpartien blieb er ein feiner Herr. Vielleicht war dieses Outfit auch Schutzschild. Einem feinen Herrn konnte man nicht so schnell etwas nachsagen. Wohin wir auch kamen, er verstand es, einen kleinen Auftritt daraus zu machen.«

Paul hält einen Moment inne und überlegt, ob seine Beschreibung dieses ihm trotz allem rätselhaft gebliebenen Mannes zutrifft, und setzt kurz darauf fort:

»Wahrscheinlich könnte jeder, der Ed kannte, eine weitere Seite hinzufügen. Eine schillernde Persönlichkeit ist nie ganz zu erfassen. Ich jedenfalls entwickelte in diesen ersten Tagen mit ihm ein neues Selbstbewusstsein. Ich schien für einen anderen Menschen wichtig zu sein und wurde ernstgenommen – ich war glücklich.

Als Ed mich bat, ihm etwas auf der Gitarre vorzuspielen, schämte ich mich meiner begrenzten Fertigkeiten. Meine mir selbst beigebrachte Klampferei konnte ihm nicht genügen. Aber er half mir aus meiner Verlegenheit, indem er mich weder aus Freundlichkeit lobte noch mich belächelte.

Als wir uns trennten, versprach er, alles dranzusetzen, mich so bald wie möglich wiederzusehen. Ich kehrte zurück nach Hamburg, in die enge Wohnung, zu Mutter und Schwester – und besaß jetzt unendlich viel mehr als sie. Beide krebsten immer noch auf demselben Fleck herum – ich hatte die Welt gesehen.

Sehr schnell kam Eds erster Brief, dem Fotos beilagen, die wir gegenseitig von uns, mit seinem Apparat aufgenommen hatten. Ich hatte Mühe, sie vor den neugierigen Blicken meiner Schwester in mein Zimmer zu retten. Was ich sah? Heute würde ich sagen, einen tatsächlich mädchenhaften, zartgliedrigen Knaben – in Lederhose, mit oder ohne Unterhemd, im Ruderboot, bei offener Tür im Auto sitzend, in Badehose auf einer Wiese oder gut gekleidet am Tisch eines Restaurants. Ed, auf ein Geländer am See gestützt oder Zeitung lesend, während des Frühstücks auf einer Hotelterrasse. Ich erinnere mich, dass ich diese Fotos mehrmals täglich bei verschlossener Tür betrachtete. Heute sind sie wohl in einem der Schränke vergraben – wie alles andere, was meine Schilderungen belegen könnte.«

Paul stoppt. Plötzlich kommen ihm Zweifel, ob es richtig ist, hier von Ed und ihrer Freundschaft zu erzählen. Was kann man preisgeben, was sollte man im Innersten verborgen halten? Soll er löschen? Unschlüssig rollt er zur Terrassentür, will sie öffnen und blickt dabei auf seine Uhr. Gleich zwölf. In Kürze wird der Kurier da sein. Also Kehrtwende und ab in Richtung Flur, damit der nette Kerl nicht lange auf ihn warten muss, und Maske auf, die immer griffbereit an der rechten Armlehne seines Rollstuhls hängt. Beim

Klingeln beugt Paul sich weit vor, zieht den Türgriff nach unten, der Kurier, der die Verhältnisse hier kennt, drückt von außen auf.

»Na, alle Mann an Bord?«, fragt er und reicht Paul die Styroporbox.

Paul nickt. »Aber knapp. Wir hatten Windstärke 12.«

»Hab ich gar nicht mitgekriegt«, sagt der Kurier und grinst unter seiner Maske. Er schnappt sich die Box vom Samstag, die im Flur bereitsteht und ist mit einem »Schön' Tach noch« und dem Schwung, mit dem er die Tür zuschlägt, wieder weg.

Paul ist froh, dass nicht nach dem Rekorder auf seinem Schoß gefragt wurde. Während des Essens grübelt er weiter, wie er mit Eds Geschichte umgehen soll. Doch dann erlöst ihn die Müdigkeit, seine Gedanken verschwimmen. Am Tisch im Wohnzimmer angekommen, legt er den Rekorder ab und schläft ein.

Nach dem Aufwachen sind alle Zweifel weg. Eds Geschichte gehört, wie alles andere, zu seinem Leben. Und selbstverständlich auch in diesen Reigen. So sonderbar sie auch war. Ein Quantensprung seiner Entwicklung. Paul hatte sich vorgenommen, bei dem, was er hier treibt, ehrlich zu sein – nicht einmal seinen Nazi-Vater hat er verschwiegen.

»Aufnahme 50:

Bereits in seinem ersten Brief stellte Ed ein früheres Wiedersehen in Aussicht, als vage geplant. Unerwartet habe er für ein paar Tage in Hannover zu tun und am Wochenende frei. Gern wolle er die Zeit mit mir verbringen. Er teilte mir Fahrpläne und Zugverbindungen mit und bot an, mich am Montag nach Hamburg zu fahren und vor der Schule abzusetzen, falls ich die beiden ersten Stunden nicht schwänzen wollte. Das gefiel mir, ein Erwachsener, der Schulschwänzen in Erwägung zog. Vor lauter Stolz nahm ich seine leise Vereinnahmung nicht wahr. Er wollte dieses Treffen, also war es für ihn selbstverständlich, dass ich mitmachte.

Dann schickte Ed mir Bücher, voraussetzend, dass ich sie las. Huxleys *Schöne neue Welt*, Orwells *1984*, A. J. Cronins *Der spanische Gärtner*. Auch *Der kleine Prinz* von Antoine de Saint-Exupéry gehörte zu seinem Kanon. Ich verschlang alles gierig, auch, um mich mit ihm darüber unterhalten zu können.

Die Freundschaft hielt über ein Jahr. Während seiner Konzertreisen schrieb Ed mir lange Briefe, legte Zeitungsausschnitte, Kritiken oder Vorankündigungen bei und ließ mich auf diese Weise teilhaben an seinem öffentlichen Leben, von dem ich sonst keine Ahnung gehabt hätte. So kam in der Blumenau 23 nicht nur Post aus Leipzig an, sondern auch aus Paris, aus Amsterdam, Salvador und Rio. Allein die Briefmarken trieben die Neugier meiner Schwester auf die Spitze.

Irgendwann stand ein Konzert in Hamburg auf Eds Tournee-Plan, und er kündigte einen Besuch bei mir zu Hause an. Ich versuchte, ihn abzuwimmeln, denn wie sollte das gehen, dieser Mann in dieser Wohnung, mit Mutter und Schwester. Aber meine Interventionen prallten an ihm ab, er kam und überspielte souverän, was er vorfand. Außerdem ging sein Kalkül auf, die Neugier meiner Mutter wurde aufs Angenehmste befriedigt. Nach seinem Besuch hörten ihre Nachfragen auf, und wir hatten ihren Segen. Bis unter die Haarspitzen fühlte sie sich geehrt, dass sich ein so gebildeter Mann mit ihrem Sohn abgab, und ihre Naivität bewahrte sie davor, auch nur ansatzweise zu begreifen, was hier im Spiel war. Wahrscheinlich verbuchte sie Ed als Vaterersatz. Was – auch aus meiner Sicht – nicht ganz falsch war.

Ich habe nie erfahren, ob Ed in Leipzig oder anderswo weitere Freundschaften zu Jungen in meinem Alter oder zu Männern pflegte. Es wäre mir auch egal gewesen. Die Behutsamkeit, mit der er sich mir näherte, einem Jungen von vierzehn Jahren, der keinerlei Erfahrungen mit Erotik gleich welcher Couleur hatte, machte alles möglich und erzeugte in mir keine Abwehr. Im Gegenteil. Bei allem, was Ed äußerte und tat, hatte ich das Gefühl, erwählt oder erhoben, jedenfalls etwas Besonderes zu sein. Tja, so war's.«

Paul stoppt wieder, legt den Rekorder für einen Moment ab, schüttelt seine Hände aus, spreizt die Finger. Wie formbar Kinder in dem Alter sind. Wie sie alles aufsaugen und verinnerlichen, was ihnen begegnet – immer um Anerkennung und Liebe ringend. Welch ein Glück, wenn sie Menschen begegnen, die ihnen wohlgesinnt sind, sie nicht ausnutzen und in den Dreck ziehen.

»Aufnahme 51:

Wahrlich eine besondere Freundschaft! Geheim gehalten vor aller Welt. Ich ging weiter zur Schule, Ed unterrichtete weiter in Leipzig und reiste um die Welt. In seinen Briefen erkundigte er sich freundlich nach Referaten, die ich in der Schule halten musste, und gab mir Tipps. Auch weiterhin trafen wir uns, meist an ›Brückentagen‹ zwischen seinen Konzertterminen, an Orten, welche für mich problemlos zu erreichen waren.

Dass sich, vier Monate nachdem wir uns kennengelernt hatten, eine Auseinandersetzung mit dem Kultusministerium der DDR dermaßen zuspitzte, er das Handtuch warf, sein Haus in Leipzig räumte und ganz in die BRD zurückkehrte, gehörte nicht zu den Themen, die er mit mir, einem inzwischen Fünfzehnjährigen, teilte. Das alles fand ich erst Jahrzehnte später heraus. Während eines Lüneburger Orgelsommers war meine lange schlummernde Liebe zu Johann Sebastian Bach wieder erwacht, ich erinnerte mich daran, wem ich diese Liebe verdankte, und wollte wissen, wer dieser Mann eigentlich war.

Zu dem Riesendesaster seines Lebens schrieb Ed mir damals lediglich: *Ich habe Leipzig verlassen, es ging nicht anders.* Und da wir zu Hause keinen Fernseher besaßen, verpasste ich seine Rede, mit der er sich Weihnachten 1960 aus der Ferne von seinen Chorknaben in Leipzig verabschiedete.

Nicht einmal das Welten trennende Ereignis, der Bau der Berliner Mauer am 13. August 1961 – wodurch Eds Wirken in Leipzig zu Ende gewesen wäre, wenn er nicht schon vorher das Handtuch geworfen hätte –, drang in unsere Welt ein. Kein einziges Wort darüber findet sich in seinen Briefen. Wenn ich mich recht entsinne, ging es im Herbst 1961 hauptsächlich um seinen Kummer darüber, dass von mir nur noch selten Post kam. Ich nahm Tanzstunden, hatte meine ersten Flirts, wovon ihm zu berichten ich mich nicht scheute, obwohl mir klar war, dass er keinen Gefallen daran finden würde. Einmal allerdings antwortete er mir: *Man muss alles kennenlernen.*

Nach einer Radioaufzeichnung des *Weihnachtsoratoriums*, Weihnachten 1961 in Hilversum, trennten wir uns. Auch zu dieser Reise hatte er mich eingeladen, wie immer sicher, dass ich kommen und vier Tage lieber mit ihm verbringen wollte, als mit Mutter und Schwester in Hamburg unter dem Weihnachtsbaum zu sitzen. Vier Tage Proben, vor- und nachmittags, Ed, Bach, das Funkhaus, die Abende in Amsterdam, ein indisches Essen – ein Rausch! Aber der Glanz, den die Beziehung zwischen einem Ende Fünfzigjährigen und dem inzwischen Sechzehnjährigen haben konnte, war verblasst. Zumal ich seiner Art der Erotik unzweifelhaft nicht den Vorzug gab. Jedoch war er klug genug, mich deswegen nicht zur Rede zu stellen – und mich ziehen zu lassen. Gut möglich, dass er schon viele Abschiede dieser Art in seinem Leben durchgemacht hatte, besaß er doch keinerlei Ansprüche oder gar Rechte. Danach habe ich ihn nie wiedergesehen.«

Stopp-Taste. Paul blickt auf seine Uhr, wo bleibt Kuno? Er hatte schon befürchtet, dass der junge Mann ihm in das Ende seiner Ed-Geschichte platzen würde. Er horcht, nichts tut sich. Mit dem Rekorder auf dem Schoß rollt Paul zum Bücherregal, fährt langsam daran entlang und versucht die Titel, die in Regalen auf Augenhöhe stehen, zu sichten. Ob er die Bücher entdeckt, die Ed ihm geschenkt hatte? Er ist sich sicher, dass sie jeden seiner vielen Umzüge mitmachten. Aber diese Suche ist hoffnungslos! Die Bücher stehen in zwei Reihen hintereinander, viele liegen quer, eine alphabetische Reihenfolge ist nicht mehr auszumachen. Paul erkennt die Rücken der Klassiker. Ach ja, der schöne Bildungskanon, von dem ich meinen Schülern gern viel mehr nahegebracht hätte. Paul hofft darauf, dass er wenigstens einige dieser Bücher eines Tages wieder wird lesen können. Rilke, Kafka, Enzensberger. Das zerfledderte Taschenbuch mit Günter Eichs *Träumen* muss auch irgendwo sein, und Hans Erich Nossacks *Unmögliche Beweisaufnahme* – lange Zeit seine »Bibel«.

Paul steuert hinaus auf die Terrasse. Ein heißer Tag neigt sich dem Ende zu, jetzt kann man es hier gut aushalten. Aber seine Ungeduld vermiest ihm alles, und als Kuno endlich auftaucht, platzt seine schlechte Laune aus ihm heraus.

Kuno jedoch stemmt die Hände in die Taille, Paul kennt diese Verteidigungsposition: »Erstens: Handy kaputt. Zweitens: Die Kundin vor dir hat mich vollgekotzt, musste erstmal nach Hause und das Hemd wechseln. Wer hat gestern …?«

»Schon gut, Kuno, komm, setz dich!« Pauls Ärger ist verflogen, und Kuno rückt einen der Gartenstühle mit gebotenem Abstand neben Pauls Rollstuhl. Im Freien verzichten beide auf ihre Masken. »Wollen wir uns nicht aus Spaß ein Corona-Lexikon anlegen? Es kursieren jetzt doch Begriffe, von denen man nur träumen kann, oder? Was hältst du zum Beispiel von ›Verweilverbot‹, ›Social Distancing‹, ›Kontaktsperre‹ und ›Impfgipfel‹?«

Kuno lacht. »Mein Hit ist ›Spuckschutz‹. So was hätte ich vorhin gebraucht.«

Jetzt muss Paul lachen. »Und sonst? Was gibt's Neues auf der Welt?«

»Das wollte ich dich fragen.« Kuno freut sich, dass Paul nicht mehr sauer auf ihn ist, das kann er sehr schlecht ertragen.

»Ich habe den ganzen Tag in meinem Rollstuhl gesessen und auf dich gewartet.«

»Glaub' ich nicht. Du hast bestimmt eine ganze SD-Karte vollgequatscht.«

»Bitte?« Wieder lacht Paul. »Ich rekonstruiere ein Leben, das schon fast ein Jahrhundert währt. Das ist enorm wichtig. Wie alt bist du?«

»Neunzehn.«

»Als du geboren wurdest, lebte ich in Portugal.«

»Da möchte ich auch mal hin!« Kuno würde am liebsten gleich den Koffer packen.

»Okay. Aber erst mal erzähle ich dir noch von einer Liebesnacht in Prag. Einverstanden?«

»Wieso denn jetzt Prag?«

»Kein Interesse?«

»Du erzählst immer kreuz und quer, fällt dir das nicht auf?« Kuno tut wichtig. »Ich weiß manchmal nicht, wo du wirklich bist.«

»Ich auch nicht, Kuno, das ist ja das Schlimme. Die Vergangenheit kommt in Wellen auf mich zu, manchmal ist Ebbe, manchmal ist Flut, mitten in eine Überlegung platzt eine neue, will zugeordnet sein, und schon lande ich in einem anderen Jahrzehnt, an einem anderen Ort, bei anderen Menschen. Vieles ginge verloren, wenn ich es nicht sofort festhielte. Ich bemühe mich ja, etwas annähernd Geordnetes daraus zu machen. Aber es gelingt mir nicht.«

»Du kannst noch mal ganz von vorne anfangen und dann eins nach dem anderen erzählen.«

»Nee, Kuno, die Gedanken springen. Außerdem hat meine Konzentrationsfähigkeit seit meiner Schlidderei durch die Geisterbahnen enorm nachgelassen, und vielleicht sind bei den Bestrahlungen ein paar Zellen da oben verbrutzelt. Keine Ahnung.« Er tippt sich an den Kopf.

Das wäre jetzt der Moment für eine Umarmung, aber diese Scheiß-Abstandsregeln verbieten es. Paul merkt, dass Kuno nach etwas Adäquatem sucht, um ihm sein Mitgefühl zu zeigen.

»Lass gut sein, Kuno.«

»Jetzt bitte die Liebesgeschichte.«

Paul angelt nach dem Rekorder auf seinem Schoß.

»Kannst du nix mehr erzählen ohne dieses Teil?« Kuno ist genervt, aber Paul hält den Zeigefinger an die Lippen, und sein junger Freund kapiert, dass er die Klappe halten muss.

»Aufnahme 52:

Immer noch 24. August, Montag. Sie hieß Milena. Eigentlich grotesk …«

»Warum?«, fragt Kuno interessiert.

Wieder hält Paul den Zeigefinger an die Lippen. »Wie Milena Jesenská, die Freundin von Franz Kafka.«

Kuno macht Bewegungen, die klarmachen, dass er nichts versteht, aber Paul spricht unbeirrt weiter.

»Wir sind im Mai 1968. Ich war Student im ersten Semester an der PH Lüneburg und befand mich auf der Exkursion einer Studiengruppe nach Prag. Der ›Prager Frühling‹ versetzte uns alle in Euphorie.«

Kuno wird immer ungeduldiger.

»Nach den obligatorischen Besichtigungen berühmter Plätze und Bauwerke diskutierten wir im Seminarraum der Karls-Universität mit tschechoslowakischen Germanistikstudenten, verteidigten hitzig und großmäulig den Kommunismus und ernteten von denen, die längst begriffen hatten, ›dass Utopien nicht als Endzeitmodelle taugen‹ – wie Emma Braslavsky es formuliert –, eher Kopfschütteln.«

»Ich warte auf eine Liebesgeschichte, und du bist schon wieder bei der Politik.« Kuno ist es jetzt scheißegal, dass sein Einwurf in Pauls Ewigkeit eingeht. Er will eine spannende Geschichte hören, keine Erörterungen, die er nicht versteht.

Paul hält inne. So weit weg, in die Glanzzeit politischer Agitation, sind seine Gedanken galoppiert. Sehr genau erinnert er sich an die Atmosphäre in dem vollbesetzten Seminarraum und an den Moment, als diese umwerfend gut aussehende Kommilitonin auf ihn zukam. »Ohne Umschweife fragte mich Milena, ob ich nicht mitkommen wolle, sie wohne im Studentenheim.« Kuno pfeift durch die Zähne. »Genau. Von Anfang an war ihr Verhalten sehr eindeutig, und dem entsprechend schnell kamen wir zur Sache. Doch es gab eine Besonderheit: Mitten im Akt unterbrach sie, drückte mich zur Seite und steckte sich eine Zigarette an. Immer im Wechsel schob sie mir ihre Zigarette zwischen meine Lippen, ließ mich ein, zwei Züge ziehen, und zog dann selbst wieder daran. So ging es eine Weile, bis wir endlich zum Eigentlichen zurückkehrten. Ich habe nie erfahren, was ihr Kick daran war. Beim Abschied schwor sie, mich in Lüneburg zu besuchen, momentan seien Reisen ins westliche Ausland erlaubt. Ich war einigermaßen erstaunt, aber durchaus erfreut, auch wenn ich zu Hause nicht über mangelnde sexuelle Abwechslung klagen konnte. Wir alle lebten damals die ›freie Liebe‹.«

Paul drückt die Stopp-Taste und wendet sich direkt an seinen atemlos zuhörenden Freund. »Und jetzt nur für dich, Kuno. Ich hab's versemmelt. Per Brief hatte Milena sich angemeldet, ich wusste genau, wann ihr Zug in Lüneburg ankommen sollte, aber, wie meistens, riss ich mich zu spät von einer politischen Debatte los und verpasste den Termin um knappe acht Minuten. Jedenfalls war sie, als ich auf meinem Fahrrad angesaust kam, nicht mehr da. In großer Sorge fuhr ich ins Studentenheim und erfuhr später, dass sich Milena, völlig aufgelöst, weil ich nicht mit einer Rose auf dem Bahnhof stand – so hatte sie es sich vorgestellt –, anderen Ankommenden in die Arme warf. 1968 war so was auf dem kleinen Lüneburger Bahnhof möglich, hier hielten täglich nur wenige Züge. Jedenfalls bekam ich am anderen Morgen einen Anruf, ob ich eine Milena kenne, eilte sofort zu ihr, aber meine sämtlichen Entschuldigungen ließen sie kalt. Noch am selben Abend reiste sie ab, so was ließ sich eine stolze Tschechin nicht bieten.«

Kuno grinst. »Frauen sind kompliziert?«

»Na ja, ich war ja nicht gerade höflich zu ihr«, sagt Paul und drückt wieder die Rec-Taste.

»Aufnahme 53:

Milena und ich haben uns nie wiedergesehen. Ich halte es für möglich, dass sie beim Einmarsch der sowjetischen Truppen am 21. August desselben Jahres zu denen gehörte, die ihren Protest lautstark auf die Straßen trugen, und dabei umkamen.« Stopp-Taste.

»Bist du traurig?«

»Damals war ich es. Sogar sehr. Wobei es unweigerlich Zoff gegeben hätte, wenn Milena im Studentenheim aufgetaucht wäre.«

»Also hat sie dich vor Schlimmerem bewahrt«, stellt Kuno trocken fest.

Wieder muss Paul lachen. »So gesehen, ja. Denn selbst wenn wir in unverbindlichen Beziehungen lebten, gab es immer wieder Mädels, die merkwürdige Verhaltensweisen annahmen, wenn ein neues Gesicht auftauchte. Was ziemlich oft vorkam.«

Kuno will mehr wissen.

»Eine meiner Freundinnen ging sogar so weit, sich in ihrem Eifersuchtsschmerz an meine Mutter zu wenden. Ausgerechnet an die Frau, von der ich mich mühsam befreit hatte. In einem ihrer Briefe nannte sie mich einen ›verlorenen Sohn‹. Irre, oder? Wenn du Lust hast, kann ich dir nachher ein paar ihrer Briefe zeigen, ich fand sie im Nachlass meiner Mutter.«

»Warum irre?«

»Der ›verlorene Sohn‹ ist ein Bibelzitat.«

»Bibel gab's bei uns nicht«, sagt Kuno.

»Bei mir schon«, erinnert sich Paul, »meine Mutter war eigentlich katholisch, heiratete meinen Vater aber evangelisch und ließ ihre beiden Kinder in einer freien Kirche taufen. Dort wurde ich später auch konfirmiert. Eine sehr ernste, feierliche und schier endlose Veranstaltung. Willst du mehr wissen?«

»Klar!«

»Die Mägen aller Konfirmanden knurrten, weil wir – in Erwartung unserer ersten Kommunion – nüchtern antreten mussten. Der Sinn dieser Anweisung ist mir entfallen. Aber bestimmt gab es einen. Alles hatte einen Sinn und eine tiefere Bedeutung. Anschließend richtete meine Mutter zu Hause eine Kaffeetafel aus. In ihrem Nachlass fand ich ein Foto, auf dem dieser Nachmittag festgehalten ist, du würdest dich wegschmeißen vor Lachen.«

»Warum?«

»Ich, glatt gekämmt, in schwarzem Anzug, weißem Hemd und mit ordentlich gebundenem Schlips, sitze am Tisch, im Kreis meiner Lieben. Alle sind eng zusammengerückt, damit alle auf das Foto passen. Vor mir auf dem ovalen, mit dem Festtagsservice von Rosenthal, Zuckerdose, Sahnekännchen und geknickten Stoffservietten festlich gedeckten Tisch, prangt eine Torte. Riesengroß! Ich will ein braver Junge sein und es wenigstens an diesem Tag allen recht machen, sonst hätte ich sie längst verschlungen.«

Kuno grinst.

»Aber, und jetzt wirst du dich vielleicht wundern, ich mochte diesen Konfirmandenunterricht und fand sogar die Visionen einer Nonne aus dem 18. Jahrhundert spannend. Was auch insofern bemerkenswert ist, als im November 1959 *Ben Hur*, dieser Wahnsinnsfilm, in die Kinos kam und ich mein weniges Geld zusammenkratzte, um ihn zu sehen, mehrfach zu sehen, und dessen Bilder Tag und Nacht in meinem Kopf spukten. Kennst du ihn?«

Kuno schüttelt den Kopf.

»Aber unser Pfarrer, ein kleiner rundlicher Mann, der immer eine Weste trug, verstand es, auf eine mich sehr beeindruckende Weise Geschichten zu erzählen. Mit großen Gesten, Kunstpausen und verschiedenen Stimmen. Er war viele Jahre Radiosprecher und Sänger gewesen. Manchmal riss ihn eine Geschichte dermaßen mit, dass er die Kontrolle verlor und tatsächlich vor uns Kindern weinte. Das war mir peinlich. Erwachsene sollten vor Kindern nicht weinen.

Zur Konfirmandenfreizeit im Frühjahr fuhren wir in einen umgebauten, ehemaligen Schafstall in der Lüneburger Heide. Ein großer Raum, in dem der Unterricht abgehalten wurde, eine große Küche mit offenem Herd, darüber zwei Schlafsäle. Alle halfen mit, beim Kochen, beim Putzen, auch beim ›Honigschleudern‹, wie wir das

Amt, die Eimer des Plumpsklos zu leeren und zu reinigen, gemeinerweise nannten. In den Pausen gingen wir zum Bahndamm, legten uns mit ein paar Mädchen in den Graben und knutschten, was das Zeug hielt. Ich erinnere mich, wie schön es war, wenn ab und zu ein paar Sonnenstrahlen zu uns fanden und uns wärmten. Nachts stürmten wir den Mädchenschlafsaal, standen verlegen herum, blendeten mit unseren Taschenlampen in verschlafene Mädchengesichter und machten uns wieder auf den Rückweg. Stopp!«

»Oder interessieren dich Stories von eifersüchtigen Frauen mehr?«

Kuno nickt.

»Dann lass uns reingehen.«

Beide setzen ihre Masken auf, Kuno schiebt den Rollstuhl über die Schwelle, und Paul navigiert in Richtung rechtem Schrank. Zwischen Kartons auf dem dritten Bord links oben kann er die flache Schachtel mit der Beschriftung »Freundinnen« erkennen.

»Die da, bitte!«

Um diese Schachtel zu erreichen, muss Kuno allerdings auf einen Stuhl steigen. »Die meisten Unfälle passieren im Haushalt«, meint er, während er schwankend nach der Schachtel angelt.

»Schon klar«, antwortet Paul, wobei er sieht, dass dieser Auftrag tatsächlich weit außerhalb von Kunos Möglichkeiten liegt.

»Du hast alles aufbewahrt?«, fragt sein junger Freund, legt Paul die Schachtel auf den Schoß und schaltet, bevor er ihn zum Tisch schiebt, die Deckenleuchte ein.

»Nicht alles, sonst hätten wir hier ein Gebirge aus Papier«, meint Paul. »Ich wurde nun mal als Sammler geboren und nicht als Jäger, und dazu stehe ich.« Er lacht, hat aber keine Lust, Kuno mehr zu erklären, hebt den Deckel hoch, fummelt Briefbögen und Fotos aus Umschlägen, überfliegt einzelne Zeilen, schiebt beiseite, findet, wonach er sucht – seine Sammelleidenschaft hatte, wenn auch für andere nicht erkennbar, durchaus System. »Hier, sie hieß Frauke. Sie war blond.« Er reicht Kuno das Foto einer jungen Frau. Dann liest er vor. Krude Sätze eines gekränkten Mädchens an die Mutter ihres verlorenen Freundes. Doch Kuno zieht nicht mehr mit, das ist deutlich zu spüren.

»Reicht, oder?« fragt Paul.

Wortlos räumt Kuno das auf dem Tisch abgelegte Material zusammen, schichtet es zurück in die Schachtel und entert wieder den Stuhl. »Das geht mich nichts an.« Er schließt die Schranktür, und Paul kapiert, dass er das Thema wechseln muss.

»Wollen wir kicken?«

»Zu spät.«

»Dann lass uns zur Abwechslung gemeinsam essen. Ich finde es sowieso reichlich doof, dir immer allein etwas vorzukauen.«

Kuno fasst sich auf den Bauch, er müsse aufpassen, später serviere ihm seine Mutter ein Abendbrot.

»Hast du eigentlich eine Freundin?«, will Paul wissen.

»Hat noch nicht gek-k-k-lappt«, lautet Kunos kurze Antwort, und das »k« verlässt mehrfach seinen Gaumen.

Dass eine harmlose Frage eine so heftige Emotion auslösen kann, denkt Paul, als er wieder allein ist, in seinem Bett liegt und seinen Gedanken nachhängt. Ein sehr, sehr dünnhäutiger Knabe, dieser Kuno.

Dann springen seine Gedanken zurück in die Zeit, in der er Student in Hamburg war.

»Aufnahme 54:

9. November 1967. Erinnert sich noch irgendjemand von euch an dieses Datum? Ein Freund hatte mich aufgefordert, mit ihm ins Audimax zu kommen, obwohl ich ja, wie bereits erwähnt, nie Student an der Hamburger Uni, sondern lediglich an der Fachschule für Erzieher war. Auf die Weise wurde auch ich Zeuge jenes Augenblicks, als bei der Feier anlässlich der Rektoratsübergabe zwei mutige Studenten aus den voll besetzten Sitzreihen sprangen, rasch ihr selbst gefertigtes Banner ›Unter den Talaren – Muff von 1000 Jahren‹ entrollten und den ehrwürdig ihren Weg fortsetzenden Professoren vorantrugen, ohne dass diese eine Ahnung hatten, was da in weißen Lettern auf schwarzem Stoff zu lesen war. Für diese ironische und doch bitterernste Diagnose des Uni-Betriebs jener Jahre fingen sich die beiden Transparentträger vom Ordinarius für Islamkunde den Zuruf ein: Sie gehören ins KZ! Der so Empörte wurde eine Zeit lang suspendiert, ansonsten erfolgte nichts, heute kennt ihn niemand mehr. Das Foto dieser Szene jedoch, samt den Namen der Bannerträger, ging um die Welt und schrieb sich ins kollektive Gedächtnis nicht nur der deutschen Studentenschaft ein. Dieser eine Satz brachte die Verzweiflung über das reformresistente professorale Establishment auf den Punkt. Auch die Wut! Wie jeder weiß, befanden sich nach dem Schuss auf Benno Ohnesorg – am 2. Juni 1967 während einer Demonstration gegen den Schah von Persien in Berlin – die deutschen Hochschulen im Ausnahmezustand. Nährboden der RAF.

Ich durchlief alle Etappen an der Fachschule für Erzieher in Hamburg, wie schon erwähnt, mit unfreiwilliger Verlängerung um ein halbes Jahr. Ab Wintersemester 1968 schrieb ich mich für ein weiterführendes Studium an der pädagogischen Hochschule in Lüneburg ein, berühmt-berüchtigt für eine links-rebellische Studentenschaft. Ein wildes Jahr!

Mal kurz zur Erinnerung, die Daten hat vielleicht nicht jeder im Kopf, wenngleich sie eigentlich Ecksteine deutscher Geschichte sind: Am 2. April legten Gudrun Ensslin und Andreas Baader zusammen mit zwei Freunden selbst gebaute Brandsätze mit Zeitzündern in ein Frankfurter Kaufhaus, die kurz vor Mitternacht hochgingen, zum Glück aber niemanden verletzten, am 11. April wurde Rudi Dutschke von einem rechte Parolen skandierenden Hilfsarbeiter aus Peine auf dem Berliner Kurfürstendamm niedergeschossen. Meine Freunde und ich waren zutiefst verstört. Fasziniert hatten wir Rudis Reden gelauscht, seine unverwechselbare Stimme war jedem politisch Wachsamen in diesem Land vertraut, obwohl nicht immer ganz klar war, wovon er sprach. Rudi besaß Charisma, er wollte die Welt verändern. Nur Hasch zu rauchen, jede Nacht mit einer anderen Frau zu schlafen und Kaufhäuser anzuzünden, wie die Leute der »Kommune«, war ihm zu wenig.

Klar, ich erwähnte es bereits, auch ich war ein Verfechter der ›freien Liebe‹, hatte diverse Freundschaften oder, besser gesagt, Verhältnisse gleichzeitig und tat den hin und wieder aufflammenden Gram meiner Partnerinnen über meinen Lebensstil als unangemessen ab, weil Sex für mich nichts mit wahren Gefühlen zu tun hatte und zu keiner Zeit mit dem Wunsch nach einer fortdauernden Bindung verknüpft war. Ein Dreier mit einer Nymphomanin wurde mir allerdings irgendwann psychisch wie physisch zu anstrengend, und ich hielt es dann eine längere Strecke tatsächlich mit nur einer Frau aus. Mit Karin, einer Hamburgerin.

Was Protestaktionen der Studenten anging, entschied ich mich gleich zu Beginn für die Hippie-Variante, zog singend und Klampfe spielend umher. Sprengstoff oder Waffen einzusetzen war nicht mein Weg.

Im August 1969 feierten Tausende drei Tage lang in Woodstock *Peace & Music*. Und was blieb übrig von diesem Appell? Nichts! Dafür ging ein Jahr später die Saat des zu allem bereiten ultralinken Flügels der Protestbewegung auf. Der 14. Mai 1970 gilt als Gründungsdatum der RAF. Von da an raste ein besessener Haufen junger Leute ›brandschatzend‹ durch die Republik.«

Paul stoppt und überlegt, ob er jetzt in eine Geschichtsstunde abgerutscht ist. Aber das alles gehörte nun mal zu seiner Zeit, er hat sie erlebt, er kann es nicht ändern. Wenn man die Wahl hätte, wann wollte man geboren sein? Wohl jede Biografie streift Zeiträume, in denen man lieber nicht da gewesen wäre.

»Aufnahme 55:

Die Welt ist nicht gut, verdammt. Kein religiöses oder politisches Programm hat je irgendetwas daran geändert.

Ich halte fest: Im April 1977 wurde Siegfried Buback ermordet, im Juli Jürgen Ponto, im Oktober Hans Martin Schleyer, nachdem die GSG 9 die entführte Lufthansa-Maschine *Landshut* auf dem Flugfeld von Mogadischu erstürmt hatte.

Ich kenne inzwischen unzählige Reportagen und Analysen über jene Zeit, so viele Filme. Oberflächlich betrachtet scheint alles der Vergangenheit anzugehören, in Geschichtsbücher eingeflossen und behauptet. Die großen Rebellen von einst sind entweder tot oder in die Politik gewechselt, haben sich mit dem System arrangiert und lassen sich mit staatstragendem Gestus in schwarzen Limousinen chauffieren. Aber die rechten Zellen tickten weiter. So ist der Gruppe in Peine, zu der Josef Bachmann, Rudis Attentäter gehörte, damals niemand ernsthaft nachgegangen. Angeblich war er ein Einzeltäter gewesen. Knapp zwei Jahre nach seiner Tat erhängte er sich in seiner Zelle. Jahre später begann die NSU im Verborgenen zu zündeln, ihre Mitbegründerin spreizt sich heute in Gerichtssälen und jagt ihre sämtlichen Verteidiger zum Teufel. Epigonen wachsen nach. Warum ist das so? Hilft das selbst suggerierte Heldentum, das einem aus der Anbetung alter Nazigrößen erwächst dabei, zu übertünchen, vom Wohlstand abgehängt zu? Vereint man sich heute im Hass? Täglich sehe ich in den Medien, wie sich Hunderte auf den Straßen versammeln, maskenlos verkleidet um Bedeutung ringen, angeblich Aufklärung betreiben, die Pandemie leugnen, sämtliche von Regierung und Wissenschaft erhobenen – äh, ja, oder empfohlenen Maßnahmen – als, ja, Fake verlachen. Jeder weiß es besser – als jeder …?« Paul merkt, dass er immer häufiger stockt, den Faden verliert. Was, verdammt, wollte er denn noch sagen? »Niemand steigt mehr durch. Was ist wahr, was Lüge? Und eine rechte Partei im deutschen Bundestag heizt nach.«

Paul rutscht zur Seite, der Rekorder gerät unter die Bettdecke. Stopp! Pause! Das Kapitel der »Selbstermächtigten« ist endlos. Erst nach einer Weile drückt er wieder die Rec-Taste. Er meint nämlich, eine Erklärung für dieses Phänomen zu haben. Auch wenn er deutlich spürt, dass jetzt wieder die Stimme des Lehrers und Aufklärers zu Wort kommen will. Lass sie doch! Paul schmunzelt.

»Aufnahme 56:

Für das seltsame Phänomen, dass jetzt jeder meint, dem anderen öffentlich und ungeniert seine Meinung sagen oder, noch besser, ins Gesicht schreien zu können, bar jeglicher Infragestellung des eigenen Wissensstands, bietet sich folgende, wie ich meine, durchaus plausible Erklärung an: Schon seit geraumer Zeit geht die Unsitte um, jeden unmittelbar nach Erwerb einer Ware oder der Inanspruchnahme einer Dienstleistung, ungeachtet seines Bildungsstandes, per QR-Code oder E-Mail nach seiner Meinung zu fragen und um eine Bewertung zu bitten. So hat sich ein Gefühl von Bedeutung und Pseudo-Augenhöhe eingeschlichen, das keine Grenzen mehr kennt. Egal, wo mein beruflicher Werdegang endete, ich kann es mir erlauben, einen Virologen öffentlich ›Arschloch‹ zu nennen, wenn er Erkenntnisse präsentiert, die nicht mit meinen und denen meiner Kumpels übereinstimmen. Das ständige Abfragen der Meinung ist eine Pest, weil es das Gefühl des eigenen Werts zur Selbstüberschätzung pampert. Darüber könnte man lachen – wenn die Folgen nicht so fatal wären: Realitätsverzerrung bis zur Unkenntlichkeit.

Damals in den 60er, 70er-Jahren wollten wir den deutschen Spießern die Masken von ihren selbstgefälligen Gesichtern reißen, die Täter entlarven und ihnen klarmachen, dass sich vieles radikal ändern müsse in diesem Land, dass der wirtschaftliche Aufschwung ›die Infrastruktur der Seelen‹ nicht würde heilen können, um eine Formulierung von Ines Geipel zu verwenden. Dass in den Köpfen noch verheerende Reste der NS-Zeit waberten, die sich auch oder vor allem in der Pädagogik niederschlugen.«

Paul stoppt. War das jetzt zu heftig, zu besserwisserisch? Ach was! Er sollte sich nicht ständig hinterfragen. Er ist ein alter Mann, er hat einiges erlebt, er kann hier alles sagen.

Ein Blick hinaus in den Garten. Draußen ist es noch lange nicht dunkel. Zu gern würde er jetzt bei einem Glas Wein auf der Terrasse sitzen und, egal, auch von Mücken zerstochen werden. Er greift nach dem Telefon auf dem Rollwagen und wählt Aylas Nummer. Sie nimmt nicht ab. Erst kurz nach neun. Zu der Zeit schliefen damals noch nicht mal die Konfirmanden. Paul lacht.

»Aufnahme 57:

Die letzte Gedankenschleife führt zu einem düsteren Kapitel deutscher Geschichte, das Anfang der 50er-Jahre beginnt und bis in die 80er-Jahre reicht. Überschrift ›Verschickungsheime‹. Schon mal was davon gehört?« Paul gibt sich Mühe, die in ihm hochkochende Wut zu beherrschen und nicht zu schreien. »Ein von der damaligen Regierung aufgelegtes, eigentlich gut gemeintes Programm, das auch Kinder aus wenig betuchten Familien die Möglichkeit eröffnete, sich an der See, im Gebirge oder irgendwo sonst in der Natur zu erholen. Doch dank rückwärtsgewandter, zum Teil schwer rechtslastiger Heimleiter und überlasteter Betreuer brannten sich viele dieser Heime als Schreckensorte in die Seelen von mehr als einer Million Kinder der Bundesrepublik ein. Ich bin sicher, dass es bald Antworten auf die vielen diesbezüglich noch offenen Fragen geben wird und hoffentlich auch Anzeigen. Denn jetzt organisieren sich ehemalige ›Verschickungskinder‹, bieten Tagungen an oder treffen sich regelmäßig, seit Corona in Videokonferenzen, in die ich mich, wenn es irgend geht, einlogge. Endlich sollen all die Geschichten erzählt und dokumentiert werden, denen bisher niemand so recht Glauben schenkte, und ich bin jedes Mal wieder erstaunt, aus wie vielen Ländern und Erdteilen sich Menschen zuschalten. Da ist eine Lawine ins Rollen gekommen!

Durftest auch du nur vier Blatt Toilettenpapier verwenden, nur eine fest vorgeschriebene Zeit auf dem stillen Örtchen verbringen? Wurdest auch du gezwungen zu essen, was dir zuwider war? Ich durfte meinen Eltern nur schreiben, was mir diktiert wurde, und nicht was mir auf der Seele brannte. Du auch? Hat irgendjemand eine Ahnung, wo mein Fotoalbum geblieben ist? Ich vermisse mein nachts heimlich unter der Bettdecke gekritzeltes Tagebuch. Wer kann sich an den Namen des Heims erinnern, in dem ich dann und dann war, oder an den Namen eines Erziehers? Ich hatte alles vergessen, bis dieser Schlafsaal plötzlich in einem Panik-Flashback um mich war, eine Person mit einer Laterne neben meinem Bett stand, mir die Decke wegriss, ich nackt im Keller stand, und mir jemand eiskaltes Wasser über den Körper schüttete.

So schwirren die Geschichten und Fragen bei diesen Treffen hin und her. Und wir sind uns alle einig, es hilft nur eins: sich auszutauschen und genau zu erinnern. An jedes Detail. Nur dann wird es möglich sein, Orte und Täter zu benennen.

Auch bei mir gab es solche ›blinden Flecken‹, auch ich brauchte lange, bis ich mich immerhin an den Ort des ersten Verschickungsheims erinnern konnte, das ich am Anfang erwähnte – Wyk auf

Föhr. Von dem zweiten, in dem ich, wie mir irgendwann klar wurde, einen weiteren ›Kuraufenthalt‹ innerhalb des gleichen Jahres verbringen musste, fehlte jedoch über Jahrzehnte hinweg jede örtliche Zuordnung. Unstrittig war nur, dass ich meinen neunten Geburtstag dort verbrachte, mich aber über die Kerze, die beim Frühstück vor meinem Teller entzündet wurde, nicht freute, weil ich am Vorabend Zeuge einer Szene geworden war, die mein Herz zerriss. Ihr glaubt es nicht, aber sie ist wahr:

Unten, vor dem Eingang, verabschieden sich Eltern von ihrer Tochter, einem kleinen Mädchen im weißen Kleid. Es ist etwa so alt wie ich. Dann steigen die Eltern in ihren Käfer, eine Erzieherin nimmt das Mädchen bei der Hand und will es ins Haus zerren. Aber es reißt sich los, rennt zu dem bereits anfahrenden Wagen, hängt sich an die Stoßstange und lässt sich so lange mitschleifen, bis die kleinen Hände keine Kraft mehr haben und es hart auf dem schmutzigen Kies aufschlägt. Das Auto fährt unbeirrt weiter. Zwei Erzieherinnen schaffen die schreiende, wild um sich schlagende Kleine ins Haus, wobei sie, um die Schreie zu übertönen, *Im Frühtau zu Berge* anstimmen, so laut sie können. Das hübsche Kleid ist zerrissen und verdreckt.

Die Gewalt, die ich selbst in diesem Heim erlebte, verschloss ich fest in meiner Seele. Nur eine Zeile davon an meine Mutter, und die Zensoren hätten den Brief konfisziert – und mich vor den anderen als Lügner an den Pranger gestellt. Stopp.«

Paul überlegt lange, wie er das, was er jetzt erzählen möchte, so hinbekommt, dass es glaubwürdig ist. Eigentlich war es zu bizarr, um wahr zu sein.

»Aufnahme 58:

1973, Semesterferien in Lüneburg. … Ich bekam keinerlei Stipendien, musste dringend Geld verdienen, und nahm eine Stelle in einem Kinderheim an.

Weder während des Einstellungsgesprächs noch bei der anschließenden Besichtigung der Räumlichkeiten fiel mir irgendetwas auf. Nicht einmal der Name auf dem Vertragsformular, der auch in geschwungenen gusseisernen Lettern über dem Portal stand, rief irgendetwas in mir wach: ›Birkenblatt‹. Die Aufforderung der Heimleiterin, die neu eintreffenden Kinder am besten noch vor der ersten Nacht kräftig zusammenzustauchen, damit sie während der nächsten Wochen parierten, fasste ich als Scherz auf.

Doch dann, zwei Tage nach Dienstantritt, geschah auf dem Flur zum Waschraum das Ungeheuerliche: Ich erkannte alles wieder – bis ins Detail! Allerdings aus der Perspektive eines gerade neun Jahre alt gewordenen Jungen. Den Flur, die Tür, die Kacheln. Alles!

Wie in Trance bewegte ich mich vorwärts, sah die Waschbecken, die rissigen, zum Teil fast blinden Spiegel, die drei nur durch dünne Wände voneinander getrennten Toilettenverschläge – alles in genau demselben versifften Zustand wie damals. Und mir war, als hörte ich unerbittliche Fäuste gegen das vibrierende Holz schlagen und eine wütende Stimme schreien: Paul, komm sofort raus! Und für einen Moment zitterten mir die Knie, genau wie damals.«

Wieder stoppt Paul. Die Erinnerung an den kleinen, gepeinigten Jungen, der, die Hose halb hochgezogen, im Toilettenverschlag steht und um Vergebung fleht, geht ihm nah. Erst nach einer Weile setzt er fort.

»Aufnahme 59:

Sogar noch Jahrzehnte später, als ich im Nachlass meiner Mutter die Postkarte von einem Herrenhaus fand, und über dessen Eingang der Name ›Birkenblatt‹ zu entziffern war, trat dieses Zittern auf. Meine auf der Rückseite geschriebenen Zeilen verschwammen vor meinen Augen. ›Das Paket wird im Schrank eingeschlosen und wen ich zurrück fahre, krich ich es wieder.‹ Und ich erinnerte mich daran, dass ich zu diesem neunten Geburtstag tatsächlich ein Päckchen bekommen hatte, es mir aber erst vor der Heimreise ausgehändigt wurde und ich die darin enthaltenen Süßigkeiten also nie mit anderen teilen konnte, was doch mein größter Wunsch gewesen war. Einmal der Gönner und nicht immer der arme Hanswurst sein! Die Schreibfehler auf der Postkarte hatte meine Schwester mit Rot verbessert und mir triumphierend unter die Nase gehalten, als ich zurückkam.

Meine Verschickung ins ›Birkenblatt‹, wie auch nach Wyk, verdankte ich der Empfehlung eines anthroposophischen Arztes. Dieser freundliche Mensch, der Hausbesuche machte, ohne sie meiner Mutter in Rechnung zu stellen, schätzte mich als erholungsbedürftig ein, nachdem mein Vater diese Welt auf so abnorme Weise verlassen hatte. Mit dem Erfolg, dass mir vom dritten Schuljahr zweiundsiebzig Tage fehlten. Was Verschickungskindern tatsächlich zustieß, ahnte dieser gute Mann selbstverständlich nicht, aber er hätte in Betracht ziehen können, welche Anstrengungen es den erholungsbedürftigen Jungen kostete, nachzuholen, was er aufgrund der Verschickungen versäumte – was ihm nie ganz gelang.

Was meint ihr, gibt es Schicksalsnornen, in deren Netzen wir uns bewegen und die uns nach Ablauf vieler Jahre an Orte zurückführen, die wir eigentlich nie wieder betreten wollten – um Rache zu üben?

Bereits wenige Tage nach Dienstantritt im ›Birkenblatt‹ im Sommer 73, konnte ich feststellen, dass sich, nach inzwischen über zwanzig Jahren, nicht nur im Waschraum, sondern auch an den Erziehungsmethoden so gut wie nichts geändert hatte. Hatten mich die Nornen also dorthin geschickt, um den Augiasstall auszumisten? Die meisten meiner Kollegen konnte ich rasch auf meine Seite ziehen, der Weg durch die Instanzen erwies sich allerdings als wirkungslos. Also alarmierte ich die Öffentlichkeit, genauer die DPA. Auf der eilig einberufenen Pressekonferenz argumentierte die Heimleiterin, dass die manchmal mitten in der Nacht verabreichten kalten Duschen auf Anweisung des im Heim praktizierenden Nervenarztes erfolgt seien, es handele sich um ›hydrotherapeutische Maßnahmen‹, mit denen man bei verstockten Kindern enorme Erfolge erzielt habe. Danach seien sie immer brav gewesen. Der Arzt drohte mit gerichtlichen Schritten, sollte man ihm weiter vorwerfen, Anwendungen verordnet zu haben, wie man sie aus amerikanischen Irrenhaus-Serien kenne. Auch Prügelstrafen oder Wegsperren in dunkle Kellerräume seien selbstverständlich nicht auf seinem Mist gewachsen. Die Einschätzungen herbeigerufener Experten lauteten: ›Finsteres Mittelalter in Lüneburg, Keller-Strafen sind verbrecherisch.‹ Auch überregionale Zeitungen berichteten. Besorgte Eltern holten ihre Kinder unverzüglich aus dem ›Birkenblatt‹ ab.

Doch dass die Heimleiterin zu den Kindern gesagt haben soll: Ich hack euch alle in die Suppe, wollte plötzlich niemand mehr gehört haben. Lediglich für ein paar Wochen wurde diese Frau suspendiert, mir und fünfzehn Kolleginnen, die sich mit mir solidarisiert hatten, sofort gekündigt.

Es ist verdammt schade, dass ich nicht mal kurz aus dem Bett steigen, aus den Zeitungsstapeln zwei Artikel heraussuchen und euch daraus vorlesen kann. Auf ein Foto war ich besonders stolz: ›Kinderheim-Rebell Gärtner‹. Leider nützte mir das ganze Tam-Tam nichts. Die Kündigung war rechtskräftig, die zwei Monate Gehalt, die mir vertraglich zugestanden hätten, futsch. Und das war bitter.«

Stopp-Taste.

Bei den Zoom-Konferenzen der Verschickungskinder hofft Paul jetzt immer darauf, dass sich eine Frau zuschaltet und die Szene auf dem Hof vor dem ›Birkenblatt‹ schildert, weil sie dieses kleine Mädchen im weißen Kleid war. Zu gerne würde er ihr sagen, dass sie einen Zeugen hat, dem das an der Stoßstange des VW Käfers hängende Kind noch heute Tränen in die Augen treibt.

Im Halbschlaf hört Paul das Klingeln des Telefons. Ayla! Sie hat gesehen, dass er angerufen hat, und möchte wissen, wie es ihm geht.

»Alles okay. Ich liege gefüttert und gewickelt im Bett.«

Sie lacht, aber Paul spürt, dass irgendetwas nicht stimmt.

»Was ist los?«

Sie wisse es nicht. Vielleicht ..., das Kind ..., irgendetwas sei anders als sonst.

Es ist ihr fünftes, sie muss es wissen, denkt Paul, rät ihr aber trotzdem, zum Arzt zu gehen.

»Weiß nicht.«

»Oder komm zurück, und dann sehen wir weiter. Ich vermisse euch.«

»Bald!«, sagt Ayla. »Gute Nacht, es ist schon viel zu spät für dich.«

Ehe Paul sie auslachen kann, hat sie aufgelegt.

Normalerweise löst Ayla Probleme auf ihre Weise, folgt ihrer Intuition. Äußerst selten fragt sie Paul. Warum also sollte er sich Sorgen machen? Er weiß, wie gern sie bei ihrer Schwester ist, aber auch, dass sie ein schlechtes Gewissen hätte, wenn sie länger als verabredet in Hamburg bliebe. »Im Stich lassen«, diese Redensart hat sie gerade gelernt und wendet sie jetzt öfter an. »Ich lass dich nicht im Stich, Paul.« Und er antwortet dann: »Ich dich auch nicht, Ayla.«

Wieder greift er nach dem Rekorder, sieht, dass die Batterien fast entladen sind, und fummelt zwei neue ins Gehäuse. Vorsorglich hatte er Kuno gebeten, seine Reserven im Nachtschrank zu verstauen.

Rec-Taste.

»Aufnahme 60:

Als ich im UKE lag, hat Ayla mich fast täglich besucht. Monatelang – auch als sie wieder schwanger war und auch schon bald nach Amars Geburt – machte sie sich nachmittags per Zug auf den Weg. Sehr beschwerlich, weil man zweimal umsteigen muss und die Anschlüsse wegen Verspätungen häufig nicht mehr passen. Aber Ayla beschwerte sich nie, obwohl zu Hause immer ein Haufen Arbeit auf sie wartet. Damals kümmerte sich allerdings der Kindesvater noch um sie und seine Brut. Natürlich gab ich ihr zu verstehen, dass sie nicht jeden Tag kommen müsse – sie kam trotzdem. Manchmal saß sie nur stumm in der Ecke des Zimmers, was mir, vor allem in der ersten Zeit nach der Chemo, die mich an den Rand des Grabes katapultierte, durchaus recht war. Das Sprechen fiel mir schwer, und ich dachte oft an einen Satz von Christa Wolf, den sie nach einer schweren Operation an Sarah Kirsch geschrieben hatte: ›Wenn man nicht sterben kann, wird das Leben sehr anstrengend.‹ Den Briefwechsel der beiden Dichterinnen hatte ich mir wenige Monate vor Ausbruch der Krankheit gekauft. Wie tragisch diese Freundschaft endete. Die Gräben, die sich zwischen einem Weiterleben im Osten und Kirschs neuem Leben im Westen auftaten, ließen sich irgendwann nicht mehr überbrücken.

Einfach nur da sein, das kann Ayla. Eine Qualität, die in dieser hektisch gewordenen Welt verloren gegangen ist. Nur still dasitzen, und es gut meinen mit dem anderen. Und tatsächlich rettete mir ihre stille Wächterschaft eines Tages das Leben. Wahrscheinlich aufgrund zu starker Medikamente kam es zu einem plötzlichen Atemstillstand, ich meinte zu ersticken, konnte mich nicht mehr äußern, ruderte mit den Armen. Ayla, auf ihrem Platz in der Ecke, sah, dass dringende Hilfe geboten war, alarmierte Ärzte und Schwestern, und ich wurde gerettet. Wäre ich allein in meinem Zimmer gewesen – den Rest könnt ihr euch denken. Ein Erstickungstod – na ja.

Es klingt vielleicht merkwürdig, aber manchmal frage ich mich tatsächlich, ob ich diese junge Frau aus Afghanistan holte, damit in der dunkelsten Stunde meines Lebens jemand da war und Hilfe holte. Was bedeutet das Leben anderer im eigenen Leben? Ayla verdankt mir viel, klar. Aber als es um Leben und Tod ging, wurde sie mein Schutzengel. Später haben wir darüber geredet, sie nennt diese Wesen ›Hafaza‹. In ihrem Glauben besitzt jeder Mensch vier davon. Zwei, die während der Nacht wachen, die anderen beiden am Tage. Während des Wachwechsels, also in der Morgen- oder Abenddämmerung, gibt es ungeschützte Momente, in denen böse Geister, die ›Dschinn‹, Chancen haben, sich einzuschleichen. Mein Atemstillstand trat während der Abenddämmerung auf – aber mein ›Hafaza‹ gab Acht.«

Paul schaltet den Rekorder aus. Was hatte ihm der Heiler gesagt, den er vor vielen Jahren wegen einer hartnäckigen Gürtelrose aufsuchte? Wenn er das Zimmer eines Schwerkranken betrete, orientiere er sich als Erstes daran, wo an dessen Bett die Engel stehen. Wenn noch am Kopfende, drohe keine Gefahr.

DRITTER TAG

Am nächsten Morgen angelt Irene den Rekorder unter dem Bett hervor.

»Werfen Sie jetzt damit?«

»Ich vertreibe böse Geister.«

»Soso. Hoffentlich rechnen Sie mich nicht dazu. Ich möchte so ein hartes Teil nicht am Kopf haben.«

»Noch nicht, Irene. Noch halten sie sich tapfer auf der Seite der guten Wesen.«

Sie lacht.

Paul untersucht das Gerät und schaltet es ein:

»Aufnahme 61:

25. August, Dienstag … Alles okay?«

Er hört ab und ist erleichtert. Das glatte Gehäuse muss ihm beim Einschlafen aus der Hand gerutscht sein.

»Der Rekorder ist sturzfest, Irene. Hätte in der Beschreibung unter ›Plus‹ vermerkt werden können.«

Sie lacht, gibt ihm aber, ehe sie geht, den Rat: »Passen Sie trotzdem auf, dass Ihnen Ihr Jahrhundert nicht eines Tages unter dem Bett verlorengeht.«

Paul überlegt, ob sein Konzept, ungeordnet vorzugehen, richtig war. Hat er Wichtiges vergessen? Das Ende seines Studiums in Lüneburg und was unmittelbar danach kam!

»Aufnahme 62:

Dritter Tag.

Jetzt mal ein kurzer Rückblick, und dann einiges der Reihe nach, sonst kommt ihr wohl doch durcheinander: Im Oktober 1972 bestand ich meine Prüfung für das Lehramt an Volksschulen an der PH Lüneburg mit ›Sehr gut‹. Sogar meine Examensarbeit *Sexualität und Sexualerziehung* wurde mit ›Sehr gut‹ benotet. Und das, obwohl ich im Vorwort den Dozenten eine ›methodologische Beschränktheit‹ attestiert und eine heftige, vor Marxismus triefende Kritik an ihrem Dienst in dieser ›Kadavergesellschaft‹ verschriftlicht hatte. So was gab meinem inneren Steppenwolf Futter und half, mein Minderwertigkeitsgefühl abzubauen, an dem ein Satz Fräulein Sondermanns nicht ganz unschuldig war. Ein pädagogisches Meisterstück. Er war in der 10. Klasse gefallen, noch dazu vor versammelter Mannschaft: Paul, Sie sind ein Idiot! Und auch wenn ich in meinem Leben tausendmal unter Beweis stellte, dass ihre Beurteilung falsch war, klebte dieser Satz an mir und fiel in dunklen Stunden wie ein Schatten über mich.

Vielleicht, überlegt mal, war es aber genau dieser Satz, der mich meinen Beruf wählen ließ? Denn eins war klar, ich wollte es besser machen, ich wollte Kinder vor Sätzen bewahren, die ihr Leben verdunkeln.«

Wo war er stehen geblieben? Schon wieder eine Absence? Paul schaut sich um, entdeckt den Rekorder auf seinem Schoß, im Aufnahmemodus. Da wird viel Geraschel aufgezeichnet worden sein – und jetzt hat er den Faden verloren. Also wieder ein kleiner Regelbruch? Er fährt auf dem Display zurück in die letzte Aufnahme, hört ab:

»... Kinder vor Sätzen bewahren, die ihr Leben verdunkeln.« Stopp- und dann wieder Rec-Taste.

»Aufnahme 63:

Nicht schlecht, oder? Aber kurz zurück zu den Auswirkungen dieses Lehrsatzes. Jedes Mal, wenn ich bei einer Vollversammlung ans Rednerpult trat und sich circa achthundert Studenten vor mir im Saal lümmelten, musste ich mir einen gewaltigen Ruck geben, um nicht davonzulaufen. Ich könnte euch Fotos zeigen, die während unserer Demos in Lüneburg gemacht wurden – ihr würdet euch wundern. Der junge Mann in der vordersten Reihe, der mächtig die Klappe aufreißt und das Banner ›Demokratie auch in den Schulen‹ hochhält, bin tatsächlich ich. Ich, der hier von seinen Minderwertigkeitsgefühlen spricht und nichts so sehr hasste, als in der ersten Reihe zu stehen.«

Paul stoppt. In diese Passage gehörte eigentlich das Gutachten, mit dem sein Professor seine Diplomarbeit 1974 würdigte. Wo mag es sein? Wenigstens ein paar Sätze daraus könnten diesen Lebensabschnitt gewaltig würzen – sie sind wirklich schön, Ironie gehört auch zum Leben. Soll er warten, bis Kuno kommt? Seine Ungeduld erträgt keinen Aufschub. Er will dieses Zitat, sofort! Den Rekorder auf dem Schoß, greift er in die Räder des Rollstuhls und bewegt sich zum linken der beiden Eichenschränke. Schon allein die beiden Türen zu öffnen ist ein mühsamer Akt, wenn man in so einem Gefährt hockt.

»Aufnahme 64:

Ein Merksatz zwischendurch: Man wird bescheiden, wenn man im Rollstuhl sitzt. Einen Schrank zu öffnen wird zur Heldentat. Stopp!«

Paul lacht und sucht mit den Augen die staubigen Ordner und Papierstapel in den Regalen ab, findet, wonach er sucht. Ziemlich weit oben, ein beiges laminiertes Din-A4-Heft, von dessen Rücken sich die mürbe Kunststofffolie löst. Er streckt sich hoch, so weit er kann. Dummerweise kommen durch seinen ungeschickten Zugriff zwei Mappen mit losen Blättern ins Rutschen, verlassen den Schrank, und ihr Inhalt verteilt sich über den Boden. So schnell versinkt der Mensch im Chaos, wenn seine Beine nicht mehr funktionieren. Paul überlegt kurz, ob er auch diesen Gedanken als Merksatz festhalten soll, blättert aber stattdessen in dem Heft, Staub und Nikotingeruch kitzeln in der Nase. Wie viele Zigaretten täglich hat er damals geraucht?

Titel: *Bedingungen und Möglichkeiten antikapitalistischer Lehrtätigkeit – im Spiegel gegenwärtiger Diskussionen und Auseinandersetzungen.* Er überfliegt die mit Schreibmaschine geschriebenen, vergilbten Seiten. An manchen Stellen sind Zeilen schräg einkopiert. Wahrlich kein typografisches Meisterwerk. Ein Hustenanfall unterbricht den Ausflug in sein kurioses, jugendlich-verschraubtes Denkgebäude.

Hier, die Sätze des Gutachtens. Langsam und laut liest Paul sie vor:

»Aufnahme 65:

Aus dem Gutachten meines Professors an der PH Lüneburg.

›Dass diese Tätigkeit im Titel *antikapitalistisch* genannt wird‹, gemeint war der bestehende Handlungsrahmen des Lehrers, ›ist zumindest teilweise irreführend. Was der Verfasser mit diesem Schlagwort aus der Sphäre des zeitgenössischen Aktionismus eigentlich meint, ist die konsequente Nutzung grundsätzlich zugestandener Möglichkeiten im Sinn prinzipiell verfassungskonformer Kritik an der Verfassungswirklichkeit selber‹.

Das reicht wohl. Erstaunlich daran: Er war mir trotzdem gewogen, und als ein mit ›Sehr gut‹ benoteter Diplompädagoge verließ ich 1974 Lüneburg in Richtung Süden, denn im Regierungsgebiet Niedersachsen war für mich die Erde verbrannt. Der ›bunte Hund‹ Gärtner hatte ja nicht nur angehende Kollegen ständig gegen ein Schulsystem aufgewiegelt, das den pädagogischen Werten, die er im Studium glühend verinnerlicht hatte, um Jahrzehnte hinterherhinkte, sondern auch den ›Verschickungsheim‹-Eklat heraufbeschworen und sogar noch – und das war der Gipfel – skandalöse Aufklärung an einer Sonderschule betrieben. Heute sehe ich ein, dass Letzteres tatsächlich ein grober Fehler war. Aber ich bereue nichts, auch wenn ich hätte voraussehen können, dass ich meinem beruflichen Werdegang damit einen erheblichen Schaden zufügen würde. Egal!

Hier die Fakten: An einer dörflichen Sonderschule beantwortete ich meinen zwölf- bis fünfzehnjährigen Schülern schriftlich zwei Fragen, die sie mir mündlich im Sexualkundeunterricht gestellt hatten: Wie leben Sie? Nicht verheiratet, aber zusammen mit einer Frau?, mit: ›Meine Freundin und ich ficken, so oft es uns Spaß macht.‹ Für diese Kinder, die fast alle vom Dorf kamen, war das Verb ›ficken‹ völlig normal – was sich zwischen Stier und Kuh, Mann und Frau abspielt, damit abgedeckt. Aber eine Schulelternvertreterin lief Amok, als sie diesen Satz im Heft ihrer Tochter las, alles schwappte in die Medien, der *Spiegel* titelte: ›In der Heide ist der Teufel los‹. Einem Lokalredakteur versuchte ich klarzumachen, dass ich ganz bewusst Auseinandersetzungen und Krawall suche, das sei meine Art des Kampfes für gesellschaftspolitische Veränderungen. Ich sähe mich eher als einen Revolutionär – Evolution sei nichts anderes als Revolution auf Raten –, nicht als Michael Kohlhaas, wie er meinte. Am Ende seines kleinen Artikels attestierte mir der freundliche Mensch immerhin: ›Ein paar Gärtners mehr – und die Situation in den Schulen könnte sich schneller ändern.‹ Solche Formulierungen merkt man sich, auch wenn sie nur im *Buxtehuder Tageblatt* standen. Die Polizei klagte mich wegen ›Verbreitung unzüchtiger Schriften‹ an, und ich verlor den gegen mich angestrengten Prozess am Landesarbeitsgericht in Hannover – trotz der Unterstützung eines berühmten Hamburger Sexologen und der Gutachten von drei mir gewogenen Professoren. Der eifrige Richter war sich nicht zu schade, in die Urteilsverkündung einzuflechten, dass er, zählte seine Tochter zu meinen Schülerinnen, höchstpersönlich in die Schule geeilt wäre, um mir vor der ganzen Klasse links und rechts eine runterzuhauen. Welch ein Glück für ihn, dass seine Tochter keine Sonderschülerin war.

Das Dumme an der ganzen Sache aber war: Dieses Urteil brachte mir nicht nur die fristlose, vom Regierungsvizepräsidenten unterschriebene Kündigung ein, nein! Dank des auf Willy Brandts Initiative während der Ministerpräsidentenkonferenz im Januar 1972 erlassenen ›Extremistenbeschlusses‹ war es möglich, meiner weiteren Karriere einen Riegel vorzuschieben, mich auszuschalten. Trotz gravierenden Lehrkräftemangels und meiner Note ›Sehr gut‹ wurde meine Bewerbung um eine Stelle an der Fachschule für Sozialpädagogik im Regierungsbezirk Lüneburg abgelehnt. Das müsst ihr euch mal reinziehen! Und ich behaupte jetzt mal, dass es dieser ›Extremistenbeschluss‹ oder ›Radikalenerlass‹ war, der etliche von uns angehenden Pädagogen in die radikale linke Szene trieb. Denn nicht wenige der Richter, die ihren Namen unter solche Ablehnungen setzten, hatten ihren Amtseid noch unter Hitler geleistet. Jedenfalls wurden Zehntausende auf äußerst rigide Weise kleingemacht, vielen sogar die Existenz zerstört. Finanzielle Hilfe vom Staat gab es damals nicht, um Arbeitslosenhilfe mussten die Betroffenen, wie auch ich, hart kämpfen. Solidaritätsbekundungen in ganz Europa führten, wie ihr sicherlich wisst, später zwar zur Rücknahme dieses Erlasses – Willy Brand bezeichnete ihn selbst als Irrtum –, trotzdem bleibt er ein Schandfleck auf der bundesdeutschen Geschichtskarte. Die Auswirkungen dieser Berufsverbote sind, so viel ich weiß, bis heute nicht erforscht.

Vor ein paar Wochen habe ich mich an eine renommierte Hamburger Stiftung gewandt, Trägerin des ›Birkenblatts‹, in der Hoffnung auf Kooperation bezüglich Aufarbeitung des damaligen Skandals. Solche Vorkommnisse sollten, in deren eigenem Interesse, öffentlich gemacht werden. Leider zeichnet sich bis jetzt kein echtes Interesse ab. Lippenbekenntnisse nutzen niemandem, schriftliche Stellungnahmen oder gar Schuldeingeständnisse sind nicht in Sicht. Erst recht nicht, nachdem ich den Herren der Stiftung mitteilte, dass die ›Organisation Verschickungskinder‹ jetzt eine Untersuchung eingeleitet habe, ob möglicherweise Organisationen wie ODESSA – die Organisation ehemaliger SS-Angehöriger –, die gleich nach dem Krieg den Oberteufeln Billetts für die Passage nach Argentinien beschaffte, den unteren Chargen Anstellungen in Verschickungsheimen besorgte ...«

Paul setzt die Maske auf, weil er Kuno kommen hört. »Einen Moment, ich bin gleich fertig«, ruft er ihm zu.

Kuno schaut sich um und kann ein »Hopsala!« nicht unterdrücken. Dann sammelt er die am Boden verstreuten Zettel auf und staucht sie zu einem Stapel, was für seine ungeschickten Hände gar nicht so einfach ist. »Wohin damit?«

Paul zeigt mit der Hand auf die Fensterbank, während er weiter seine Wut auf die Stiftungen und die damaligen Verhältnisse auf den Rekorder einprasseln lässt. Kuno platziert die Stapel und hört zu. Er ist es gewohnt, Paul zuzuhören, und seit zwei Tagen auch dann, wenn der in diesen Rekorder plaudert.

»… Überall werden knallhart Machtpositionen ausgespielt. Kein Wunder also, dass viele zu Duckmäusern mutierten, in Stiftungen, aber leider auch in sozialen Berufen. Damals im *Birkenblatt* warfen mir die Kollegen vor, ich hätte gut reden, ich müsse keine Familie ernähren. Allein könne man gut und gerne auf ein paar Brötchen verzichten.«

Paul drückt die Stopp-Taste.

»Duckmäuser?«, fragt Kuno, wobei ihm das »D« doppelt rausrutscht.

»Das sind Leute, die es anderen auf Teufel komm raus immer recht machen wollen, nie die Schnauze aufmachen, sich hinten und vorne verbiegen und am Ende des Lebens, von niemandem mehr geliebt, irgendwo verscharrt werden.«

Kunos Stirn zeigt tiefe Falten, wie immer, wenn er etwas nicht ganz versteht. Um abzulenken, wechselt er das Thema: »Warst du eigentlich mal verheiratet?«

Paul lacht. »Gerade zum vierten Mal.«

»Ayla ist deine Frau?«

»Selbstverständlich.«

»Aber ihr wohnt nicht zusammen.«

»Na und?«

»Schlaft ihr denn nicht miteinander?«

»Das könntest du viele Ehepaare fragen«, Paul lacht. »Und die Antwort wäre: Nein! Sag's aber bitte nicht weiter, sonst kommt hier so 'n August vom Amt und faselt was von Scheinehe. Das fehlte uns gerade noch. Ich habe von der deutschen Amtsschimmelwieherei die Nase voll.«

»Hä?«, schon wieder ist Kuno überfordert.

»Egal. Wenn es nicht Leute gäbe, die sich einen Dreck um unsinnige Vorschriften kümmerten, lebten wir noch auf Bäumen. Beamte bringen die Evolution nicht voran. Ich habe mein Leben lang versucht, die angeblichen Regeln meinen eigenen unterzuordnen, weil meine die besseren waren. Orientiert an der Lebenswirklichkeit. Und nicht an verstaubten Paragrafen.«

Paul weiß, dass sowas nicht gerade Kunos Themen sind, doch ein bisschen von seiner Lebenserfahrung möchte er ihm schon zumuten.

»Die Einrichtungen, die ich – zunächst in Deutschland und später auch in Portugal – für junge Menschen mit erheblichen seelischen und sozialen Problemen gründete und auch leitete, hießen ›Werkstätten für persönliche Entwicklung‹. Verstehst du, was ich damit ausdrücken wollte? Ich setze auf das Potenzial, das in jedem steckt, und auf seine Resilienz. Es spielt nämlich keine so große Rolle, ob du in beschissenen Verhältnissen aufwächst oder nicht. Worauf es ankommt ist, was du daraus machst. Mir ging es nie darum, eine Gesellschaft vor diesen angeblich ›Fehlgeleiteten‹ zu schützen, sondern jeden Einzelnen in seinem Rahmen und nach seinen Möglichkeiten zu fördern und ihn wieder Fuß fassen zu lassen in dieser Gesellschaft. Und um ein solidarisches Miteinander.«

Kuno ist längst ausgestiegen, will es aber nicht zugeben und erzählt Paul stattdessen, dass seine Mutter jetzt in der Flüchtlingshilfe aktiv sei.

»Sehr gut«, meint Paul. »Ich war schon 2015 dabei, als die erste große Welle Geflüchteter in unserem Landkreis ankam. Du weißt, dass es in der Bevölkerung, wie befürchtet, nicht bei diesem zunächst überbordenden ›Wellcome Refuges!‹ blieb. Richte Deiner Mutter einen schönen Gruß aus, man fängt sich bei diesem Engagement auch Ärger ein. Droh-Mails soll sie links liegen lassen.«

Schon wieder versteht Kuno ihn nicht. Was ist heute bloß los mit Paul?

»Was ich meine? Plötzlich schreiben Dir Leute, die du nicht kennst, ›Du undeutsches Schwein … Wir wissen, wo du wohnst … Nicht mehr lange, dann bist du …‹ So was in der Art. Deine Mutter soll nicht darauf eingehen. So habe ich es nämlich auch gemacht, und irgendwann hörte der Quatsch auf. Leider hat meine blöde Diagnose meine sämtlichen Bemühungen, Bildungseinrichtungen für Geflüchtete im Landkreis zu schaffen, zum Erliegen gebracht, und momentan – dir muss ich ja nichts erklären, du hast den Elendshaufen an der Hacke.«

Kuno will unterbrechen, aber Paul redet einfach weiter.

»Nur noch bei Ahmed sorge ich dafür, dass er und seine Familie nicht unter die Räder kommen. Seid ihr euch eigentlich noch begegnet?«

Kuno schüttelt den Kopf.

»Stimmt, er war schon lange nicht mehr im Haus, als du hier den Posten bezogst.« Kuno grinst. »Ich habe ihm ein Zimmer besorgt und einen Ausbildungsplatz. Er ist jetzt Kameramann, hat ein Familie gegründet und spricht fast perfekt Deutsch. Er flüchtete aus Syrien. Aber ich will hier keine Predigt halten, wie Integration gelingen könnte und wie auf keinen Fall. Mir jedenfalls stehen die Haare zu Berge, wenn ich mir anschaue, was die Bundesregierung treibt. Zum Glück habe ich wieder welche. Haare, meine ich.« Paul streicht sich über den Kopf. »Erinnerst du dich noch daran, wie ich aussah, als ich aus dem Krankenhaus kam? Milad hat mich nicht erkannt, und Amar glaubte wohl, das gehöre so. Als ich mit noch vollem Haarschopf abmarschierte, gab's den kleinen Mann noch nicht.« Paul lacht. »Apropos, könntest du mir vielleicht die Augenbrauen stutzen, die streiten sich schon mit den Wimpern«, er zupft an einer Augenbraue herum. »Auch wenn das nicht auf Deinem Zettel steht.«

Paul weiß, dass Kuno nicht der Geschickteste ist, und mit einer Schere direkt vor seinen Augen zu hantieren bedeutet für beide ein hohes Risiko. Aber er merkt, wie stolz es seinen jungen Freund macht, dass er ihm diese Aufgabe zutraut. Also los!

Als Kuno direkt vor ihm steht, dieser gestauchte kompakte Körper, angespannt und voll konzentriert auf das, was seine Hände vollbringen sollen, verspürt Paul den Wunsch, ihn zu umarmen. Aber ihm ist auch klar, dass so etwas absolut tabu ist. Außerdem steht er nicht auf Männer. Wenngleich er die Zuneigung seines »väterlichen Freundes« damals genoss, obwohl er sie nie ganz begriff.

Kuno hat sein Meisterwerk vollbracht und legt die kleine Schere beiseite: »Alles heil geblieben. Glück gehabt, Paul.«

VIERTER TAG

Auf der Wand die Schatten sich bewegender Äste der großen Bäume, die den Garten säumen. Ein Auf und Ab neben der Standuhr. Dieses hässliche braune Ding! Würde sich seine Schwester mal bei ihm melden, würde er sie als Erstes fragen, ob sie nicht diese verdammte Uhr haben will.

Die großen Terrassenfenster lassen sich nicht verdunkeln, und so erlebt Paul Tag für Tag dieses Schattenspiel, diesen Wechsel von der Dunkelheit ins Licht und umgekehrt. Er beobachtet, wie die Sonne ihrer Umgebung jeden Morgen wieder Farben verleiht und abends alles zunächst in Grau, dann in Schwarz zurücklässt. Paul genießt es, Zeuge dieses Schauspiels zu sein.

Seine Gedanken gehen zurück zu Ed. Sobald Irene aus dem Haus ist, will er im Netz nach ihm suchen. Merkwürdig, dass er bisher noch nie auf diese Idee gekommen ist. Es muss Spuren geben, dieser Mann war berühmt.

Keine zwei Stunden später klickt Paul sich durch etliche Links. 1971 gestorben, verheiratet, drei Kinder. Eine Ehe war damals wahrscheinlich die beste Tarnung, für eine Veranlagung, von deren Akzeptanz die Gesellschaft noch weit entfernt war.

Er stößt auf einen kleinen Artikel, den ein Weggefährte von Ed ins Netz gestellt hat und der die Hintergründe des Weggangs aus Leipzig erörtert. Demnach hatte das plötzliche Verbot einer fest geplanten Chorkonzertreise nach Westdeutschland das Fass der ständigen Auseinandersetzungen mit den Politbonzen zum Überlaufen gebracht. Interessant war in dem Zusammenhang auch zu erfahren, dass der politische Druck auf die Thomaner nach Eds Weggang stark zunahm. Während seiner Jahre als Chorleiter hatte es offenbar keinen einzigen Chorsänger gegeben, der Mitglied in der FDJ war. Der Artikel zitiert einen Hardliner und Verklärer des DDR-Regimes, der es als Großzügigkeit der Regierung auslegt, Ed seine Stelle aufgrund seiner außerordentlichen musikalischen Qualitäten zugestanden und seine Mitgliedschaft in der NSDAP unter den Tisch fallen gelassen zu haben. Wohingegen man die musikalischen Leistungen seiner Nachfolger nach der Friedlichen Revolution knallhart ihren Beteiligungen an einem sogenannten Unrechtsregime untergeordnet – und sie auf diese Weise abqualifiziert habe.

Paul klappt seinen Laptop zu und greift nach dem Rekorder.

»Aufnahme 66:

Inzwischen haben wir den 26. August, Mittwoch. Vierter Tag.

Gerade habe ich noch einiges über meinen Freund Ed im Netz gefunden, was hier aber nicht festgehalten werden muss, weil es nichts mit unserer Freundschaft zu tun hat. Für mich war es gut, ein paar Sachen zu klären. Auch Eds Leben zeigt, wie massiv der Bau der Berliner Mauer in persönliche Schicksale eingriff, abgesehen von der Tragweite, die dieses fast innerhalb einer Nacht errichtete Bauwerk für die Weltgeschichte hatte. Damals, als ich auf der Besucherplattform stand und hinüberwinkte, hatte ich noch keine Ahnung davon, was mit dem Begriff ›Kalter Krieg‹ gemeint war.«

Stopp-Taste. Paul rollt hinaus auf die Terrasse, es ist warm, er genießt die Sonne, beobachtet Eichhörnchen und Vögel – und schläft ein. Hat ihn das viele Reden während der letzten Tage überanstrengt?

Die Sonne brennt, er wacht auf, rollt ein Stück zurück in den Schatten und zieht das Oberteil des Trainingsanzugs aus. Wie schön wäre es jetzt, die beiden kleinen Jungs vergnügt unter dem Rasensprenger herumhüpfen zu sehen.

Am Abend überlegt Paul, ob er Kuno von seinen Erkundungen im Netz berichten soll, lässt es aber sein, weil zu viele Erklärungen nötig wären. Stattdessen kicken sie ein paar Runden. Aber Kuno spürt, dass Paul nicht ganz bei der Sache ist, und macht sich, nachdem die »Zurichtungen« für die Nacht erledigt sind, früher als sonst auf den Heimweg.

Ein letztes Mal die Rec-Taste heute.

»Aufnahme 67:

Ich bin müde! Warten wir bis morgen, dann fällt dem alten Paul bestimmt noch eine ganze Menge ein.«

FÜNFTER TAG

Paul wacht auf, und sofort ist ihm klar, dass ein Weltereignis wie die erste Mondlandung in den Erinnerungen an seine Zeit nicht fehlen darf. Er angelt nach dem Rekorder auf dem Rollwagen – er weiß noch, dass er ihn gestern, schon im Halbschlaf, dort abgelegt hat.

»Aufnahme 68:

27. August, Donnerstag. Fünfter Tag.

1969. Eine Sommernacht. Dicht gedrängt sitzen meine Kommilitonen und ich im Gemeinschaftsraum des Lüneburger Studentenheims, vor uns flimmert der kleine Schwarz-Weiß-Fernseher. Atemlos verfolgen wir, wie ein unförmiges Wesen in weißer Montur, einen monströsen Taucherhelm auf dem Kopf, ein dickes Paket auf den Rücken geschnallt, langsam die Leiter seiner spinnenbeinigen Raumfahrtkapsel herunterklettert und ein paar Schritte über den pudrigen Boden tappt: Neil Armstrong, der erste Mensch auf dem Mond. Unglaublich! Wir sehen ihn, mit eigenen Augen, wir sind dabei, und – nicht zu fassen! – dieses ausgesetzte Wesen steckt, nicht weit von der Kapsel entfernt, eine Stange in den weich anmutenden Grund. Die amerikanische Flagge flattert im Weltall! Irgendjemand sagt: Typisch Ami! Alle lachen. Jetzt fehle nur noch der Schriftzug ›Coca-Cola‹. Fünf Tage vorher, so hören wir im Kommentar – auch das weiß ich noch genau –, war Armstrong mit zwei Kollegen von Cape Canaveral in Florida gestartet, fünfhundert Millionen Menschen hätten Apollo 11 an den Bildschirmen verfolgt. Plötzlich kam Skepsis bei uns auf. Stimmte denn, was wir sahen, oder schicken die Amis auf irgendeine Weise manipulierte Bilder in der Welt herum? Das allerdings brachte eine der Kommilitoninnen dermaßen in Rage, dass sie einem ihrer Nachbarn ihr Bier über das T-Shirt schüttete und brüllte: Jetzt haltet doch alle die Klappe!«

Paul drückt die Stopp-Taste, zufrieden, auch das im Rekorder zu haben. Heute ist ein solches Ereignis keine Aufregung mehr wert. Wen interessiert denn noch, wer wann auf dem Mond landet. Nur noch Elon Musk, diesen gefährlichen Spinner – und seine Jünger.

Paul fällt auf, dass er für seine Schilderungen manchmal Präsens und manchmal die Vergangenheit wählt. Geht das? Na klar! Hier geht alles, hier werden keine Noten verteilt, ein Leben lässt sich nicht linear erzählen. Wenn er doch einmal seinen Schülern hätte erlauben können, zu schreiben, wie ihnen zumute war. Was dann dabei herausgekommen wäre! Zensoren und Zensuren knebelten alle – Lehrer wie Schüler.

Paul ruckelt sich das kleine Kissen zurecht und schläft wieder ein.

Abends sind beide Kicker gut drauf. Es ist nicht mehr so heiß, die Terrassentür steht offen, und ein leichter Wind weht herein. Plötzlich stoppt Paul das Spiel: »Mensch, Kuno, woll'n wir beide nicht mal 'n richtiges Ding drehen?«

»Wie, 'n Ding drehen?«

»Na ja, mal durch die Gegend juckeln und 'ne Bank überfallen?«

»Mit deinem Rollstuhl-Cabriolet?«

»Ja, so in der Art.«

Beide lachen, wenngleich Paul eigentlich zum Heulen ist. »Kannst du dir vorstellen, dass ich mal ein echt übler Bursche war?«

»Ähm ...«

»Lass gut sein. Aber im Ernst, wenn ich jetzt so auf mein Leben zurückblicke, wundere ich mich manchmal, dass ich nicht im kriminellen Milieu gelandet bin. Das Potenzial dazu hatte ich.«

Paul greift nach dem Rekorder, der direkt neben dem Kicker liegt.

»Aufnahme 69:

Wir driften jetzt noch mal zurück in meine Kindheit, in die Trümmer von Hamburg-Barmbek. Hier gab es zunächst diese kleine Milchbart-Gang – ich meine, ich erwähnte sie schon, Steppkes von acht, neun Jahren, die ihre Pfiffigkeit einsetzten, um dem ständigen Hunger beizukommen. Mit verschrammten Knien stromerten wir durch unser zerstörtes Stadtviertel, verkloppten, wer sich uns in den Weg stellte, und brachen in verschont gebliebene Vorratskeller ein, die wir zwischen Schutt und Geröll über Reste von Treppen erreichten. So, dachte ich damals, muss das Paradies sein: Regale voller unversehrter Einweckgläser, bis zum Rand gefüllt. Kirschen, Zwetschgen, saure Gurken.«

Paul stoppt und fragt Kuno:

»Magst du eigentlich sauren Gurken? Du dekorierst mein Brot immer so schön mit den Dingern.«

»Nein!« Kuno schüttelt sich.

»Du wärst der richtige Kumpel gewesen! Du hättest nichts weggefressen. Wir waren wie verrückt danach. Tatsächlich war allein der Mangel der Motor dieser Erkundungstouren.«

»Dann wart ihr also gar nicht kriminell.«

»Das behaupten auch Junkies, die zur Linderung ihrer Sucht Gewalttaten begehen. Aber du hast recht, eigentlich waren wir nur ein Haufen dürrer, nachkriegsverwahrloster, aber völlig harmloser Jungs. Ohne Väter. Meiner hatte gerade, acht Jahre nach Kriegsende, den Gashahn aufgedreht. Die Väter der anderen waren entweder an der Ostfront verschollen – ihre Mütter hatten deren Erkennungsmarken, Gürtelschnallen oder Notizbücher per Post zugeschickt bekommen –, oder sie bewegten sich schwankend mit provisorischen Holzkrücken über aufgerissene Straßen, schrien nachts, weil Alpträume sie plagten, kümmerten sich aber nicht um ihre Kinder.«

»Dein Vater hat was?«

»Lass gut sein, Kuno.« Paul drückt ganz schnell die Rec-Taste.

»Aufnahme 70:

Wir legten uns kleine ›Altäre‹ an, mit Dingen, die wir in den Kellern fanden, ein zerfleddertes Fotoalbum, eine Brosche, ein Absatzschuh, und mussten es hinnehmen, wenn diese Preziosen irgendwann, irgendwohin verschwanden. Nicht nur wir stromerten herum.

Einmal gelang es meiner missgünstigen Schwester, uns auszuspähen und mich zu verpetzen. Die Schläge meiner Mutter spüre ich noch heute, weil ich sie als total ungerecht empfand, zumal meine Schwester mit ihrer dämlichen Affenschaukelfrisur grinsend danebenstand und jede Bewegung des Rohrstocks als Triumph über ihren verhassten Bruder feierte.

Einmal habe ich sogar meine Mutter beklaut ...«

Kuno dreht sich weg, so was mag er nicht hören.

»Ich fand ihre Geldbörse im Versteck, nahm aber nur wenig heraus, damit es nicht auffiel. Wobei ja nur wenig drin war. Das, was ich mopste, reichte gerade mal für einen Kaugummi oder ...«

Kuno hält sich die Ohren zu.

»... Drops, die ich großzügig unter meinen Freunden verteilte. Damit, so fand ich, war die Missetat gesühnt.«

Stopp-Taste.

Paul wendet sich wieder an Kuno. »Aber natürlich hast du recht, es war ...«

»Bist du fertig?«, fragt Kuno.

Paul drückt die Rec-Taste, und ganz allmählich hört Kuno wieder zu.

»Aufnahme 71:

Als wir älter wurden, war der Lebensmittelladen dran, zwei Straßenecken von meinem Häuserblock entfernt. Während einer von uns Herrn Meiser, den Besitzer des Ladens, ablenkte und ihm dumme Fragen stellte, ließen die anderen ein paar Bierflaschen unter ihren Anoraks verschwinden. Mit unserer Beute suchten wir geschützte Plätze in den Trümmern auf, saßen breitbeinig da und ließen die Bügelflaschen mit unseren Daumen knallen. Mit den Dingern konnte man wunderbar angeben. Es war der Sommer 1954, Deutschland war Weltmeister geworden. Wir waren die Größten!

Als wir älter wurden, entwickelten wir Tricks, Gesetze und Vorschriften zu umgehen. Erst im Laufe der Zeit lernte ich, dass es durchaus sinnvoll sein konnte, sich zu arrangieren, noch besser, seinen Platz in den Lücken des Systems zu finden und den Obrigkeiten eins auszuwischen. Das hat dann sogar richtig Spaß gemacht.«

Stopp-Taste. Eine Weile sitzen sich Paul und Kuno stumm gegenüber. Kein blauer und kein roter Kicker bewegt sich mehr.

Dann sagt Paul: »Weißt du, mein eigentlicher Feind damals war meine Schwester. Und das erzähle ich jetzt nur dir, das gehört nicht in den Rekorder. Sieben Jahre war sie zu Hause Prinzessin gewesen, die mein Vater, so stelle ich es mir vor, vergötterte, bis ich kam. Der erhoffte Stammhalter. Lächerlich. Welchen Stamm sollte ich denn halten oder erhalten? Wie bekloppt man damals dachte. Der Krieg war verloren, aber Kurt Gärtner, meinem Vater, wurde ein Sohn geschenkt. Das sah nach Glück aus. Von Verwandten kamen Briefe und Postkarten, ... *möge er wachsen, blühen und gedeihen*, und meine Schwester Ulla konnte sehen, wo sie abblieb. Eigentlich ein Wunder, dass sie mich nicht vergiftete oder aus dem Fenster warf.«

»Lebt sie noch?«

»Ich gehe davon aus, dass ich es erfahren hätte, wenn sie verstorben wäre. Unser Kontakt ist im Lauf der Jahre versiegt. Sie schrieb mir nur noch, um mir irgendwelche Vorhaltungen zu machen. Meistens wegen der, ihrer Ansicht nach, von mir unterschlagenen Erbschaft.«

»Jetzt müssen wir aber essen«, sagt Kuno, weil er nicht ganz kapiert, wovon die Rede ist, tippt auf die Uhr und macht sein Wichtig-Gesicht. Und es nützt Paul nichts zu behaupten, er habe keinen Hunger. »Glaub mir, ich krieg Ärger, du siehst eh schon aus wie ein Streichholz.«

»Danke, Komplimente bauen auf! Und denk dran, besser so, als wenn du jeden Abend einen Fettsack ins Bett wuchten müsstest.«

Wie immer richtet Kuno zwei Brotscheiben mit seiner üblichen Deko. »Jetzt weiß ich ja, dass diese grünen Dinger dein Paradies sind.« Dann hilft er Paul ins Bett – alles wie immer.

Eigentlich, denkt Paul, hat diese Struktur, dieses tägliche Immer-Dasselbe fast immer zur gleichen Uhrzeit, auch etwas Gutes. Sonst wäre er schon längst in seinem Bett vergammelt. Eine Weile schaut er den tanzenden Ästen zu, dann wählt er Aylas Nummer. Sofort beruhigt sie ihn, es gehe ihr wieder gut, er solle sich keine Sorgen machen. Wie verabredet, werde sie Mitte der nächsten Woche zurückkommen, ihre Schwester genieße es sehr, sie und die Jungs bei sich zu haben.

»Ich weiß es ja«, sagt Paul.

Aylas Schwester arbeitet seit ihrem Umzug von Sinsheim als Dramaturgin an einem kleinen Hamburger Theater. Sie hat keine Familie, was für eine Afghanin ungewöhnlich ist. Aber offensichtlich hat sie sich vorgenommen, es anders zu machen als ihre Schwestern – und zieht es durch.

In der *Tagesschau* meldet das RKI 1350 Neuinfektionen, es folgen Berichte über Kurzarbeit, über das Demonstrationsverbot in Berlin wegen Missachtung der Infektionsschutzverordnung. Dann Reisewarnungen. Und: »›Wir schaffen das‹« – fünf Jahre Flüchtlingspolitik.

Paul denkt an Ahmed, schon lange wollte er sich bei ihm melden. Für heute ist es zu spät. Die Kinder schlafen bereits. Ahmeds inzwischen vierköpfige Familie bewohnt ein Zimmer.

Jetzt ein heiterer Bericht über das Kleinwalsertal, das im ersten Lockdown zum Fünf-Sterne-Gefängnis mutierte, weil niemand mehr raus durfte. Zum Schluss das Wetter: Gerade fegt Sturmtief Kirsten über Deutschland hinweg, wichtige Bahnstrecken sind unterbrochen, Autobahnen gesperrt.

Paul schaltet den Fernseher aus – geht ihn die Welt da draußen noch etwas an? Oder sitzt er nur noch auf der Zuschauerbank, um die viel zu schleppend vorankommende Legalisierung von Natrium-Pentobarbital zu verfolgen? Wenn er ehrlich ist, kann er es sich nicht mehr vorstellen, irgendwo noch einmal laut und kraftvoll mitzumischen. Und dabei geistert noch so vieles durch seinen Kopf, was dringend öffentlich diskutiert werden müsste.

Er holt sich den Rekorder vom Nachttisch und checkt das im Dunkeln aufleuchtende Display:

»Aufnahme 72:

Unbedingt muss die alte Nazi-Krähe Hilde Michnia noch vor Gericht gestellt und zur Verantwortung gezogen werden – trotz ihrer jetzt achtundneunzig Jahre. Nur wenige Tage nach der Vorführung des Dokumentarfilms *Close to Evil* des irischen Regisseurs Gerry Gregg in Lüneburg vor nunmehr fünf Jahren tat mein Freund Klaus spontan das einzig Richtige: Er erstattete Anzeige gegen diese Frau. Wir hatten diesen Film gemeinsam angeschaut.

Viele Jahre waren wir ein Team, forderten, begleiteten und dokumentierten Prozesse gegen ehemalige Nazigrößen, KZ-Aufseher und Holocaust-Leugner. Ungeachtet ihrer Betagtheit. Vielleicht ist es die massive Gewalterfahrung in der Kindheit – Klaus' Vater war Alkoholiker –, die uns seit unserem gemeinsamen Studium zusammenschweißt und rückhaltlose Empathie mit den Opfern empfinden lässt.

In *Close to Evil* bekamen wir zu unserem größten Erstaunen auch Ausschnitte aus einem Interview zu sehen, das Hilde Michnia 2004 Mitarbeitern der Gedenkstätte Bergen-Belsen gab. Darin offenbart sie skrupellos, 1945 eine der Aufseherinnen bei der Verlegung von zweitausend Häftlingen aus dem Konzentrationslager Grünberg im damaligen Niederschlesien in das etwa 460 Kilometer entfernte Bergen-Belsen gewesen zu sein – eine als ›Todesmarsch‹ in die Geschichte eingegangene Operation. Nur etwa sechshundert Häftlinge erreichten das Ziel, tausendvierhundert erschöpfte ausgemergelte Körper blieben im Schnee am Wegesrand liegen.

Warum die Historiker der Gedenkstätte nach Aufzeichnung dieses Interviews nicht umgehend die Staatsanwaltschaft alarmierten, war Klaus und mir ein Rätsel. Hatten sie nicht verstanden, wer da vor ihnen saß? Konnten sie das, was Hilde Michnia erzählte, nicht zuordnen? Übersahen sie als eifrige Sammler die Brisanz? Wohl eher nicht, sonst hätten sie Gerry Gregg niemals Ausschnitte aus dem Interview für seinen Film zur Verfügung gestellt.

Kurzer historischer Rückblick. Sorry, aber der muss jetzt sein, sonst begreift ihr nicht, was mich an dieser Geschichte so umtreibt: Bereits im ersten Kriegsverbrecherprozess auf deutschem Boden, im September 1945 in einer Lüneburger Turnhalle, wurden achtundvierzig Mitarbeiter der Lagerverwaltung Bergen-Belsen angeklagt. Darunter auch die damals dreiundzwanzigjährige Hilde Michnia. Obwohl sie beteuerte, nur als Küchenkraft im Lager gewesen zu sein, wurde sie wegen ›Misshandlung und Ermordung von Häftlingen‹ zu immerhin einem Jahr Gefängnis verurteilt. Wahrscheinlich schützte ihr jugendliches Alter sie vor härterer Bestrafung. In ihrem 2004 gegebenen Interview bleibt sie zwar bei der Behauptung, von den im Lager begangenen Verbrechen nichts gewusst zu haben, berichtet im Weiteren aber sehr präzise von dem ›Todesmarsch‹. In einem erschreckend empathielosen Plauderton, als hätte es sich um einen Ausflug gehandelt. Man habe in Bauernhöfen übernachtet, und ja, zu essen gegeben habe es auch. Selbstverständlich auch für die Häftlinge. Im Weiteren berichtet sie davon, später mit ihren Kindern nach Bergen-Belsen gereist zu sein, um ihnen ihren ehemaligen Arbeitsplatz zu zeigen.«

Paul stoppt. Er hat das hässliche fleckige Gesicht dieser Greisin genau vor sich, ihre von Falten verhangenen wässrigen Augen, ihr penetrantes durch keine Gegenfrage zu erschütterndes Grinsen. Ihre Stimme. Ihn schaudert.

»Aufnahme 73:

Nach der Vorführung von *Close to Evil* am 7. Januar 2015 im Lüneburger Kino ›Scala‹ blieben Klaus und ich, wie die meisten anderen Zuschauer auch, noch eine Weile stumm auf den Plätzen sitzen. Die eben auf der Leinwand miterlebte Reise, die der Regisseur Gerry Gregg mit Tomi Reichental unternommen hatte, einem der wenigen Überlebenden des KZ Bergen-Belsen, 1935 in der Slowakei geborenen, heute irischer Staatsbürger, hatte uns alle zutiefst verstört. Von Irland aus waren die beiden samt Kameramann über Großbritannien und die Slowakei nach Israel und Bergen-Belsen gereist, mit dem Ziel, Hilde Michnia in Hamburg zu treffen – Reichentals Anliegen war es, sich mit dieser Frau zu versöhnen. Auf dem Hamburger Jungfernstieg, so der Plan, wollte er ihr die Hand reichen. Auch die in letzter Minute geplatzte Begegnung – geplant als Schlussszene des Films – war Thema. Über ihre Tochter hatte Michnia dem Regisseur bestellen lassen, sie habe ihre Meinung geändert, unterstütze keine Siegerjustiz. Es gebe nichts zu versöhnen, sie sei mit sich im Reinen und schlafe gut.

Klaus und ich waren einigermaßen fassungslos. In den Bergen-Belsener Interview-Ausschnitten hatten wir zum ersten Mal das Geständnis einer am Holocaust beteiligten Mörderin gehört.

Am folgenden Tag erstattete Klaus bei der Hamburger Staatsanwaltschaft Anzeige ›Wegen Tatverdachts auf Beihilfe zum Massenmord‹. Erstaunlich rasch liefen Ermittlungen an, aber trotz des Presserummels, den der Fall auslöste, schleppt sich das Verfahren hin. Bis heute streitet man sich intern, auf welchem Abschnitt dieses langen

Marsches Hilde Michnia tatsächlich Dienst tat. Als ob das irgendetwas an der Tatsache ändern würde, *dass* sie Dienst tat, wie sie ja selbst schilderte, und dass Hunderte Menschen direkt und indirekt durch sie zu Tode kamen. Aber bei allen gegen alte Nazis eingeleiteten Verfahren kommt es zu mir unerklärlichen Verschleppungen. Es ist immer dasselbe. Ich will euch hier nicht die Namensliste predigen. Die kann jeder selbst nachlesen.

Jedenfalls warnen Klaus und ich in unseren Blogs und bei jeder Gelegenheit auch öffentlich davor, NS-Täter ungeschoren davonkommen zu lassen. Es darf nicht sein, dass Menschen, wie auch Hilde Michnia, ins Grab gehen, ohne vorher mit ihren Taten konfrontiert und von einem weltlichen Gericht verurteilt worden zu sein. Immerhin das. Im Gedenken an ihre Opfer.«

Paul stoppt und überlegt eine Weile. Befähigt ihn sein unbändiges Gerechtigkeitsgefühl, Weltenrichter zu spielen? Oder gilt noch immer der Satz: »Wer ohne Sünde ist, werfe den ersten Stein.« Dass diese Bibelzitate immer noch in seinem Kopf schwirren! Der Herr Weltenrichter da oben scheint aber doch ganz offensichtlich das Handtuch geworfen zu haben. Wenn die Opfer auf seine Gerechtigkeit warten sollten – gute Nacht!

Wütend drückt Paul auf die kleine Rec-Taste.

»Aufnahme 74:

Kein Jahr nach der Filmvorführung in Lüneburg bekam ich meine Diagnose Burkitt-Lymphom. Ich schrieb Klaus eine E-Mail nach Australien, wohin er derweil ausgewandert war. Seine Antwort kam prompt: Ist dir die alte Hexe denn so ins Mark gefahren? Ich schrieb zurück, ich sähe da keinen Zusammenhang.

Wenn ich aber von heute aus zurückblicke, halte ich es durchaus für möglich, dass Gräuel, die Menschen anrichten, nennen wir es ruhig einmal das Böse, wie es einem in einer Frau wie Hilde Michnia entgegentritt, nicht nur einen spontanen Impuls zur Weltflucht auslösen kann, wie bei meinem Freund Klaus, sondern auch somatische Reaktionen – einen kompletten Systemausfall.«

Stopp-Taste.

SECHSTER TAG

Heute, wie jeden Freitagvormittag, ist Herr Kranz da, der Physiotherapeut. Wenn er spricht, hört man sofort, woher er kommt, und so hielt er es gleich beim ersten Besuch für angebracht, Paul darüber aufzuklären, dass Physiotherapie in der DDR der im Westen weit voraus war. Leider habe das nach der Wiedervereinigung aber niemanden interessiert, und er habe – um im Westen arbeiten zu können – einige Prüfungen wiederholen müssen. Trotz langjähriger Berufserfahrung.

Und trotzdem arbeiten Sie jetzt lieber hier? hatte Paul ihn gefragt, und Herrn Kranz war nicht erspart geblieben, zugeben zu müssen, dass die Arbeitsbedingungen hier doch die erheblich besseren seien. Dazu hatte Paul dann nichts mehr gesagt, weil er nicht die geringste Lust verspürte, sich weitere Jammerei anzuhören, die Ossis gern anstimmen, wenn das Thema Wiedervereinigung aufs Tapet kommt.

Wie jede Woche bewegt Herr Kranz Pauls Glieder sorgfältig durch und checkt deren Kraft. Sein Gesicht drückt Bedenken aus.

»Ich weiß«, kommt Paul ihm zuvor, »es sollte besser sein. Ist es aber nicht. Ich kann's nicht ändern, die Power kommt einfach nicht zurück.«

»Sie waren schwerkrank, Herr Gärtner.«

»Was Sie nicht sagen!«

Manchmal gelingt es Paul, ein bisschen Ironie einzustreuen, die der korpulente Mann als solche begreift. Meistens geht es schief, und Herr Kranz schnappt ein. Trotzdem freut sich Paul auf dessen Besuche, denn dieser Mensch hat angenehme, weiche Hände. In der letzten Woche hat er Paul gestanden, schon zig Fastenkuren und Diäten erfolglos durchexerziert zu haben. Aber Paul stört sich nicht an diesem Leibesumfang.

Er hatte kurz überlegt, ob er Herrn Kranz von seinem Projekt erzählen sollte, weil dieser, als er ans Bett trat, den Rekorder mit Neugier registrierte. Dann aber griff er lieber zu der Erklärung, seine Enkel schickten ihm jetzt SD-Karten, auf denen Musik und lustige Geschichten zu hören seien. Wegen Corona könnten sie ihn momentan ja nicht besuchen. So was versteht Herr Kranz. Und von Pauls wahren Familienverhältnissen weiß er nichts.

»Hoffentlich bekommen wir keinen zweiten Lockdown, dann wird's auch für uns schwierig«, mahnt der Therapeut.

»Ach, hören Sie doch auf! Wir beide tragen Masken, küssen uns nicht, und wenn Sie raus sind, wird wild gelüftet.«

Herr Kranz lacht kurz auf. »Hochrisikopatient, aber immer flotte Sprüche drauf. Wir beide kennen die Vorschriften. Ich mache nichts, was mich meine Zulassung kosten könnte.«

»Ja, ja, seit Corona stehen Leute wie ich unter Artenschutz. Finden Sie es nicht grotesk, dass sich plötzlich alle so um Alte und Kranke sorgen?«

Herr Kranz antwortet nicht.

»Bisher standen wir doch ziemlich weit unten auf der Werteskala der Gesellschaft. Jung-Sein heißt das Credo. Anti-Aging-Programme boomen. Niemand will es wahrhaben, dass die biologische Uhr unerbittlich abläuft. Übrigens, hier verpfeift uns keiner, Herr Kranz.«

»Kann man nie wissen.«

»Pardon, aber manchmal blitzt die DDR durch.«

»Haben Sie es je erlebt, dass andere in ihrem Privatleben herumschnüffeln, weil sie meinen, auf der richtigen Seite zu sein?«, kontert Herr Kranz und wartet Pauls Antwort nicht ab, weil er weiß, dass ihm diese Erfahrung fehlt. Er habe drei Monate wegen Spionageverdachts in U-Haft gesessen. Ein Freund habe ihn angezeigt. Einfach so, weil sie beide scharf auf dieselbe Frau waren. »Und wie Knast in der DDR aussah …«, er bricht ab.

Aber Paul ist noch in Fahrt. »Schon mal was von Verhaftungen auf Demos in der BRD gehört oder von Berufsverbot?«

»Ach, hören Sie doch auf!« Kranz wird laut. »Nur ein paar Tage im DDR-Knast …«, wieder stoppt er.

Paul spürt, dass er zu weit gegangen ist, und lenkt ein. »Sie müssen es wissen.«

Während Herr Kranz seinen rechten Oberschenkel bearbeitet, stellt Paul einigermaßen erschrocken fest, dass Kuno mit der Bemerkung Streichholz gar nicht so unrecht hat. »Mal ehrlich, Herr Kranz, was halten Sie vom assistierten Suizid?«

Keine Empörung! Paul ist erstaunt.

Er persönlich, meint Kranz, habe nichts dagegen, möchte allerdings auf gar keinen Fall derjenige sein, der das Zeug besorgt und dem Akt beiwohnt.

»Aber einer muss das doch machen, verdammt! Die ganze Diskussion darüber, schön und gut. Aber wenn's wirklich …«

»Herr Gärtner«, kommt Kranz ihm dazwischen, »einen anderen zu verurteilen, nur weil er Ihnen nicht beim Sterben behilflich sein will, ist ein No-Go.«

Beinahe hätte Paul gelacht. Diese Redensart auf Sächsisch …

Wenn er sich das Leben nehmen wolle, hört er Kranz, sei das allein seine Sache. »Autonomie! Ihre Rede.«

Er hilft Paul dabei, seine Hose wieder hochzuziehen und sich vom Bett in den Rollstuhl zu wuchten. Dann verschwindet er, wie immer, bevor er geht, im Bad.

Eigentlich hat er recht, denkt Paul, wegen dieser Lappalie sollte man niemand anderen bemühen und schon gar nicht auf den herabschauen, der einen solchen Dienst verweigert. Er angelt nach dem Rekorder.

»Aufnahme 75:

28. August. Freitag. Sechster Tag.

Was ist das denn schon – Sterben? Man sollte nicht so ein Bohei darum machen. Vor allem nicht in einem säkularisierten Staat. Warum einigen sich die Politiker nicht? Was macht die Sache so zäh? Die wenigsten Menschen rechnen nach ihrem Tode noch mit irgendetwas, schon gar nicht mit einem strafenden oder alles vergebenden Gott. Auch dem Sterbehelfer droht kein Fegefeuer.«

Paul stoppt, legt den Rekorder auf seinem Schoß ab und schläft ein. Dass selbst Physiotherapie ihn so anstrengt!

Im Aufwachen, während seine Gedanken noch unkontrolliert umherirren, fällt ihm diese Reinkarnationstherapie wieder ein. Er hatte sie Anfang der 90er-Jahre aus einer Laune heraus auf der Schwäbischen Alb gebucht. Seine anfängliche Skepsis überwand er dank der Therapeutin. Sie war eine eher handfeste Frau, die sich nicht in wehende Leinengewänder hüllte. Ihr Motto lautete: »Lernen Sie, aus alten, begrenzten Mustern auszusteigen.«

»Aufnahme 76:

Die Hypothese, dass man schon vor der Geburt existiert, sich seine Eltern aussucht und für sein Schicksal selbst verantwortlich ist, faszinierte mich! Unter dem Aspekt gelang es mir sogar, die Gewalt, die ich in meiner Kindheit erlebt hatte, als eine Aufgabe zu begreifen, als Aufforderung, etwas daraus zu machen. Was nicht heißen soll, ich sei plötzlich der Meinung gewesen, ›geschah dem Bengel recht‹. Aber aus der Perspektive, schon einmal dagewesen zu sein, erschien mir die Welt einleuchtender, sinnvoller. Man erntet, was man säht, bringt ins kommende Leben Erfahrungen aus dem vergangenen mit, will heißen, das Momentane ergibt sich aus dem, was man im letzten Leben gelernt hat. Alles fließt.«

Paul erschrickt, stoppt. Was war das denn eben? Dieses wirre Geschwurbel … peinlich. Am liebsten würde er die Aufnahme löschen, aber aus Angst, in der Hektik etwas falsch zu machen und alles zu verlieren, entschließt er sich, schnell eine Korrektur zu formulieren:

»Aufnahme 77:

Damit hier keine Missverständnisse aufkommen. Die eben festgehaltenen Überlegungen hatten nur für eine sehr kurze Zeitspanne Gültigkeit für mich und sind längst passé. Wobei es mir merkwürdigerweise nicht gelingt, Hypothesen dieser Art komplett aus meinen Gedankenspaziergängen zu verbannen. Übergeht sie einfach.«

Stopp-Taste. Paul schreckt auf und schaut auf die Uhr. Das Zifferblatt kann er nicht deuten. War Kuno schon da? Wie lange hat er geschlafen, verdammt? Er erinnert sich, wild geträumt zu haben, war in einem Gebäude umhergeirrt und hatte verzweifelt nach einem Ausgang gesucht. Er schwitzt. Ganz allmählich sortiert sich sein Zeitgefühl, und ihm wird klar, dass noch nicht einmal der Kurier an der Tür geklingelt hat, der täglich das Essen bringt. Also dauert es noch Stunden, bis Kuno mit dem Tischkicker in der Tür steht.

Paul hatte seinem Freund angeboten, das Spiel doch einfach auf dem Tisch stehen zu lassen, anstatt es jeden Abend mit seinem Lastenfahrrad nach Hause zu kutschieren. Das allerdings war bei Kuno sehr schlecht angekommen. Er müsse dieses Spiel nachts in seinem Zimmer haben, wenn Paul das nicht kapiere – Pech!

SIEBTER TAG

Heute ist kein guter Tag. Paul kann sich nur schlecht konzentrieren. Antriebslos sitzt er nur da, wartet, hofft, dass sich seine Stimmung aufhellt.

»Aufnahme 78:

Siebter Tag, 29. August, Samstag …«

Paul bricht ab, wartet, startet erneut.

»Aufnahme 79:

Siebter Tag. Wie das klingt, als zählte ich auf meinen Tod zu.«

Unzufrieden mit sich selbst, stoppt er und fragt sich, ob er nicht alles aufgeben und Kuno den Rekorder zum Entsorgen übergeben soll. Er versucht, Ayla anzurufen, sie meldet sich nicht. Er spricht auf ihre Mailbox. Nichts. Woher diese Unruhe, diese Unzufriedenheit? Lohnt es sich denn tatsächlich, so weiterzuleben, rundum versorgt, nur um seine läppischen Erinnerungen mit einem Rekorder festzuhalten? Zwar hat sich in den letzten Monaten schon einiges an seinem Zustand verbessert, aber insgesamt? Wird er es je schaffen, wieder ein selbstständiger Mensch zu sein, nicht mehr von Irene bewacht und von seinem geliebten Kuno heimgesucht? Sollte er die Situation nicht doch lieber abkürzen und versuchen, irgendwoher Pentobarbital zu bekommen? Eigentlich möchte er sein Leben nicht in Abhängigkeit von gerichtlichen Entscheidungen führen, die sich noch Jahre hinziehen können. Stefan Ruppert, sein Anwalt und guter Freund, wird bis zum Europäischen Gerichtshof für Menschenrechte in Straßburg gehen, der hat Power – aber er, Paul Gärtner? Nur noch eine Marionette im juristischen Gezänk.

Ein Blick in den Garten. Ohne Kinder? Auf eine Rasenfläche gehören spielende, sich raufende Kinder. Wie schön wäre es, ihre hellen Stimmen zu hören, ihre Unrast zu spüren.

Was ist los mit ihm? Die Sonne scheint, es herrscht Frieden, was will ein Mensch mehr?

Inzwischen ist es Nachmittag geworden. Paul klappt den Rechner auf, checkt seine E-Mails, nichts Interessantes dabei. Nur ein paar dieser in letzter Zeit wieder regelmäßig eingehenden Pöbel-Zeilen seines alten Kommilitonen, der zu einem Feind mutierte, weil er, Paul, es damals nicht mit seinem Gewissen vereinbaren konnte, ihn an der Uni für ein Amt zu empfehlen. Seitdem stalkt er Paul inbrünstig, registriert und kommentiert seine sämtlichen »Verfehlungen«, als gäbe es nichts Dringlicheres auf der Welt. Der #Täterkinder ist in den Augen dieses Menschen eine wahre Schande. War sein Vater Nazi? Will er deshalb nichts davon wissen? Gehört er zu den Verdrängern? So genau hat Paul ihn nicht gekannt. Heute endet seine E-Mail mit der steilen These: *Du bist Deiner Biografie nicht gewachsen.*

Paul klappt seinen Rechner zu. Eigentlich ein guter Satz, über den man nachdenken könnte, wenn er nicht von dieser Pfeife stammte. Kreiert man selbst seine Biografie, oder stülpt sie sich über einen und lässt einen strampeln? Was würde die Reinkarnations-Therapeutin sagen? Paul lacht und dabei fällt ihm diese irre Interpretation von Samuel Becketts Theaterstück *Das letzte Band* ein. Er überlegt eine Weile …, und tatsächlich …, regeneriert sich sein Gehirn doch? In etwa hieß es da: der Mensch sei ein Pausenclown zwischen Leben und Tod, der seine Endzeit mit pantomimischen Bagatellen und müßigen Selbstreflexionen überbrücke.

Im Krankenhaus, in den elenden Zuständen zwischen scheinbar endlosen Therapien, war ihm Becketts alter *Krapp* ans Herz gewachsen. Wie der da am Tisch unter einer schwankenden Lampe hockt, nur aufsteht, um weitere alte Tonbandspulen heranzuschleppen und sich anzuhören, was er selbst, viele Jahre zuvor, gesprochen hat. Wie er sich noch einmal über das *Auf und Nieder im schwankenden Kahn* freut. Die schönste Liebesszene in der Literatur, die Paul kennt.

Es war purer Zufall, dass er sich, als der Anruf aus der Uniklinik Hamburg kam und er in Windeseile seine Sachen packen musste, den Band mit Becketts Theaterstücken aus dem Regal griff.

Kopiert er hier Becketts Idee? Nein, er hört ja nicht ab, er fängt – wie der grandiose Philipp Winter – Geräusche ein. Hier gibt es nur die eigene Stimme, manchmal ein oder zwei Sätze von Irene oder Kuno, oder sein Atmen, oder Stille. Vielleicht kommt ja irgendwann ein Krapp und hört sich alles an. Er, Paul, bestimmt nicht!

Als Kuno plötzlich im Zimmer steht, muss Paul sich beherrschen, ihn nicht rauszuschmeißen. »Du?!«

Kuno spürt sofort, dass der Tischkicker nicht angesagt ist, und stellt ihn neben der Tür ab.

»Erzähl was«, sagt Paul und setzt seine Maske auf.

»Was?«

»Wie war dein Tag?«

»Ich habe alten Leuten den Hintern geputzt.« Ein unsicherer Blick streift Paul. Ging das zu weit?

»Setz dich doch. Erzähl mir von früher, als du noch ein Kind warst«, bittet Paul. »Ich quatsche die ganze Zeit, und du hast mir noch nie von dir erzählt. Hast du Geschwister?«

Kuno schüttelt den Kopf und setzt sich Paul gegenüber an den Tisch.

»Und deine Eltern? Was ist dein Vater von Beruf, erzähl, los! Lass dir nicht alles aus der Nase ziehen.«

»Meine Mutter ist Chemielaborantin. Was sie da macht, weiß ich nicht, aber sie liebt ihren Beruf.«

»Und dein Vater?«

»Den gibt's nicht.«

Paul fragt sich, ob er gerade in einen Fettnapf getreten ist und auf welche Weise er am besten herauskommt. Aber Kuno prescht vor, wobei die Konsonanten heftig purzeln, wie immer, wenn er emotional getriggert ist.

»Ne, so nich. Meine Mutter weiß genau, wer das ist. Und ich jetzt auch. Aber als ich ein Säugling war, und er den Schlamassel checkte – weg. Wahrscheinlich geschämt. Einer wie ich geht nicht.«

Paul schweigt.

»Vor zwei Jahren bin ich los, hab ich ihn gefunden. Kleines Dorf, Nähe Frankfurt. Bin mit dem Bus hin. Das war'n Ding! Das glaubst du nicht.«

»Erzähl!«

»Ich an der Tür, geklingelt, eine Frau macht auf, gleich sehr unfreundlich: Herr Kampmann ist nicht da. Ich frag, ob sie vielleicht ein warmes Plätzchen für mich … Kuno spricht nicht im Konjunktiv, ich würde auf ihn warten. Plötzlich fing es an zu schneien. Das war so irre, jahrelang kein Schnee, aber jetzt. Sie wollte wissen, wer ich bin, und ich, klipp und klar: Kampmanns Sohn! Sie ist erschrocken. Dann rief von oben ein Mann: Was ist denn los? Und plötzlich stand mein Vater vor mir. Ich hatte ihn auf einem Foto gesehen, im Versteck meiner Mutter, unterste Schublade.« Kuno macht ein verschmitztes Gesicht. »Ich habe ihn sofort erkannt, er sah noch fast genauso aus. Ich bin Kuno, dein Sohn, hab gesagt, seit einer Woche siebzehn. Ich gehe auf die Altenpflegeschule. Und er? Du fasst es nicht. Völlig verdattert: Du kannst sprechen? In meinem Kopf ratterte es. Die Frau sagte: Nun komm erst mal rein, du hast doch bestimmt Hunger. Ich schüttelte den Kopf, aber sie lief trotzdem in die Küche und klapperte da herum. Mein Vater hätte mich am liebsten rausgeschmissen, aber er traute sich nicht. Stattdessen winkte er mich ins Wohnzimmer, kramte in einer Kiste und zog ein Spielzeugfernrohr und einen Plastikbagger raus. Er wollte mir beides in die Hand drücken, aber plötzlich: Stopp! Er hat selbst gemerkt, wie blöd das war, denn ich hätt' mich doch nie auf den Fußboden gesetzt und mit dem Bagger gespielt. Verlegen murmelte er herum. Dann kam die Frau aus der Küche und brachte Kaffee und Kekse. Wir setzten uns hin, ich wollte nicht unhöflich sein, du kennst mich.« Paul grinst. »Ich hab eine Tasse Kaffee getrunken und in einen Keks gebissen. Der war hart. Jetzt rate, wie die Geschichte zu Ende ging.«

Paul zuckt mit den Schultern. »Keine Ahnung.«

Kuno spielt die Szene nach: »Ich bin aufgestanden und zur Tür gegangen. Aus den Augenwinkeln konnte ich sehen, wie mein Vater der Frau bedeutete, sitzen zu bleiben. Er folgte mir zur Tür und sagte leise: Grüß deine Mutter. Draußen war alles weiß, ich bin durch tiefen Schnee zur Bushaltestelle gestapft. Das war Mist, ich hatte extra meine neuen Schuhe angezogen, die konnte ich dann wegschmeißen.«

»Was hast du deiner Mutter erzählt?«

»Falsche Adresse.« Kuno setzt sich wieder hin. »Sie hat nur mitgekriegt, dass jetzt finito war, Schluss, aus, Ende. Er ist es nicht wert, Kuno, sagt sie immer. Er ist es nicht wert.« Kuno überlegt einen Moment und stottert dann: »Ich glaube, sie hat recht. Auch wenn ich solche Sprüche nicht mag.«

Paul hat in seinem Berufsleben Einblick in so unendlich viele ungewöhnliche Familiengeschichten genommen, dass ihn eigentlich nichts mehr schockt. Aber Kunos Geschichte hat noch eine besondere Note, weil dieser tapfere Junge sich nicht von einem Menschen unterkriegen lässt, wie sein Vater einer zu sein scheint. Weil er trotz seiner Einschränkung der viel Stärkere ist.

»Doofe Geschichte, oder?«, fragt Kuno, weil Paul nichts sagt. Und gerade als dieser zum Sprechen ansetzt, klingelt das Telefon. Paul bittet Kuno, das Gespräch anzunehmen.

»Ja?« Kuno horcht und reicht das Telefon ganz schnell weiter. »Da w-weint jemand.«

Paul übernimmt, Kuno hört eine helle aufgeregte Frauenstimme, versteht nicht, was sie sagt, aber er sieht, dass Paul ganz weiß wird.

»Ayla ist tot. Sie hat eine Fehlgeburt nicht überlebt.«

SECHS MONATE SPÄTER
EIN BESONDERER TAG

Es ist noch sehr früh am Tag, gerade erst wird es hell. Ohne Licht zu machen, lässt Paul das Kopfteil seines Bettes langsam hochfahren. Sein seit Monaten verrichtetes Morgenritual, diese Erhebung des Kopfteils, das Wiederankommen in der Welt, der immer gleiche Blick. Das langsame Erscheinen des Lichts.

Seit Aylas Tod ist es still im Haus. Die beiden Jungs wachsen bei ihrer Schwester in Hamburg auf. Es hat einiger Telefongespräche bedurft, bis Paul einsah, dass es besser für die beiden ist, in einer Umgebung aufzuwachsen, in der kein Rollstuhlfahrer hockt, der täglich fremde Hilfe braucht. Zu dir in die Pampa ziehen? Aylas Schwester hatte nur gelacht, als Paul sie bat, herzukommen. Wie er ja wisse, habe sie vor zwei Jahren endlich den Sprung aus dem Kaff Sinsheim nach Hamburg geschafft. Die Arbeit im Theater mache ihr Riesenspaß, in ihrem Kiez gebe es super Kitas und genügend Freunde, die im Notfall auch spontan Kinderbetreuung übernehmen. In ihrer Kultur sei es selbstverständlich, den Platz ihrer toten Schwester einzunehmen, und jetzt Mutter für die beiden Jungs zu sein. Sie liebe die kleinen Kerlchen. Der Vater habe sich ja eh aus der Verantwortung verabschiedet. Sie versprach Paul, ihn regelmäßig zu besuchen – der zweite Lockdown vereitelte das. Jetzt skypen sie regelmäßig, was den Wunsch der Jungs, ihn wiederzusehen, aber nicht stillt. Ständig fragen sie ihn: Wann kommst du? Und einmal war Paul so leichtsinnig, zu sagen: Sobald ich wieder laufen kann. Da huschte eine leichte Skepsis über die kleinen Gesichter. Kinder sind ehrlicher als Erwachsene. Sie hatten ihn nicht als einen Menschen erlebt, der, wie alle anderen, herumläuft und seine Dinge selbst regelt. Ihr Opa gehörte in den Rollstuhl. Immerhin ist dieser Opa inzwischen seinen Tremor los, aber davon können die beiden Jungs nichts wissen. Sie hatten ihn immer gefragt, ob er friere, wenn das Zittern auftrat.

In der ersten Zeit nach Aylas Tod gab es unendlich viel zu regeln. Ihre Schwester hatte die Urne in Hamburg beisetzen lassen, ohne viel Brimborium, wie sie sagte. Die Boutique-Besitzerin, für deren Laden Ayla Kleider genäht hatte, habe alles bezahlt. Ihr sei dieses plötzliche Ableben sehr nahegegangen, und sie habe unbedingt noch etwas tun wollen. Paul war es nur recht gewesen. Auf keinen Fall hätte er im Rollstuhl auf einen Friedhof verfrachtet und von fremden

Menschen bemitleidet werden wollen. Er war nur auf dem Papier Aylas Ehemann. Er hatte ihr geholfen, nach Deutschland zu kommen, und dafür gesorgt, dass sie hierbleiben konnte. Mehr nicht. Sie waren ein Team. Die Söhne stammten nicht von ihm.

Und doch. Es hatte Paul überrascht, wie nah ihm Aylas Tod ging. Niemals hatte er in Erwägung gezogen, sie könne vor ihm gehen –, vor einem alten Mann, der lange Zeit dem Tod nahe war. Das »Drei-Generationen-Projekt«, das sie in diesem Haus verwirklichten, schloss eigentlich eine altersgemäße Reihenfolge des Abtretens ein.

Irgendwann war die Schwester vorbeigekommen – ohne die Jungs –, hatte das obere Stockwerk geräumt, Kleidung und Spielzeug der Kinder eingepackt. Die Nähmaschine?, hatte sie gefragt, und Paul hatte geantwortet: Einfach stehen lassen. Nachts war es ihm manchmal so vorgekommen, als höre er das ihm so vertraut gewordene Surren der Maschine – und erst allmählich hatte er begriffen, dass da niemand mehr war, und sich tatsächlich manchmal die Frage gestellt, wo an Aylas Bett in der Hamburger Klinik ihre Engel wohl standen, als sie – und auch das noch ungeborene Kind – starben, und wo sie heute stehen. Ob ihre »Hafaza« bei ihr sind, oder ob sie allein ist? Ob es Ayla jetzt bald nur noch in seiner, in der Erinnerung ihrer Schwestern und ihrer Kinder gibt? Aus deren Gedächtnis wird sie in ein paar Jahren gänzlich verschwunden sein.

Als es auf den Winter zuging, war Paul mehrfach kurz davor gewesen, eine Sterbehilfeorganisation kommen zu lassen und Schluss zu machen. Seine Tonaufnahmen hatte er eingestellt – der Glaube an die Sinnhaftigkeit des Projekts war ihm abhandengekommen. So vieles hatte er ausgelassen, was in »seiner Zeit« von enormer Wichtigkeit war. Währungsreform, Grundgesetz, Gründung der DDR, Kubakrise, Vietnamkrieg, Watergate-Affäre, die Demos gegen die Kernkraftwerke, Tschernobyl, Mauerfall, Wiedervereinigung, Mölln, Rostock-Lichtenhagen, Solingen, Jugoslawienkriege, Annexion der Krim und so weiter und so weiter. Nicht einmal, was sein eigenes Leben, »sein Lissabon«, anging, hatte er Wichtiges von Unwichtigem unterscheiden können – er hatte nur eine SD-Karte vollgeplaudert.

Auch das Kicken mit Kuno am Abend war nicht mehr das, was es vorher gewesen war. Und der arme Kerl spürte das natürlich und ließ die Flügel hängen.

Nicht mal in die Videokonferenzen der Verschickungskinder hatte Paul sich eingeloggt, und sich auch nicht darum gekümmert, ob von der Stiftung, die er wegen des ›Birkenblatts‹ kontaktiert hatte, eine Antwort gekommen war. Der Poststapel türmte sich jetzt auf dem Boden – für den kleinen Rollwagen zu hoch geworden.

Nur Stefan Rupperts Anrufe halfen ein wenig. Jedes Mal erinnerte er Paul daran, das Ziel, Sterbehilfe als allgemeines Menschenrecht durchzusetzen und für jedermann zugänglich zu machen, nicht aus den Augen zu verlieren. Bitte kämpf' weiter! Für dich kannst du immer noch sorgen. Da hatte Paul sogar gelacht.

Immerhin kann er jetzt wieder lesen. Kuno hat das eine oder andere »Wunschbuch« im Regal gefunden – auch Hans Erich Nossacks *Unmögliche Beweisaufnahme*.

Zudem hat Paul sich etliche Bücher kommen lassen, in denen das Thema »Selbstgewähltes Sterben« behandelt wird. Vieles wiederholt sich, aber unterm Strich ist er es doch begrüßenswert, dass jetzt fundierte Meinungsäußerungen vorliegen, sogar Erfahrungsberichte von Ärzten, die auf eigenes Risiko Sterbehilfe leisten.

Heute, in dieser frühen Morgenstunde, fällt Paul wieder der Bericht ein, der vor ein paar Tagen durch die Presse ging, dass eine Tageszeitung nach vergeblichen anderen Versuchen jetzt auf juristischem Weg Einsicht in Anweisungen des Gesundheitsministers verlangt. Tatsächlich soll er bereits vier Tage nach dem Urteil des Bundesverfassungsgerichts im vergangenen Februar bestimmt haben, sämtliche, jetzt zu erwartenden Anträge Schwerstkranker beim Bundesamt für Arzneimittel hinsichtlich Herausgabe von Natrium-Pentobarbital sofort abzulehnen. Obwohl auch ihm seit dem Karlsruher Urteil selbstverständlich klar ist, dass doch eigentlich jeder in diesem Land ein Recht auf dieses Medikament hat. Außerdem soll dieser Minister – entgegen seinen Beteuerungen, eine Neuregelung der Suizidhilfe müsse auf jeden Fall aus der Mitte des Bundestags hervorgehen – einen eigenen Gesetzentwurf vorbereitet haben, was einer Täuschung des Parlaments gleichkäme. Was reitet diesen Mann? Ignoranz? Ein hartes Herz? Beides?

Wütend schlägt Paul die Bettdecke zurück, dreht sich auf die Seite, stemmt den Oberkörper mit dem rechten Arm hoch, lässt die Beine über die rechte Bettkannte nach unten gleiten, spürt den Boden unter den Fußsohlen, spürt, verharrt, sucht Halt.

Er nimmt allen Mut zusammen, stemmt die Füße auf den Boden, drückt die Knie durch – es geht. Er steht! Zum ersten Mal wieder seit dem letzten Zusammenbruch vor mehr als zwei Jahren. Ist es die Wut auf diesen Minister, die ihm die Kraft gibt, etwas zu wagen, was er sich bisher nicht traute?

Er tappt los, einen Schritt vor den anderen, in Richtung Fenster. Weiter! Nur nicht umfallen und von Irene am Boden gefunden werden. Die Schmach möchte er sich ersparen! Er steht am Fenster, drückt die Handflächen gegen die Scheibe, hält die Balance, steht da und schaut, einerseits stolz, es bis hierher geschafft zu haben, andererseits beklommen. Der Rückweg – ausgeschlossen. Jedenfalls nicht allein.

Ayla, ich kann stehen, schau! Freust du dich? Ich bin sicher, du würdest dich freuen. Du hattest eine so bezaubernde Art, Freude zu zeigen. So wie Kinder es können.

Intensiv damit beschäftigt, die Balance zu halten, überhört Paul Irenes Ankunft.

»Sind Sie verrückt?« Entsetzt schnappt sie sich den Rollstuhl und bugsiert ihn in Windeseile auf Paul zu.

»Ich kann stehen«, lacht er, »schauen Sie!«

Enttäuscht, dass sie nicht einen Funken Freude über diese Sensation zeigt, aber auch dankbar für ihre Hilfe, lässt er sich auf den Kunststoffsitz fallen. Irene fährt ihn ins Bad, verrichtet die Waschprozedur wortlos. Was Paul nur recht ist, er mag seine Errungenschaft nicht verteidigen müssen. War sie denn nicht immer das Ziel? Gleichwohl sie alle bisherigen Prognosen Lügen straft? Offensichtlich hatte niemand mehr damit gerechnet, dass sich Paul Gärtner eines Tages wieder würde erheben können. Schien es ihm selbst vielleicht nur deshalb so unwahrscheinlich?

Kann denn eine Selbstverständlichkeit ein Wunder sein?

Nach dem Frühstück setzt sich Irene zu ihm an den Tisch.

»Und jetzt? Was haben Sie vor? Es erneut zu versuchen und sich, sobald ich weg bin, alle Knochen zu brechen oder den Schädel einzuschlagen? Sie werden hinfallen, Herr Gärtner, dass ist Ihnen doch klar, oder?«

»Sie denken falsch, Irene. Für Sie bedeutet mein Fortschritt eine Gefahr. Falls ich mir tatsächlich ein normales Leben zurückerobere, entgleite ich Ihrem Zugriff. Oder fürchten Sie, dass die Versicherung nicht zahlt, wenn mir was zustößt, oder dass Ihr Verein belangt wird? Wegen Vernachlässigung der Aufsichtspflicht? Sie leben von den vielen, die wie Blumen in ihren Töpfen vor sich hin vegetieren, sich täglich zwar von Ihnen begießen lassen, vielleicht sogar noch eine kleine Blüte hervorbringen, sich aber nie mehr von der Stelle rühren dürfen.«

»Sie sind undankbar.« Irene steht auf.

»So sagte schon meine Mutter. Nur mit dem kleinen Unterschied, dass sie mich duzte. Wollen wir uns duzen, Irene?«

Irene ist irritiert. Längst müsste sie aus dem Haus sein, ihr Zeitkontingent ist weit überschritten. Der nächste Patient wird sie mit Flüchen empfangen. Aber sie befürchtet, dass hier, sobald die Tür hinter ihr ins Schloss fällt, ein Unglück passiert.

»Ich verstehe Sie mehr, als Sie vielleicht meinen, Herr Gärtner. Ihre Frau ist tot, die Kinder sind weg, Sie haben es satt, am liebsten würden Sie weglaufen, habe ich recht? Aber ich bitte Sie nur um eines, warten Sie mit dem nächsten Versuch, bis Kuno da ist.«

»Also nicht duzen.« Wie immer ist es sehr vernünftig, was diese Frau sagt. So oberflächenglatt, klar und einleuchtend. Nur leider hat sie den Kern der Sache nicht erfasst. Was es bedeutet, sich aufrichten zu können, eine unfassbare, durch nichts zu ersetzende Fähigkeit. Ein aufrechter Mensch. Der sich auf seinen eigenen Beinen fortbewegt! Mit dem Wunsch, am liebsten weglaufen zu wollen, hat sie allerdings recht. Er schaut zu ihr auf. »Sie müssen los, Irene. Ich verspreche Ihnen, vernünftig zu sein, auch wenn es falsch ist. Das hat mich mein Leben gelehrt, dass man die Dinge auf den Kopf stellen muss, wenn man sie voranbringen will. Ich hätte tausend Beispiele parat.«

Sein Versprechen hat ausgereicht, augenblicklich ist Irene gegangen.

Alles auf den Kopf stellen. Den scheinbar unvermeidlichen Gang der Dinge ändern. Diese Sensation muss Paul in die Welt schreien! Euphorisch zieht er den kleinen Rollwagen zu sich, fummelt in dem Papierwust herum, findet tatsächlich den Rekorder, will starten, aber die Batterien sind leer. Eilig setzt er neue ein, zwei entgleiten ihm, weil er zu hastig hantiert, und kullern zu Boden. Zum Glück hat Kuno eine große Reservepackung auf den Tisch gelegt. Hat er geahnt, dass es eines Tages zu dieser Situation kommen würde?

Die letzte Aufnahme trägt die Nummer 79. Worum ging es da? Paul drückt auf die Wiedergabe und lauscht:

»Siebter Tag, wie das klingt, als zählte ich auf meinen Tod zu.«

Paul hält inne. Nein, nicht er, Ayla ging in den Stunden des 29. August auf ihren Tod zu. Jetzt aber hat eine neue Zeit begonnen:

»Leute, dies ist die Aufnahme 80, am 23. Februar 2021, und ich, Paul Gärtner, inzwischen 76 Jahre alt, habe mich heute aus dem Bett erhoben! Ich habe ein paar Schritte bis zum Fenster geschafft. Applaus! Es gibt ein Leben nach dem Tod!«

Stopp-Taste. Zu dick aufgetragen? Egal, manche Ereignisse muss man überhöhen, weil sie real nicht zu begreifen sind. Vor genau sechs Monaten hat seine »Gedankenreise« begonnen – und jetzt kann er stehen.

Und wenn er eines Tages tatsächlich wieder wird laufen können, richtig weit weg, nicht nur vom Bett bis zur Terrassentür? Paul wischt sich den Schweiß von der Stirn.

Weiter im Text. Plötzlich hat sein Projekt für ihn wieder einen Sinn. Das große Ganze wird er nie erfassen, nie sollte hier ein historisches Zeugnis mit Anspruch auf Vollständigkeit entstehen, nein. Es geht nur um ein winziges Stück aus der riesigen Torte – sein Leben. Für das hat er allerdings noch einiges in petto, und sei es nur, um die Zeit zu überstehen, bis Kuno kommt, und sie zusammen bis nach Uelzen laufen werden. Paul lacht. Wie kommt er jetzt auf Uelzen? Noch nie in seinem Leben war diese kleine Stadt sein Ziel. Vielleicht weil sie auf der Landkarte die am nächsten gelegene ist und ihm in seinem Flow erreichbar scheint?

War denn Portugal schon dran? Er ist sich nicht sicher, erinnert sich aber an seine Präambel, Wiederholungen und Irrtümer zuzulassen und keine Korrekturen vorzunehmen.

Von neuem Schwung erfasst, drückt Paul wieder die Rec-Taste, erleichtert, dass ihm die Bedienung des Rekorders nach sechs Monaten Stillstand problemlos von der Hand geht.

»Aufnahme 81:

Heute, am 23. Februar, ihr habt es gehört, bin ich allen Prognosen zum Trotz tatsächlich aus meinem Bett aufgestanden und bis zum Fenster gelaufen. Allein! Es ist nicht zu fassen. Mit dieser Sensation ist auch die Lust zurück, die Reise durch mein Leben fortzusetzen. Alle Zweifel an der Sinnhaftigkeit zum Teufel! Es ist, wie es ist. Ich werde fortfahren, meine Stimme einfangen, und sie wird euch in das Land führen, von dem ich als junger Mann träumte, wo ich aber erst 1996, mit einundfünfzig Jahren, ankam. Und seit ein paar Stunden spukt die Hoffnung in meinem Kopf, dass ich tatsächlich noch einmal dort hinkommen werde. Dass es für mich vielleicht einen weiteren Lebensabschnitt geben wird, in dem ich mich nicht damit begnügen muss, auf vier Wände und diese verdammte alte Standuhr zu starren, und mein Blick viel weiter reichen wird als nur bis auf diese Wiese, auf der keine kleinen Jungs mehr toben.

1996, ich war schon seit geraumer Zeit Geschäftsführer fünf sozialpädagogischer Wohngruppen in Esslingen, schickte mir das Jugendamt Caro, ein Mädchen von achtzehn Jahren, das komplett durch war. Mit ihren Eltern, Lehrern, mit Männern und Drogen,

Heimen und Erziehern. Wir nannten das ›resistent gegen sozialarbeiterische Einflussnahme‹. Mit angezogenen Beinen, in ihrer Stone Washed Jeans und einem T-Shirt, auf dem in großen, knallroten Lettern stand: SCHEISS EGAL!, hockte sie mit angezogenen Beinen vor mir auf dem Stuhl in meinem Büro. Beim Hereinkommen hatte sie ihre Jacke in die Ecke gepfeffert. Ununterbrochen Kaugummiblasen produzierend, schaute sie betont desinteressiert an mir vorbei. Eigentlich ein sehr hübsches Mädchen, aber die Spuren des Raubbaus, den sie schon längere Zeit an ihrem Körper betrieb, waren deutlich sichtbar. Ich verlor kein Wort über ihre Vergangenheit, sondern fragte sie direkt, wo sie jetzt, wenn sie die Wahl hätte, am liebsten sein würde, und sie antwortete, ohne nur eine Sekunde zu zögern: In einem Haus am Meer! Sofort schoss mir die Algarve durch den Kopf, einsame Strände, Wildnis – mein Traumland. Ich sagte, gut, dann schauen wir, wie wir das hinbekommen. Caro flippte völlig aus, zog aber sofort die Bremse, weil Gefühle zu zeigen für sie absolut uncool war, und ich dachte, prima, immerhin ein kleiner Riss im dicken Panzer. Vielleicht war ich der erste Erwachsene, der sie tatsächlich ernst nahm, wenngleich der von ihr geäußerte Wunsch natürlich ein Test war, scheinbar jenseits jeder Erfüllbarkeit.«

Stopp-Taste.

So war es oft in Pauls Leben, ein Problem schubste ihn aus seinen gewohnten Pfaden, die immer auch Stillstand bedeuten, in eine neue Richtung. Was ihm aber erst jetzt, im Rückblick, klar wird. Ohne die leiseste Absicht initiierte das crazy Girl Caro den ›Verein für soziale Solidarität Novo Começo‹ in dem wunderbar einsam gelegenen Dorf Olhos de Água, in der Nähe des Städtchens Albufeira. Eigentlich hatte Paul die Hochzeitsreise mit seiner ersten Frau dorthin unternehmen wollen – auch das Desaster gehört zum Tortenstück und soll noch erzählt werden. Aber zunächst scheint Paul noch etwas anderes wichtig zu sein.

»Aufnahme 82:

Durch Caro angestupst, fragte ich mich, wieso ich einundfünfzig Jahre alt werden musste, ehe ich mich traute, endlich meinen Traum zu verwirklichen, dem düsteren, kalten und überkorrekten Deutschland zu entkommen und mir in Portugal ein zweites Standbein aufzubauen.«

Stopp-Taste.

Paul überlegt, ob er schon die Geschichte von Richy erzählt hat, einem fast zu Tode geprügelten Punk. Ihn brachte er später nämlich genau dorthin, in das Haus I von ›Novo Começo‹, und der Junge kam wieder zu sich – weit weg von Deutschland und seinem prügelnden Vater. Paul nimmt sich vor, später zu checken, ob Richys Story »im Kasten« ist. Ein Blick auf die Uhr, heute scheinen die Zeiger nicht voranzukommen.

»Aufnahme 83:

Jedes Jahr im Februar – und das darf, wenn ich ehrlich sein will, in der Beschreibung des kleinen Tortenstücks, das mein Leben war, nicht fehlen – überfiel mich dasselbe große Elend, ein Zustand, in dem mir alles, was ich tat, sinnlos und hohl erschien, mir die ganze Welt verstellt war. Ich probierte diverse Therapien aus, die versprachen, diesem entsetzlichen Ausgeliefertsein Herr zu werden. Außer Psychotherapie lernte ich Rolfing, Shiatsu und Bonding kennen. Erfolglos. Von Jahr zu Jahr wurde es schlimmer, was zur Folge hatte, dass ich regelmäßig eine Zeit lang ausfiel. Und ein mir unvergesslicher Satz von Nossack machte die Sache nicht besser: ›Wer mit der Psychiatrie paktiert, erklärt sich bankrott. Der Mensch fängt überhaupt erst dort an, wo sie nicht hinkommt.‹ Ja, wo fängt unser Ich an, wo hört es auf? Die Rätsel werfen Schatten.

Dank Caro wurde alles anders. Nicht missverstehen, ich hatte nichts mit diesem Mädchen, was ihre blöde Mutter in Stuttgart mir anzuhängen versuchte, um ihre Tochter zurückzubekommen. Caro war ganz anders unterwegs. Die brauchte nur Ruhe von allem und vor jedem, um ganz allmählich zu sich zu kommen.

Bis das Wohnprojekt ›Novo Começo‹ stand, galt es allerdings etliche Hürden zu nehmen. Wobei diese Herausforderung gut war, manchmal sogar Freude machte.«

Wieder stoppt Paul. Er merkt, dass er doch sehr aufgewühlt ist, und es eine große Anstrengung bedeutet, kontinuierlich zu denken und zu reden. Am liebsten würde er in den Rekorder singen oder irgendetwas schreien. Oder noch besser, seine Gitarre auspacken, und …

Alles Quatsch!

Soll er für heute Schluss machen?

Eine Zukunft, ohne Irene, ohne Kuno? Unvorstellbar! Und doch: Er war aufgestanden und ganz allein bis zum Fenster gegangen.

Er schubst seine Füße von den Stützen, sucht Halt am Boden, stemmt die Hände auf den Tisch, bemüht sich, sein Gewicht nach vorn zu verlagern. Weiter? Nein, lass es einfach, es hat keinen Sinn, es ist zu gefährlich. Wobei genau das eigentlich sein Lebensmotto war. »Lebe wild und gefährlich.« Wie er Miesmacher und Ausbremser hasst! Aber hier, in seiner jetzigen Situation, muss er sich eingestehen, dass es besser ist, auf Kuno zu warten. Außerdem ist es viel schwerer, sich von einem Stuhl zu erheben, als sanft aus dem Bett zu gleiten und sich abzustoßen. Noch circa fünf Stunden, dann wird Kuno mit seinem verschmitzten Grinsen in der Tür stehen, und Paul wird ihm zurufen …

Er legt Rekorder und Telefon auf seinen Schoß, bugsiert den Rollstuhl zur Terrassentür und schiebt sie auf. Wunderbar frische Luft strömt herein. Er atmet tief. Ein überraschend warmer Tag, der die Ahnung zulässt, es könne tatsächlich Frühling werden. Und nach ihm ein Sommer. Die Vogelstimmen prallen an sein Ohr, als hätte er den Lautstärkeregler hochgedreht. Auch die Kinderstimmen von den Grundstücken ringsum schallen hell und laut zu ihm herein. Momentan sind die Schulen geschlossen. Noch immer regieren Corona und die Angst vor einer Infektion das Land. Wohl den Familien, die Eigenheime und kleine Gärten haben. Wie Aylas Schwester das wohl schafft, die wilden Kerlchen eingesperrt in der Wohnung zu bändigen? Er nimmt sich vor, sie mal wieder anzurufen. In den Nachrichten fällt jetzt immer häufiger der Begriff »dritte Welle«, obwohl geimpft wird, was das Zeug hält. Und immer wieder regt sich Paul darüber auf, dass in diesem Land, in dem der erste Impfstoff entwickelt wurde, nicht alle Kräfte und Finanzmittel zur Verfügung gestellt werden, um mehr Produktionsstraßen für dieses Medikament zu bauen, damit die Bevölkerung zügiger durchgeimpft werden kann, und der Abhängigkeit von Entwicklungen in anderen Ländern ein Riegel vorgeschoben wird. Er mag das viele Gerede darüber nicht mehr hören. Außerdem ist er es satt, in jeder *Tagesschau* diese entblößten, schlaffen Oberarme auf dem Bildschirm serviert zu bekommen, in die eine Nadel fährt. Diese unterschwellige Impfwerbung. Ekelhaft.

Er greift nach dem Rekorder.

»Aufnahme 84:

Immer noch 23. Februar 2021. Tatsächlich! In drei Tagen ist es ein Jahr her, dass die Karlsruher Richter ihr sensationelles Urteil in Sachen ›Selbstbestimmtes Sterben‹ sprachen – und ich mach mich wieder auf die Socken? Das ist doch irre, oder?! Leute, das ist total irre!«

Stopp-Taste.

Soll er Stefan Ruppert anrufen? Auch wenn er sein Freund ist, würde der sich bedanken, wenn er ihn jetzt, mitten am Tag, störte, um ihm mitzuteilen, dass es vielleicht doch aufwärts mit ihm geht. Keep cool, alter Knabe.

»Aufnahme 85:

Wie jetzt schon mehrfach gesagt, ist heute ein besonderer Tag. Gerade habe ich die Terrassentür geöffnet, in der Ferne könnt ihr Kinder- und Vogelstimmen hören, nicht wahr? Ich weiß, wie sensibel das Mikrofon ist.

Gerade fällt mir ein, dass vor Portugal mein Abmarsch aus Lüneburg Ende 1974 dran wäre. Sonst fehlen hier zwanzig Jahre – eine Riesenecke im kleinen Tortenstück.« Paul lacht.

»Also los! Unendlich befreit, Lieder von Joan Baez aus ihrem letzten Album *Where Are You Now, My Son*? singend, gondelte ich in meinem klapprigen Käfer gen Süden, ließ allen Staub, den ich in Niedersachsen aufgewirbelt hatte, hinter mir, um in einem anderen Bundesland als dort ›unbeschriebenes Blatt‹ einen Neustart hinzulegen. Karin, eine der Kommilitoninnen, mit der ich trotz allgemeiner Gepflogenheiten damals über einen längeren Zeitraum zusammen war, hatte sich in die entgegengesetzte Richtung abgesetzt – und verschwand aus meinem Leben.

Ostfildern. Ein Kaff bei Stuttgart. Hier trat ich, der ›bunte Hund‹ Gärtner, im März 1975 an der ›Lindenschule‹ meine erste Stelle als Lehrer in einer vierten Klasse an. Ich wollte meine Sache gut machen, die Klappe halten und nicht gleich wieder an den Stäben rütteln. Dass meine Vorstellung von Pädagogik, Schule und Gesellschaft eine andere als die gängige war, rieb ich hier nicht gleich jedem unter die Nase – und verdiente stattdessen erst einmal Geld. Nicht das Schlechteste mit dreißig Jahren.

Was ich allerdings unterschätzt hatte, war die Sprachbarriere. Norddeutsch und Schwäbisch unter einen Hut zu bringen war keine leichte Sache. Manchmal verstand ich beim besten Willen nicht, was ein Schüler mir antwortete, oder die Schüler verstanden nicht, was ich sie fragte. Und ich erntete so lange Spott, bis ich mit Plattdeutsch konterte. Von da an warfen wir uns gegenseitig unbekannte Wörter zu und machten ein Ratespiel daraus.

Unglücklicherweise verliebte ich mich in Amanda, eine junge Kollegin, Englisch und Handarbeit, die etwa zur selben Zeit wie ich an die *Lindenschule* kam. Ihre Eltern waren katholisch, extrem katholisch, was unbedingt erwähnt werden muss, weil sie es waren, die auf sofortige Heirat drangen, als sie mitbekamen, dass wir Sex hatten. Sich solchen Zwängen unterzuordnen kann nur böse enden. Geblieben ist mir das obligatorische Hochzeitsfoto, mit einer Braut in Weiß und mir, dem Bräutigam, in einem geliehenen schwarzen Anzug. ›Vor St. Wendelin in Oberboihingen, 14. Juli 1975‹ steht auf der Rückseite.

Es liegt noch irgendwo in einem der Schränke. Wo genau, ist mir entfallen, aber an das meiste, was dort liegt, und das ist das Gute, kann ich mich erinnern – so der Kopf nicht streikt.«

Ein paar Gärten weiter hört Paul das laute Heulen eines Kindes. Dann das Schimpfen einer weiblichen Stimme. Oje, mal wieder hat ein kleines Wesen Übles getan. Dann aber sind ganz eindeutig Schläge auszumachen, und Schläge zusammen mit Kindergeschrei kann Paul nicht ertragen. »Hey! Aufhören!«, schreit er, so laut es im Sitzen geht, legt den Rekorder auf den Schoß und rollt hinaus auf die Terrasse. Zu seinem Erstaunen verstummt der Lärm augenblicklich. Er ist stolz, noch mehr als er bemerkt, dass er den Rekorder nicht abgeschaltet, sondern seine Heldentat vom 23. Februar 2021, ein Kind vor weiteren Schlägen gerettet zu haben, tatsächlich aufgezeichnet hat. Gut so!

»Ziel unserer Hochzeitsreise: Albufeira in Portugal. Die Nelkenrevolution ein Jahr zuvor hatte den Weg in dieses Land frei gemacht. In einer Diktatur Urlaub zu machen wäre für mich nicht infrage gekommen. Ich konnte es kaum erwarten, am Strand zu sitzen und die Sonne im Meer untergehen zu sehen. Ja, so romantisch war ich damals. Amanda jedoch wollte, wenn wir uns schon auf eine in ihren Augen so weite Reise begaben, zunächst den Norden Spaniens ansteuern, um uns in Santiago de Compostela die riesige Kathedrale anzusehen. Einen Wallfahrtsort, angeblich auf den Gebeinen des Apostels Jakobus erbaut, wie sie mir begeistert berichtete. Leider beugte ich mich ihrem Wunsch.

Am 25. Juli kamen wir an, gerade noch rechtzeitig, um in die Feierlichkeiten zum Jakobstag zu geraten. Ich hatte keine Ahnung, was hier abging, ließ mich nach dem Verlassen unseres Käfers im Strom Hunderter lärmender Pilger durch die Straßen treiben, um schließlich in der Kathedrale zu landen. Stellt euch vor: Inmitten einer dicht gedrängten Menge begeisterter Menschen verfolgten wir ein liturgisches Spektakel, das tatsächlich einiges an Spannung erzeugte, und, wie wir hörten, zu den Höhepunkten des Jahres in dieser Stadt zählt. Ein von etlichen Ministranten mit Schaufeln beladenes und an Ketten im Quergang der Kathedrale vor dem Altar in schwindelnde Höhe gezogenes Weihrauchfass wurde vor den staunenden Augen der Gläubigen in immer schnellerem Tempo von einer Seite des Querschiffs zur anderen geschwenkt, wobei es Wolken von Weihrauch ausstieß – wie ein fauchender Drache. Der Erzbischof beugte jedes Mal die Mitra, wenn das Ungetüm, von der einen Seite zurückkommend, tief über ihn hinweg in die andere Richtung fegte, begleitet von dem halb faszinierten, halb furchtsamen ›Ah!‹ der Menge.

Irgendwann wurde mir der ganze Trubel zu viel, ich packte Amanda beim Arm und zog sie ins Freie. Draußen auf dem Platz: Feuerwerk, Tanzen und Johlen – die ganze Stadt brodelte. Erst sehr spät in der Nacht fanden wir in einer der vielen kleinen Straßen unseren Käfer wieder, fuhren, inzwischen todmüde, noch ein paar Kilometer weiter nach Westen und schlugen am Strand von Carnota unser Zelt auf. Am anderen Morgen beging ich den Fehler, Amanda zu fragen, ob diese Massenhypnose vom Vortag wirklich sein musste – und sie fing an zu weinen.

Und jetzt frage ich mich, wieso sich eine für mich vollkommen nebensächliche Angelegenheit, wie die Fiesta am Jahrestag des Heiligen Jakobus, in mein Hirn gefressen hat, und warum ich hier davon erzähle. Ich war nie katholisch, Heilige bedeuteten mir nichts, und eine Kathedrale mit entrückten Schaulustigen ist auch nicht gerade das, was mir einen Kick gibt. Vielleicht ist es die Absurdität allen kirchlichen Pomps, diese Mischung aus Kitsch und Ergriffenheit, die niemand erfassen kann, die zum Erzählen reizt. Diese absolute Rätselhaftigkeit.

Am nächsten Tag setzten wir unsere Reise fort, endlich direkt gen Süden! Via Pontevedra passierten wir die Grenze nach Portugal, blieben dann aber leider in der Küstenstadt Porto stecken, weil mich – ob der mich erschütternden Begeisterung meiner Frau für diesen liturgischen Irrsinn – eine heftige Depression heimsuchte. Unfähig, mich mit dem Erlebten zu arrangieren, hing ich zwei Tage lang in einer Kneipe ab. Unsere Reisekasse war anschließend so gut wie leer, und uns blieb nichts anderes übrig, als den Heimweg anzutreten. Mein Traum von der Algarve war ausgeträumt.

Dieser in gewisser Weise farbige Beginn unserer Ehe beeinflusste leider nicht deren weiteren Verlauf – fast hätte ich gesagt, wie von der Ehe mit einer Lehrerin nicht anders zu erwarten, wenn ich nicht selbst Lehrer gewesen wäre, und mir niemals eingestanden hätte, ein fader Typ zu sein. Im Gegenteil. Ich fand Sex in allen Variationen mit wechselnden Partnerinnen spannend und war keineswegs so gepolt, für immer mit nur ein und derselben Frau in der von Amandas Eltern finanzierten Wohnung mit Einbauküche, Besenkammer und Kakteen-Fensterbank Kinder großzuziehen – von heute aus gesehen unbegreiflich, dass ich mich überhaupt auf diese Art zu leben einließ. Wahrscheinlich hätten Amanda und ich uns schon nach ein paar Wochen getrennt, wenn ihre Eltern nicht auf eine Ehe gedrungen hätten.«

Stopp-Taste.

Paul macht eine Pause. Dieser leere Garten! Immer wieder geht sein Blick in diesen verdammten leeren Garten Er mag ihn nicht mehr sehen. Ob er nun laufen kann oder nicht, er sollte umziehen. Wohin? Am besten zu seiner Schwester. Paul lacht. Irgendwohin, wo er nicht auf eine leere grüne Rasenfläche blicken muss, auf der kein Kinderspielzeug liegt.

Weiter, ermahnt er sich, sonst verlierst du wieder den Faden.

»Aufnahme 86:

Die politische Atmosphäre war aufgeheizt. Parolen wie ›Revolution ist machbar, Herr Nachbar‹ oder ›Haut dem Springer auf die Finger‹ machten die Runde. Erinnert ihr euch? Vielleicht auch noch daran, dass die Fahndungen, selbst nachdem sich die führenden Köpfe der RAF in Stammheim umgebracht hatten, weitergingen? Noch neunzehn namentlich bekannte Personen, denen man die Morde an Buback, Ponto und Schleyer zur Last legte, waren auf freiem Fuß. Ständig gerieten Amanda und ich in Straßenkontrollen, jedes Mal wurde ich aufgrund meiner langen Haare und des insgesamt nonkonformen Erscheinungsbilds aus meinem alten Käfer geholt, stundenlang verhört, unser Auto penibel gefilzt. Für Amanda immer wieder eine Tortur. Dem behütet aufgewachsenen Mädchen aus Baden-Württemberg jagten die Polizisten mit ihrem ruppigen Vorgehen Angst und Schrecken ein. Jedes Mal warf sie mir vor, durch mein unhöfliches Benehmen selbst schuld am Verhalten der Beamten zu sein, und sowieso könne ich mir zur Abwechslung mal etwas Ordentliches anziehen.

So kam es, wie es kommen musste. Nach knapp drei Jahren verschwand ich wieder in einer Singlebude, wurde dreiunddreißig Jahre alt und stellte fest, dass meine Jugend endgültig vorbei war. Es wurde Zeit, herauszufinden, was ich eigentlich wollte – und konnte. Wo meine Stärken lagen, um nicht weiterhin nur an einer Schule im hintersten Winkel der Republik unterrichten zu müssen.«

Wieder ein Blick auf die Uhr. Was ist los? Heute scheinen sich die Zeiger wirklich nicht von der Stelle zu rühren. Immer noch Stunden, bis Kuno endlich in der Tür stehen würde.

»Aufnahme 87:

Im September 1960 hatte ich Ed geschrieben und ihn gebeten, mir einen Beruf zu empfehlen. Aus Salvador-Bahia kam dann Folgendes: *Es muss etwas Erzieherisch-Pädagogisches sein. Du hast die Pflicht, die Klarheit Deines Denkens und die Einfühlsamkeit Deines Wesens zu nutzen – die Natur hat Dir beides verliehen.* Diese Sätze halfen mir in manch dunkler Stunde, wenn ich mal wieder in Selbstzweifeln versank. Und Ende 1978, nach der Scheidung von Amanda, ermutigten mich diese Worte, den Riesenschritt zu wagen, den Schuldienst zu verlassen und einen komplett neuen Weg einzuschlagen.«

Paul stoppt, legt den Rekorder neben das Telefon auf den Terrassentisch, steuert den Rollstuhl geschickt zurück ins Wohnzimmer, dann ins Bad. Auch das Aufstehen und der Schritt bis zur Toilette fällt ihm heute viel leichter als sonst. Anschließend holt er sich eine Flasche Mineralwasser aus der Küche, legt sie auf seinen Schoß und fährt wieder hinaus. Ein paar Schlucke, dann drückt er wieder die Rec-Taste.

»Aufnahme 88:

In Stuttgart trat ich eine Stelle als Erzieher und Sozialpädagoge in einem Heim für straffällig gewordene Jugendliche und junge Erwachsene an. Schnell stellte sich heraus, dass sie die Zielgruppe waren, mit der ich mich auskannte. Diese jungen Leute hatten den Gesellschaftsvertrag, ihre Eltern zu achten und zu respektieren, aufgekündigt, und spiegelten ihnen ihr versifftes Leben durch gleiche Verhaltensweisen wider: Trinken, Kiffen, Straftaten begehen.

Im gleichen Jahr erschien im *Stern* die erschütternde Reportage *Wir Kinder vom Bahnhof Zoo* – und Tausende Jugendliche folgten dem Beispiel der fünfzehnjährigen heroinabhängigen Christiane F., prostituierten sich wie sie, um an den Stoff zu kommen. Christiane F. wurde zur Galionsfigur einer Generation. Drogenkonsum schien die einzige Möglichkeit zu sein, der miefigen, bürgerlichen Existenz zu entkommen.

Voller Elan warf ich mich in meine neue Aufgabe, zog nachts durch verqualmte Diskotheken, um die ›verlorenen Schafe‹ einzusammeln, ihnen ins Gewissen zu reden – und fand sie in der folgenden Nacht an derselben Stelle vor. Das lief so lange, bis mir klar wurde, dass ich, wenn ich meine Vorstellungen von Erziehung auch nur annähernd umsetzen wollte, ein weiteres Risiko eingehen musste: Selbstständigkeit. Und damit begann das nächste Kapitel meines Lebens.

1979 gründete ich in Esslingen meine erste ›Werkstatt für persönliche Entwicklung‹, war von da an zu Amtsdeutsch ›Heimträger‹, und die Jugendbehörde diente als ›Kostenträger‹. Hatte ich das schon erzählt? Egal. Ein paar Wiederholungen sind, wie ihr ja inzwischen gemerkt habt, unvermeidbar.

Das Konzept griff – der Bedarf war riesig! Schon nach kurzer Zeit musste ich weitere ›Werkstätten‹ einrichten und qualifizierte Kollegen einstellen. Gemeinsam mit ihnen – und jetzt trag ich mal richtig dick auf, weil es der Wahrheit entspricht – verhalf ich, dort und später in Portugal, im Lauf von rund zwanzig Jahren über tausend scheinbar gescheiterten jungen Menschen, sich zu ›fangen‹, wieder ein selbstständiges Leben jenseits von Drogen und Knast zu führen. Ich führte etliche Prozesse gegen Jungendämter, wehrte mich gegen angedrohte Berufsverbote oder Heimschließungen, all das dumme Zeug, womit Behörden Andersdenkenden Knüppel zwischen die Beine werfen.

Ich blieb mein ganzes Leben lang ›Sand‹, wurde nie ›Öl‹ im Getriebe. Falls ihr euch an das schöne Zitat von Günter Eich erinnert.

Für mich galt bei der Beurteilung meiner Zöglinge immer: Ich beginne mit jedem bei null, studiere vorab keine Akten und Gutachten, sondern schaue mir den Menschen an, der vor mir sitzt. Ich nehme ihn oder sie ernst, begegne jedem mit Respekt, und erwarte das gleiche von ihm. Und ich stellte von vornherein klar, dass meine Einrichtungen keine Erholungsheime sind, in denen man weiter nur rumgammeln und seinen bisherigen Lebensstil fortsetzen kann. Kiffen, Boxen lernen und ab und zu bei einem Therapeuten antanzen. Bei mir galten feste Regeln, die ich gemeinsam mit den Jugendlichen entwickelte, und die im Großen und Ganzen auch eingehalten wurden. Alle suchten insgeheim nach Strukturen, die es zu Hause nicht gab. Jungen und Mädchen wurden bei mir nie auf getrennten Fluren untergebracht, einem Pärchen, achtzehn und neunzehn Jahre alt, verschaffte ich sogar eine eigene Wohnung im Haus. Warum sollten sie ihre Sexualität unterdrücken? Ich kannte keine Tabus, mir war nichts fremd, und ich besaß selbst genügend kriminelle Energie, um das Verhalten dieser jungen Leute nachvollziehen zu können. Kuno und ich sprachen ja schon öfter darüber, dass ich in einem gewissen Alter nicht weit entfernt von der ›Talfahrt ins Abseits‹ war. Zum Glück konnte ich erfahren, dass es durchaus Vorteile hat, rechtzeitig abzubiegen.

So schnell wie irgend möglich verschaffte ich jedem jungen Menschen aus meinen Wohngruppen einen Ausbildungsplatz, meist in einem Handwerksbetrieb, wo jeder die Chance bekam, verborgene Fähigkeiten zu entdecken und Leistungen zu erbringen, mit denen er später tatsächlich etwas anfangen, seinen Lebensunterhalt verdienen und sogar eine Familie ernähren konnte. Meine Resozialisierungsquote war mega. Zuletzt leitete ich in Esslingen und Stuttgart-Möhringen je zwei Häuser mit unterschiedlich vielen Wohngruppen.

Die Zeit der ›Schwarzen Pädagogik‹ war in Deutschland immer noch präsent und nach wie vor zielte man darauf ab, Kinder hart zu machen, weil angeblich nur die Harten im Überlebenskampf siegen. Obwohl man doch schon lange weiß, dass die Freundlichen …«

Das Telefon klingelt, Paul überlegt einen Moment, ob er sich unterbrechen lassen will, lässt den Rekorder in seiner rechten Hand im Aufnahmemodus weiterlaufen und nimmt mit der linken das Gespräch an. Die Redakteurin eines Fernsehsenders fragt, ob sie ihn zu einer Talkshow zum Thema Sterbehilfe einladen dürfe. Im letzten Herbst habe sie ihn in einer Sendung gesehen, Dr. Stefan Ruppert habe ihr freundlicherweise seine Nummer gegeben. Sie sei sehr beeindruckt gewesen, denn wenn sie das richtig verstanden hätte, sei seine Frau einen Monat vorher gestorben.

Paul hatte sich Ende September von Ruppert zu einem Auftritt überreden lassen, weil dieser meinte, ihr gemeinsames Anliegen brauche dringend einen neuen Schub. Frederik, den er bisher immer in solche Talkshows gebeten hatte, und der die Sache stets brillant vertreten habe, sei nach seinem Ausraster gegenüber dem Gesundheitsminister zum Risiko für die Sender geworden und werde nicht mehr eingeladen. Sei er denn noch brauchbar?, hatte Paul seinen Freund gefragt, und dieser hatte laut gelacht. Die ganze Sache mit Krankentransport nach Hamburg, Schminkerei und Smalltalk im Studio, ehe sie auf Sendung gingen, hatte Paul dann allerdings an den Rand seiner Kräfte katapultiert. Trotzdem hatte er seinen Standpunkt offenbar überzeugend rübergebracht. Jedenfalls hatte der katholische Bischof, der neben Ruppert, einem Arzt und einer

Pflegerin ebenfalls eingeladen war, ihn, während er sprach, mit großen Augen angestarrt und ihm nach der Sendung versichert, er werde seinen bisherigen Standpunkt überdenken und entsprechende Neuregelungen in die Wege leiten. Dass seitens der Kirche danach tatsächlich irgendwelche Konsequenzen gezogen worden waren, hatte Paul allerdings nicht feststellen können. Saftladen! Jetzt, beim Anruf der Redakteurin, kann er sich gerade noch beherrschen, der guten Frau nicht zu erzählen, dass er seit heute wieder laufen kann, dass er eines Tages vielleicht …

»Herr Gärtner?«

»Ja«, sagt Paul, »ich hab's kapiert. Aber just ab heute, und das können Sie natürlich nicht wissen, habe ich dieses Thema hinter mir.«

»Sie haben Ihre Meinung geändert?«

»Keineswegs. Jedoch probiere ich gerade einen anderen Weg.«

Ein Zögern am anderen Ende der Leitung. »Kann es sein, dass ich Sie gerade nicht ganz …«

»… verstehe? Genau, momentan ist nämlich alles neu für mich.« Er wolle nicht unhöflich sein, müsse jetzt aber auflegen, er stecke mitten in der Endredaktion eines ihm sehr wichtigen Artikels.

Sie haucht ein »Pardon!«

Also weiter, wo war er stehen geblieben? Paul legt das Telefon beiseite und widmet sich wieder seinem Rekorder.

»Habt ihr gehört? Der alte Paul Gärtner ist immer noch gefragt, er kann so hübsch reden über die verflucht ernste Sache, dass es jedem in diesem Land per Gesetz zusteht, aus dem Leben zu gehen, wenn er möchte, egal aus welchen Gründen. Aber von dem Thema habt ihr wahrscheinlich längst genug. Also …

Wo war ich stehen geblieben?

Bei dem Grundtenor der Erziehung. Genau. Längst ist belegt, dass die Freundlichen und Klügeren sich im Leben besser behaupten können. Menschen sind keine Tiere. Nur selten wird jemand tatsächlich so gestört geboren, dass er nicht irgendetwas Sinnvolles auf dieser Welt tun kann. Klar geht auch mal was schief. Wer auf Risiko fährt, bleibt nicht verschont. Als ein Jugendlicher, der wegen Vergewaltigung ›in Betreuung‹ gekommen war, eine Joggerin im Wald überfiel, wurde natürlich ich, der Erzieher, belangt. Ein Haufen Ärger!

Und ehe ich es vergesse, Ende 1979, das glorreiche Jahr, in dem ich mich selbstständig machte, heiratete ich ein zweites Mal. Inge, eine geschiedene Frau mit zwei Töchtern, Zwillingen, die gerade in die Schule gekommen waren. Zwei richtig nette rotzfreche Mädels.

Mein Sohn, von dem ich nichts wusste, war damals schon doppelt so alt, wünschte sich Lederhosen und eine Gitarre und träumte von Europa. Und ich, sein Vater, litt unter Schuldgefühlen, wusste nicht warum, sehnte mich plötzlich nach Normalität, ja, sogar wieder nach einer gewissen Bürgerlichkeit, in der Hoffnung, sie sei der Schlüssel zur Zufriedenheit. Warum sollte es so etwas nicht auch für mich geben? Vieles, was mich an Amandas Lebensstil abgestoßen hatte, schien mir plötzlich erstrebenswert. Offensichtlich kann man innerhalb kürzester Zeit enorme Kehrtwendungen machen. Aber sicher lag es auch an Inge, einer sehr viel reiferen Frau.

Wir lernten uns in einem der vielen, bereits erwähnten Kurse kennen, die ich aufsuchte, um meiner damals jährlich wiederkehrenden ›seelischen Verdunkelung‹ Herr zu werden. Ihr wisst etwas mit dem Thema ›Selbsterkenntnis durch Begegnung‹ anzufangen, oder? Heutzutage nichts Besonderes. Bei mir war es tatsächlich so, beim ›Aufdecken verborgener Anteile meiner Persönlichkeit‹ lernte ich auch die Person kennen, mit der ich fast achtzehn Jahre zusammenblieb. Inge stieg mit in die Verwaltung der Esslinger, später auch der Stuttgarter Wohngruppen ein.

Das klingt jetzt sehr nach Harmonie und Sonnenschein. Leider brauchte die arme Inge eine Weile, bis sie mitbekam, dass meine Treue im sozialen Bereich keineswegs auch sexuelle Treue bedeutete. Und als sie anfing, sich daran zu stören, wechselte unsere gegenseitige Zuneigung in den Status ›gutes Team‹ und trudelte, gestreckt über siebzehn Jahre, gänzlich aus. Normalität hat ihre guten Seiten, konnte aber nicht alles gewesen sein. Mein Hunger auf Neues wuchs und es verwundert mich nicht, dass ich euch von der Fiesta des Jahrestags eines Heiligen in einer spanischen Kathedrale mehr berichtet habe als ich von der langjährigen Ehe mit einer fleißigen und loyalen Frau zu erzählen weiß.

In diese Sehnsucht nach Aufbruch und Veränderung platzte im Sommer 1996 Olga, die Temperamentskanone aus Moldawien, dreißig Jahre jünger als ich, mit holprigem Deutsch, schwarzen Locken und blitzenden Augen.«

Stopp-Taste.

Paul ist müde, sein Kopf kippt leicht nach vorn – er schläft und überhört das Klingeln des Kuriers, der sein Essen bringt. Besorgt versucht dieser, durch eines der Fenster ins Innere des Hauses zu spähen, doch die Spiegelung verwehrt ihm den Einblick. Also zwängt sich der gute Mann zwischen Haus und Hecke in den Garten, entdeckt seinen Rollstuhlkunden auf der Terrasse, den Kopf tief auf die Brust gesunken.

»Herr Gärtner?« Der Kurier berührt Paul sanft am Arm.

Paul erwacht, sieht im Gegenlicht eine dunkle Gestalt vor sich und erschrickt heftig.

»Alles gut, ich bring nur Ihr Essen! Soll ich Sie ins Haus schieben?«

»Nein, nein, danke!«, sagt Paul, einigermaßen irritiert, dass der Mann in den Garten eingedrungen ist, »ich bleibe hier. Vielen Dank!«

»Keine Ursache.« Der Kurier drückt die Styroporbox auf Pauls Schoß, wird noch schnell sein »Schön' Tach noch!« los und nimmt den Rückweg durchs Haus.

Wenn doch alle Leute so entspannt wären, denkt Paul. Der regt sich nicht auf, klingelt nicht Sturm oder ruft gleich die Polizei, falls ihm irgendetwas unklar ist, sondern geht einfach ums Haus herum und checkt, was los ist. Der Junge gefällt mir, hat mir schon immer gefallen, typisch norddeutsch, kurz und knapp, kein Wort zu viel. Aber Herz.

Paul öffnet die Aluverpackung und schnuppert kurz an dem Essen. Angewidert schiebt er die Schale auf den Tisch und stellt die Box neben sich auf dem Boden ab. Er hat keinen Hunger und keine Lust, die Tabletten in der Küche zu holen. Für einen Moment lässt er den Gedanken zu, wie wunderbar es jetzt wäre, einfach aufzustehen und aufrecht über diese Wiese zu gehen …

»Aufnahme 89:

Olga!

1989 war die Berliner Mauer gefallen, auch in Moldawien hatte es Massenproteste gegeben, auch dort kämpften die Menschen für ihre Freiheit, was aufgrund unterschiedlicher Forderungen sehr unterschiedlicher Ethnien nicht unblutig ablief. Wie Olga es geschafft hatte – nach ihren eigenen Aussagen bereits 1992 –, in ein wiedervereintes Deutschland und weiter bis nach Portugal zu kommen, blieb ihr Geheimnis. Meine sämtlichen Fragen dazu ließ sie abblitzen, und irgendwann gab ich es auf.

Wenn ich an den 9. November 1989 denke, schäme ich mich noch heute. Eine Binsenweisheit, dass die sogenannte Realität für jeden eine andere ist. Dass aber der Umsturz der Welt für mich privat, wie für Tausende Westdeutsche auch, überhaupt keine Rolle spielte und kein bisschen in das gewohnte Leben eingriff oder auch nur das Lebensgefühl veränderte, ist rückblickend ungeheuerlich. Linke bleiben immer Linke, selbst wenn sie irgendwann dahinterkommen, dass die ›Weltanschauung‹, der sie anhängen, mit unendlich vielen Fehlern behaftet ist und keinen Anspruch auf Glorifizierung geltend machen kann. Klar verspürte ich kurz den Impuls, nach Berlin zu fahren, um mit den Menschen von der anderen Seite des ehemals ›Eisernen Vorhangs‹ zu feiern, aber …

Ich erzähl euch das mal von vorn, denn es war wirklich grotesk: Als ich am 10. November 1989 gegen Mittag zum Supermarkt kam, sah ich direkt davor einen Trabant stehen. Ich stutzte. Drinnen, im Laden, hörte ich Stimmen in sächsischem Tonfall, die sich laut über so viele verschiedene Waschmittelsorten mokierten. Die Frau an der Kasse meinte nur trocken zu mir, da würden bestimmt noch viel mehr kommen. Und als ich stutzte, hörte ich von ihr, was geschehen war. Am Tag zuvor hatte ich eine Beerdigung besucht und vom großen Weltgeschehen nichts mitbekommen. Und jetzt schon tauchten die ersten DDR-Bewohner in Esslingen auf. Ich flitzte nach Hause, rief Inge zu, sie solle ein paar Sachen packen – auf nach Berlin! Sie jedoch stimmte nicht im Geringsten in meine Euphorie mit ein, Berlin sei viel zu weit weg und außerdem viel zu gefährlich, wer wisse denn, was die Russen jetzt planten. Ob in Berlin eine Mauer stehe oder nicht, sei ihr völlig egal, auch hier gebe es viel zu tun.

Und ich, Paul Gärtner? Ließ mich tatsächlich von ihrer schwäbischen Ignoranz anstecken und blieb, wo ich war. Klar, auch in Esslingen gibt es immer viel zu tun – auch beim Weltuntergang.«

Paul schüttelt lachend den Kopf und drückt die Stopp-Taste.

Er sollte jetzt essen und sich seine Tabletten holen, verdammt! Aber wie soll ein Mensch Appetit haben auf Möhren, deren Kondenswasser sich am Deckel einer Alufolie sammelt, und die keinerlei Aroma mehr haben.

»Aufnahme 90:

Jetzt Olga!

Wenn nach siebzehn Jahren gleichförmigen Familienalltags ein solch schillerndes Wesen auftaucht, hat eine Ehefrau keine Chance. Olga hebelte augenblicklich jede Routine, alle Reste von Harmonie und Konformität aus und lud mich sehr offen zu sexuellen Abenteuern ein. Welcher Mann, Anfang fünfzig, der ich damals war, hätte sich verweigert? Meine Ehe bestand nur noch auf dem Papier, 1997, ein Jahr nachdem Olga aufgetaucht war, reichten Inge und ich die Scheidung ein.« Sich dem Gefühl des damaligen Überschwangs hingebend, versetzt Paul der Styroporbox einen Tritt, leicht schurrend rückt sie ein kleines Stück von ihm ab. »Ihr habt es gehört, ich kann sogar wieder zutreten. Ihr werdet noch einiges von mir erleben! Und auf den labberigen Milchkaffee, meine sehr verehrte Irene, pfeife ich.«

Stopp-Taste.

Längst musste die Zeitschaltuhr in der Küche geklingelt haben, auch die hat er hier draußen nicht gehört. Keine drei Stunden, dann wird Kuno hier sein – und Augen machen!

Paul nimmt seinen Faden wieder auf.

»Aufnahme 91:

Jetzt aber endlich, wirklich und wahrhaftig, Portugal. Mit dem Wunsch meines Zöglings Caro nach einem Haus am Meer, mutig vorgebracht in meinem Büro, im Februar 1996, gings los. Zum Stuttgarter Flughafen kämpften wir uns durch Schneeregen, und als wir drei Stunden später in Faro aus der Maschine stiegen, blühten um uns Mandelbäume. Wir zogen unsere Jacken aus, und Caro fragte mich: Du meinst es wirklich ernst, ja? Dabei ließ sie, wie meistens, wenn sie etwas sagte oder fragte, ihren über die Augen fransenden Pony durch kurzes Anpusten flattern, was diesem ausgekochten Mädchen von immerhin achtzehn Jahren einen kindlichen Touch gab. Wenn du mitspielst, antwortete ich. Und jetzt stellt euch vor: Im Mietwagen über holperige Straßen, soweit möglich, direkt an der Küste entlang, immer gen Westen. Caro flippte komplett aus. Eye, Alter! Sie kurbelte die Scheibe runter und ließ ihre blonden Haare im Fahrtwind flattern. Was für eine Landschaft! Sümpfe, Wiesen, übersät mit gelben Kleeblüten, gefolgt von weiten Flächen roter Erde. Auch ich konnte nur schwer meine Fassung bewahren, war kurz davor, es diesem Mädchen gleichzutun und einfach loszujubeln. Endlich in meinem Traumland!

Mein erstes Ziel: Albufeira, damals ein Fischerdorf. In einem kleinen Café machten wir Rast, und schon bald setzte sich ein Paar zu uns und erkundigte sich, woher wir seien und was wir vorhätten. Sie hielten Caro für meine Tochter. Beatriz und Tiago, zwei Lehrer um die vierzig, genau die richtigen Leute für mein Vorhaben. Manchmal stellt das Schicksal Weichen. Ich erzählte ihnen von Caros Wunsch und von meinen Plänen, sie zeigten sich interessiert, auch sie waren gerade dabei, ihr Leben umzukrempeln. Ihr Tipp, Olhos de Água, ein Dorf, dass Caro und ich schon achtlos passiert hatten. Sie stiegen in unser Auto, und während der Fahrt erzählte uns Tiago, es hätte hier in den letzten Jahren etliche Tote gegeben.

Viele Touristen verhielten sich leichtsinnig bei Erkundungen der Küstenlandschaft und verursachten Hangrutsche. Am Strand Maria Luisa seien einige in die Tiefe gestürzt. Wir sollten unbedingt die Hinweisschilder beachten. Caro, neben mir – sie hatte sich geweigert, hinten zu sitzen, dort werde ihr sofort schlecht –, spitzte die Ohren, und ich versetzte ihr einen kleinen Knuff in die Rippen. Mach keinen Ärger, Mädel.«

Paul stoppt. Seine Schilderung der damaligen Situation reißt ihn dermaßen mit, dass ihm die Tränen kommen. Unglaublich! So lange her und immer noch an seinem Herzen rüttelnd. Die Glückseligkeit dieses Mädchens und seine freudige Erwartung, in diesem »Sehnsuchtsland« etwas Neues aufzubauen, deckten sich auf magische Weise.

»Aufnahme 92:

Beatriz und Tiago besaßen ein Haus, etwa fünfhundert Meter vom Meer entfernt, und sie luden Caro ein, für eine Weile im Gartenhaus zu wohnen. Ihr wundert euch vielleicht über mich, diesem Deal so rasch zugestimmt zu haben, aber diese beiden sind Menschen, denen man auf Anhieb vertraut. Ich überließ ihnen Caro, fuhr zurück nach Deutschland und regelte alles Nötige für das Vorhaben mit den Behörden. Wenn ich mich in den folgenden Tagen telefonisch nach Caro erkundigte, antwortete Beatriz nur lachend: Die sitzt in der Hütte, glücklich über Stille.

Von da an hatte ich zwei Leben, eines zunächst noch in Esslingen, dann in Stuttgart-Möhringen – wohin ich nach der Scheidung von Inge zog, und wo bereits zwei weitere meiner Jungendhäuser standen –, das andere in Olhos de Água. Das eine Leben, deutsch-schwäbisch-korrekt, das andere heiter-locker-verrückt. Und das Wichtigste für mich: An der Algarve war es so gut wie immer warm. Noch im selben Jahr gelang es mir, in Olhos ein Haus zu kaufen, und schon kurze Zeit später kam ein zweites dazu. Als ich 2005 aufhörte, waren es vier.

Lasst euch einladen: Wir hielten Tiere – Reiten war ein wichtiger Baustein des Resozialisierungsprogramms –, betrieben eine kleine Landwirtschaft, deren Erträge ganz vom Engagement derer abhing, die säten und die Beete bestellten. Glaubt mir, das Kapitel ›Jugendhäuser in Portugal‹ war das schönste in meinem Leben, wenngleich es nur mit einem immensen bürokratischen Aufwand zu stemmen und ich rund um die Uhr beansprucht war. Die Unberechenbarkeit und Unterschiedlichkeit der ›Fälle‹, die bei mir landeten, forderte ein Höchstmaß an Kreativität, der Unterricht, den ich gab, streifte sämtliche Schulfächer. Und natürlich gab es auch hier die unvermeidlichen Neider, die mir meine Erfolge missgönnten und mir bei Lappalien gleich die Presse auf den Hals hetzten. ›Drogen vertickt – Belohnung fünf Monate Algarve‹ titelte eine deutsche Boulevardzeitung. Die Journalisten wollten es nicht wahrhaben, wie kaputt manche Jugendlichen waren, die bei mir strandeten, und dass totale Isolation von ihrem bisherigen Umfeld die einzige Chance war, sie von Drogen, Kriminalität und Prostitution wegzubekommen. Wer aus Olhos de Àgua weglief, landete in der Pampa oder am Hafen, wo die Fischer mit ihren Booten zum Angeln aufs Meer hinausfuhren. Spätestens nach zwei Tagen war jeder zurück, froh, wieder aufgenommen zu werden und ein warmes Essen auf dem Tisch vorzufinden.

Caro entwickelte während ihres Aufenthalts in Portugal so viel positive Energie, dass sie sich im nächsten Ort in der Schule anmeldete, Portugiesisch lernte und sogar ihren Schulabschluss schaffte. Ich trickste ein bisschen mit dem Stuttgarter Jugendamt, um ihre Aufenthaltserlaubnis so lange zu strecken, bis sie fertig war. Es gab aber auch Jugendliche, die in Deutschland bereits so viele Straftaten begangen hatten, dass mich Sachbearbeiter anflehten, sie doch bitte länger als vorgesehen zu behalten. Am liebsten hätten sie diese Kandidaten nie wieder auf deutschen Straßen gesehen. Allmählich festigte sich auch in den Behörden ein Vertrauen, dass aus Olhos de Água junge Menschen zurückkamen, die eine große Kurve genommen hatten und sich wieder in der Gesellschaft zurechtfanden.

1996, an einem sehr heißen Abend im August schleppte Caro Olga an. Die beiden jungen Frauen waren sich zufällig am Strand begegnet, Olga hatte durchblicken lassen, auf Jobsuche zu sein, und Caro behauptete, sie wisse da was. Später stellte sich heraus, dass Olga ganz gezielt an den Stränden der Algarve unterwegs war, um Männer zu treffen, die, so ihre Hoffnung, in Urlaubslaune mal so richtig was springen ließen. Egal. Als ich sie nach Werdegang und Papieren fragte, sagte sie frech: Einmal sehen, kann ich. Ich stellte sie ein, sie half überall mit, zwei Jahre später, 1998, heirateten wir in einem Stuttgarter Standesamt, weil sich dort der ganze Papierkram, der sich um unsere Beziehung rankte, auf ein Minimum reduzieren ließ. Allerdings gestaltete sich diese Ehe in Windeseile zur emotionalen Achterbahn. Olgas Temperament empfehle ich niemandem, manchmal, warum sollte ich es verschweigen, flogen sogar Gegenstände, wenngleich sie auch eine sehr sanfte, zärtliche Frau sein konnte. Immerhin schaffte sie, durch Erfahrungen, die sie mit Jugendlichen in meinen Häusern sammelte, nach unserer Scheidung einen Abschluss als Erzieherin in Deutschland. Insofern hat sich unsere Ehe auch für sie gelohnt.«

Paul lacht, drückt die Stopp-Taste und überlegt eine Weile, ehe er die nächste Aufnahme startet.

»Aufnahme 93:

Ein neues Jahrtausend! Erinnert ihr euch? Überall Veranstaltungen, Reden, Vorsätze und Feuerwerk, aber das alltägliche Leben ging ebenso alltäglich weiter. Ein gewisser Umbruch in meinem Leben vollzog sich nur insofern, als ich meine gebrechlich gewordene Mutter aus Hamburg nach Stuttgart holte und Olga und ich häufiger als bisher zwischen Olhos und Möhringen pendelten. Was Fürsorge betraf, war Olga spitze. Das muss ich ihr lassen und bin ihr sehr dankbar dafür.

Dann der 11. September 2001! Ein Datum, das ich hier nicht auslassen will. Ein Dienstag. Wir waren in Olhos – es war ein schöner, warmer Tag. Gemeinsam mit vier Jugendlichen bereitete ich draußen im Hof gerade das Mittagessen vor, als die Nachbarin aus ihrem Haus gerannt kam und uns zurief, wir sollten schnell kommen und schauen – bei ihr lief von morgens bis abends der Fernseher –, es passiere gerade etwas Schreckliches. Wir rannten nach nebenan, stellten uns in die offene Tür und sahen diese schrecklichen Bilder, die ihr alle kennt, die ich euch nicht schildern muss, weil jeder sie in seinem Hirnkasten gespeichert hat. Die Nachbarin versuchte, die sich überschlagenden Stimmen der Kommentatoren für uns zu übersetzen, und als wir begriffen, dass uns eine gnadenlose Endlosschleife vorgeführt wurde, in der die beiden Flugzeuge immer und immer wieder in die beiden Türme flogen, immer wieder dieselben Menschen in die Tiefe sprangen, rief eines der Mädchen der Nachbarin zu, sie solle endlich den Fernseher ausschalten, sonst müssten die Menschen doch immer wieder sterben. Das sei nicht fair! Eine Überlegung, die ich bemerkenswert fand. Wir gingen zurück in unseren Hof, saßen lange zusammen und sprachen über das, was wir gesehen hatten. Mir schien, die Welt habe sich verdunkelt.

Erinnert ihr euch, wie schnell es dann ging, dass die Schuldigen gefunden waren – arabische Studenten der Hamburger TU, die eine Flugschule in den USA besucht und diesen Terroranschlag akribisch in ihrer Zweizimmerwohnung in der Harburger Marienstraße geplant hatten. Wut auf den Verfassungsschutz packte mich, hatten die denn nichts davon mitgekriegt? Andererseits befiel mich Skepsis. Wie konnte es sein, dass so schnell herauskam, wer die insgesamt vier Piloten waren – es wurden ja noch zwei weitere Flugzeuge gekapert und an anderen Orten in den Untergang geflogen. Über Nacht schwappte alles Wissenswerte über sie in die Medien: Namen, Lebensläufe, Fotos. Von einem Tag auf den anderen standen nicht nur diese vier Gesichter, sondern mit ihnen die gesamte arabische Welt am Pranger, inklusive des angeblichen Kopfes der Terrorgruppe Al-Qaida, Osama Bin Laden. Endlich schien es plausibel, ihm den Krieg zu erklären. Ja, so dachte ich damals. Längst gibt es weitere Fragezeichen, die Radikalisierung des fundamentalistischen Islam kann auch ein Alt-Linker nicht mehr leugnen. Die Initialzündung dafür hatte im Februar 1989 wohl der iranische Ajatollah und Revolutionsführer Chomeini mit der Fatwa über Salman Rushdie gegeben, nachdem dessen Roman *Die satanischen Verse* erschienen war, verbunden mit einem Kopfgeld für die Tötung des Autors. Dieses wurde dann ja im Lauf der Jahre immer weiter erhöht. Hat je ein anderes Buch eine solche Aufmerksamkeit erregt? 2018, in einer meiner Chemo-Pausen, sah ich auf ARTE einen Dokumentarfilm über diesen Autor. Für ihn, sagte er, sei damals die größte Überraschung gewesen, dass die Religion auf die Bühne der Geschichte zurückgekehrt war.«

Paul stoppt, schaut auf die Uhr. Kicker-Zeit! Kuno, bitte, wo bleibst du denn? Es ist jetzt bald genug mit Weltgeschichte. Paul braucht jetzt dringend eine Ablenkung. Er horcht, aber nichts kündigt die baldige Rettung an.

»Aufnahme 94:

Das World Trade Center ist längst wieder aufgebaut, aber die Wunde ist geblieben – und tiefer denn je. Politiker, Verfassungsschützer und Verantwortliche von der Polizei formulierten es so: Mit ›9/11‹ habe eine neue Zeit begonnen. Seitdem leben wir im Überwachungszustand – mit Sicherheitsschleusen, Gepäck- und Personenkontrollen. Die Zäune vor der amerikanischen Botschaft in Berlin und dem Generalkonsulat in Hamburg stehen noch immer, die Türen zu den Cockpits bleiben verschlossen. Kein kleiner Junge darf seinem Piloten mehr über die Schulter schauen. Die Unschuld ist verloren, der Terror schon fast zur Normalität geworden.

Habt auch ihr zufällig diesen Videoclip gesehen, der damals nach den Terroranschlägen durchs Netz geisterte? Ein junger Mann in einer von Staub und Trümmern bedeckten Straßenschlucht New Yorks, um ihn fliehende Menschen, er hält ein Pappschild hoch, auf dem nur zwei Worte stehen: Free Hugs. Und tatsächlich, ein paar Menschen halten inne und lassen sich von ihm umarmen.«

Stopp-Taste.

Paul checkt wieder die Uhrzeit. Dann wird ihm bewusst: Das Kapitel Olga ist noch nicht zu Ende erzählt. Also weiter.

»Aufnahme 95:

Fast drei Jahre pflegten Olga und ich meine Mutter, am 3. November 2003 erlosch ihr Lebenslicht, sie wurde dreiundneunzig Jahre alt. Zuletzt gelang es, die alten Fehden zwischen uns ruhen zu lassen. Ich akzeptierte das Unabänderliche: Meine Mutter war nun eine alte gebrechliche Frau, der Zeitpunkt, sich über die Vergangenheit auseinanderzusetzen, war angesichts ihres Übergangs in die Ewigkeit verpasst.

Am Tag der Beerdigung lieferte mir Olga die letzte große Schlacht, weil ihre Vorstellung, wie eine solche Feierlichkeit auszusehen habe, der meinen konträr gegenüberstand. Übrigens auch gegenüber der eines evangelischen Pfarrers in Möhringen. Das allerdings interessierte Olga nicht. Für sie gehörten an ein Grab ein Priester im Gewand, mit Weihrauchfass, Ministranten und allem rituellen Pomp. Als sie merkte, dass in dieser Sache nichts zu machen war, griff sie voll in die Tasten ihrer Klaviatur, blieb der Beerdigung fern und teilte mir am folgenden Tag mit, dass sie sich trennen wolle, ich sei als bald Sechzigjähriger viel zu alt für sie. Sie wolle noch was erleben. Ein harter Brocken!

Aber wie schon so oft in meinem Leben erwuchs auch aus dieser Krise etwas Gutes: eine weitere, längst überfällige Veränderung. Bis ich dann allerdings tatsächlich neu durchstarten konnte, dauerte es noch zwei Jahre: Am 15. September 2005, meinem 60. Geburtstag, übergab ich meine inzwischen vier Häuser in Olhos an Beatriz und Tiago und zog zurück nach Norddeutschland.

Letztlich ist man selbst ...«

Paul stoppt, er hört Stimmen im Haus, und schon im nächsten Moment stehen Kuno und sein syrischer Freund Ahmed bei ihm auf der Terrasse, Ahmed äußerst verlegen.

»Hab' Besuch mitgebracht«, sagt Kuno stolz. »Er hat mir aufgelauert.«

Paul ist erleichtert und legt den Rekorder zu Seite. »Schön, euch zu sehen. Setzt euch! Klappt die Stühle auf.«

Eigentlich ist Paul nur scharf darauf, Kuno von seinem geglückten Gehversuch zu berichten und mit ihm augenblicklich einen weiteren zu wagen. Aber er weiß, dass Ahmed dringend mit ihm reden will. Die Lage seines Freundes ist fatal, seit Monaten wartet er auf Nachricht von der Behörde. Alle Korrespondenz läuft nach wie vor über Pauls Adresse, weil Ahmed, als er 2015 nach Deutschland kam, zunächst hier wohnte, und weil Paul sein Bevollmächtigter ist.

»Sorry, ich wollte mich schon lange bei dir melden. Aber nach Aylas Tod … Setzt euch doch!«

Die beiden folgen Pauls Anweisung, und Ahmed legt ihm seine Hand auf den Arm. Er ist ein Mann, der sich lieber mit Gesten als mit Worten verständigt.

»Geht's euch gut?«, fragt Paul.

»So weit ja.«

»Leider habe ich keine Post für dich. Tut mir leid. Kuno, sei so nett, und mach' uns Tee.«

Aber Ahmed winkt ab.

Paul erklärt, er habe bei der Behörde »Dringlichkeit« geltend zu machen versucht, damit über Ahmeds Asylantrag endlich positiv entschieden wird. Am liebsten würde er Anzeige wegen Verfahrensverschleppung erstatten. »Ich möchte aber niemandem in der Behörde auf die Füße treten, verstehst du, ich weiß, wie empfindlich diese Leute sind und Kritik übel heimzahlen.«

Die letzten Sonnenstrahlen fallen auf Ahmeds Gesicht, er sieht müde aus. Er sitzt hier, im Garten seines Freundes, in einem Land, dessen Sitten er nie verstehen wird, in das es ihn verschlagen hat, weil er es nicht einsah, sein Leben nicht in den Trümmern von Aleppo zu beenden.

»Hättest du nicht Lust, oben einzuziehen?«, fragt Paul, plötzlich äußerst bestürzt über sein Versäumnis, seinem Freund diese Frage nicht schon längst gestellt zu haben. »Da steht eine komplett eingerichtete Wohnung leer.« Er gibt sich große Mühe, diesen Satz so beiläufig wie möglich fallen zu lassen, weil er weiß, dass sein Freund es hasst, als »Almosenempfänger« dazustehen.

Ahmed blickt auf. »Kann ich mir nicht leisten.«

»Vergiss es«, sagt Paul, »zieh ein, und dann sehen wir weiter. Der Garten schreit nach Kindern! Nur ihretwegen, verstehst du? Nur …«

Ahmed steht auf und drückt Paul die Hand. »Ich denk' darüber nach, ja?«

Paul nickt und bemerkt eine Träne auf Ahmeds Wange, ehe dieser sich Kuno zuwendet, ihm freundschaftlich auf die Schulter klopft und mit einem »Mach's gut!« verschwindet.

»Uff!« Auch Kuno hat die Situation eben angefasst, aber ehe er mehr sagen kann, winkt Paul ab.

»Kuno, ich kann wieder gehen!«

»Echt jetzt?« Kuno schaut verdutzt, dann fällt er ihm um den Hals, zieht sich aber ganz schnell wieder zurück, aus Angst zu weit gegangen zu sein. Paul sieht, dass er weint.

»Ich habe es heute Morgen vom Bett bis zum Fenster geschafft.« Paul muss aufpassen, dass er nicht auch zu heulen anfängt. »Ich hab' meine Beine einfach aus dem Bett bis zum Boden gestreckt, mich abgestoßen und dann einen Fuß vor den anderen gesetzt – bis zum Fenster.«

»Komm, wir versuchen's noch mal, zu zweit, wir sind stark!« Kuno ist Feuer und Flamme und stellt sich direkt vor Pauls Rollstuhl, packt dessen Hände und zieht. »Komm! Vertrau mir.« Das »V« kommt mehrfach über Kunos Lippen, aber Paul steht – und geht.

Kuno bleibt an seiner Seite, hält ihn, wenn er schwankt. Sie schaffen es, einmal den Terrassentisch zu umrunden und sogar noch ein paar Schritte über den Rasen zu gehen.

»Was hat Irene gesagt?«

»Gemeckert.« Beide lachen.

»Eigentlich«, sagt Kuno, während Paul wie gewohnt seine beiden Stullen isst, »eigentlich ist es Scheiße für mich, wenn es dir besser geht.« Paul knufft ihn in die Seite, aber Kuno meint es ernst: »Wenn du wieder gehen kannst, brauchst du mich nicht mehr.«

»Das dauert noch eine Weile«, beruhigt ihn Paul, wohl wissend, dass ein Riesenproblem auf sie beide zukommt, wenn er es wirklich schaffen sollte, eines Tages wieder ein selbstständiges Leben zu führen.

Am anderen Tag erreicht Paul die amtliche Nachricht vom Tod seiner Schwester – was ihm nicht sonderlich zusetzt. Schon zu lange waren sie einander entfremdet gewesen. Umso erstaunlicher ist es für ihn, dass ihm ein »Pflichtteil« ihrer schmalen Hinterlassenschaft avisiert wird, er möge seine Kontodaten übermitteln. Der Haupterbe sei ein Kieler Tierheim. Ja, Ulla, schmunzelt Paul, Menschen hast du nicht geliebt. Dass mir ein Pflichtteil zufällt, wird dich ärgern. Familiäre Bande bergen Überraschungen.

Als Herr Kranz nach seinem Ski-Urlaub wiederkommt und Paul ihn in der Tür stehend begrüßt, traut er seinen Augen nicht. Ob Paul gedopt sei, will er wissen, das sei doch aber …

»Verboten«, sagt Paul, »ich weiß. Darf ich Sie daran erinnern, Herr Kranz, dass ich monatelang in der entgegengesetzten Richtung unterwegs war? Aber trotz meiner momentan erfreulichen Situation geht mein Kampf für einen freien Zugang zu Natrium-Pentobarbital weiter.« Es gehe schließlich nicht allein um ihn, und niemand könne den weiteren Verlauf bei ihm voraussagen. Fürs Erste jedoch habe er das Burkitt-Lymphom samt IMMER DA und Irene besiegt.

Herr Kranz macht Meldung im Büro, Paul Gärtner auf seinen Geisteszustand zu untersuchen. Derlei »Ausraster« seien ihm zwar schon bei anderen Patienten zu Ohren gekommen und hätten sich meistens als harmlos erwiesen, sicherheitshalber rate er jedoch zur Abklärung.

Irene kennt Paul Gärtner inzwischen gut genug, um seine Sprüche einordnen zu können, nimmt die Meldung von Herrn Kranz freundlich entgegen, und damit ist die Sache für sie erledigt. Einigermaßen erstaunt ist sie dann aber doch, als Paul ihr ein paar Tage später die Kündigung des Pflegevertrags in die Hand drückt, zusammen mit einem Blumenstrauß, den Kuno besorgt hat – und sich aufrichtig bedankt. Es sei eine schöne Zeit mit ihr gewesen, er habe viel gelernt, jetzt brauche er sie allerdings nicht mehr. Er habe Kuno privat engagiert. Der junge Mann werde jeden Tag kommen und weiter mit ihm üben. Auch auf Herrn Kranz' fantastische Ost-Ausbildung könne er ab sofort fröhlich verzichten.

Irene setzt sich in ihr Auto, packt den Blumenstrauß auf den Beifahrersitz und protokolliert die Fakten sicherheitshalber in ihrem Dienstbuch, damit ihr aus weiteren Entwicklungen niemand einen Strick drehen kann.

WEITERE SECHS MONATE SPÄTER

Paul verschließt die Haustür, nimmt die beiden Koffer und steigt die vier Stufen zum Plattenweg hinunter. Wie verabredet, schiebt er den Schlüssel in eine Spalte des Treppenfundaments. Alles ist geregelt. Kuno kann, wenn er möchte, das Parterre des Hauses beziehen, oder es vermieten. Im ersten Stock wohnt schon seit ein paar Monaten Achmed mit seiner Familie.

Was Paul in den vergangenen zwölf Monaten zu seinem Leben einfiel, ist auf SD-Karte festgehalten. Seitdem er sich wieder frei bewegen kann, hat er keine Aufzeichnungen mehr gemacht. Selbst den Gedanken, den er abbrach, als Kuno und Ahmed damals zu ihm auf die Terrasse kamen – der Tag, an dem er sich getraut hatte, aufzustehen und zum ersten Mal wieder ein paar Schritte zu gehen –, hat er nicht mehr zu Ende geführt, gleichwohl er ihm sehr wichtig war. Nun ist es, wie es ist.

Den Rekorder und die noch leeren SD-Karten hat Paul in dem linken der beiden Eichenschränke verwahrt, direkt auf seinen Diplomarbeiten. Einmal hatte er kurz überlegt, ob er sich die insgesamt fünfundneunzig Aufnahmen nicht wenigstens einmal anhören und ein Stichwortregister anlegen sollte. Davon aber sofort wieder Abstand genommen und – wieder einmal – herzlich über sich gelacht. Wie tief der alte Lehrer doch immer noch in ihm steckte, obwohl er sich so bemüht hatte, ihn durch Missachtung aller Regeln Schachmatt zu setzen.

Sein inzwischen einigermaßen geordnetes Archiv hat Paul zwei »Geschichtswerkstätte« überlassen – die ob der Fülle des Materials etwas stöhnten. Aber er hatte gemeint, gemessen an allem, was man unbedingt wissen sollte, was es noch aufzudecken oder anzuprangern gab, sei das, was er gesammelt habe, ein Witz.

Zuletzt hatte er noch Material über ein Massengrab am Handeloher Bahnhof zusammengestellt. Am 9. April 1945 waren hier tot aus einem Transportzug gezogene oder von Bewachern bei Fluchtversuchen auf dem Bahnhof erschossene Häftlinge verscharrt worden. Der Zug war unterwegs von Nordhausen, KZ »Mittelbau-Dora«, nach Bergen-Belsen gewesen. Die Alliierten rückten näher. Eine Nacht hatten die Waggons, in denen etwa fünftausend Menschen, seit vier Tagen ohne jegliche Versorgung, eingepfercht waren, auf einem

Gleis dieses kleinen Bahnhofs gestanden. Als Jugendlicher war Paul hier, am Rande der Lüneburger Heide, häufig ausgestiegen – auf dem Weg zu Konfirmandenfreizeiten und Jugendlagern in dem alten umgebauten Schafstall. Hier hatte er mit Mädchen am Bahndamm gelegen, geknutscht und sich über ein paar Sonnenstrahlten gefreut. Kein Lehrer, kein Pfarrer hatte jemals das Massengrab am Handeloher Bahnhof erwähnt. Das, so meint Paul, ist eine Schande. Einige Unterlagen dazu hat er in seinen Blog gestellt. Mitte der 50er-Jahre war das Grab aufgelöst und die Gebeine der 65 Toten auf dem Ortsfriedhof beigesetzt worden. Auch das wurde im Religionsunterricht nicht erwähnt, obwohl es sich doch fast vor aller Augen zugetragen hatte.

Paul geht nicht davon aus, dass Steven eines Tages nach Deutschland kommen und Interesse an seinem Haus bekunden wird. Trotzdem hat er ihn sicherheitshalber notariell enterbt. Die Einzige, die Interesse an seinen Aufzeichnungen habe könnte, ist Jenny, seine Enkelin. Für sie hat Paul eine Skizze eingescannt, anhand derer sie den Platz des Rekorders finden kann. Sie weiß auch, dass Ahmed ein Wohnrecht auf Lebenszeit in seinem Haus hat, und ansonsten Kuno nicht nur Ansprechpartner für alles ist, sondern zusammen mit Amar und Milad, Aylas Söhnen, und ihrer Schwester zur Erbengemeinschaft gehört.

Als Paul vor ein paar Wochen sein Versprechen wahrmachte und die drei in Hamburg besuchte, hatte es ihn sehr berührt, wie die beiden kleinen Kerlchen sich freuten, ihn wiederzusehen. Das Schönste für ihn aber war zu sehen, wie gut sie in ihrer Umgebung integriert sind. Beim Abschied hat Paul der Schwester eine Telefonnummer gegeben, unter der sie ihn jederzeit erreichen könne, allerdings müsse sie, falls er dringend gebraucht werde, mit mindestens drei Tagen bis zu seiner Ankunft rechnen. Dass Paul ein besonderer Mann ist und sich von dem, was er vorhat, nicht abbringen lässt, weiß Aylas Schwester seit dem Moment, als er damals im ICE zwischen Stuttgart und Hamburg sagte: Ich hol' Sie! Also hat sie es bei der Telefonnummer bewenden lassen und keine weiteren Fragen gestellt.

Fünf Jahre sind seit dem Ausbruch der Krankheit vergangen. Eine magische Zahl für Krebspatienten. Wer diesen Zeitraum ohne Auffälligkeiten hinter sich bringt, für den stehen die Zeichen auf Weiterleben. In dem Umschlag, der den abschließenden Arztbrief enthielt, fand Paul auch einen kleinen handschriftlich geschriebenen Zettel: Gratulation!

»Mit Saure-Gurken-Schnipseln hab' ich dich doch hübsch hochgepäppelt.« Bei ihrem letzten gemeinsamen Abendessen hatte Kuno seinem Stolz freien Lauf gelassen, und Paul hatte ihm seine Tagebücher überreicht, die er als Fünfzehn- und Sechzehnjähriger geschrieben hatte. Sie in seinen Papierbergen zu finden war eines seiner Ziele gewesen, für den Fall, dass er es schaffen sollte, wieder ein »Freigänger« zu werden. Kuno, total gerührt, hatte sich gleich neben Paul gesetzt und das erste Heft aufgeschlagen:

November 1961. Seit etwa zwei Jahren trage ich den Gedanken mit mir herum, meine Biografie zu schreiben, und ich bedauere, erst jetzt anzufangen.

Beide hatten über den gestelzten Satz eines altklugen Jungen geschmunzelt, der, als er zwei Jahre später die Schule verließ, seiner Lehrerin *Herrn Arnes Schatz* schenkte, um sie das Fürchten zu lehren, wie Paul Kuno erzählte, auch wenn dieser Selma Lagerlöfs Erzählung nicht kannte. Anschließend hatten sie sich noch über das Zitat des Dichters Hans Carossa unterhalten, das Paul seinem Biografie-Fragment vorangestellt hatte: *Denn während sich das niedrigste Tier als abgeschlossen und vollkommen empfinden darf, spüren wir Menschen ein Leben lang, dass wir nur ein Entwurf sind.*

Nur ein Entwurf. Das hatte Kuno gefallen.

Zuletzt hatten sie sich beide in den Arm genommen und es geschafft, nicht loszuheulen.

Beim Abschied von Ahmed, seiner Frau und den beiden Kindern gab es allerdings Tränen – was Paul nicht anders erwartet hatte. Jetzt, als er das Haus verlässt, respektieren alle seinen Wunsch, ihm nicht zu winken.

Paul hat sich ein Taxi bestellt, das ihn und sein Gepäck zum Flughafen bringt. Er wird in die Maschine nach Lissabon steigen, aber nicht in Portugal, seinem einstigen »Traumland« bleiben, sondern ein paar Stunden später weiterfliegen nach Boa Vista, einer der nördlichen Kapverdischen Inseln, weit draußen im Atlantischen Ozean, fünfhundert Kilometer westlich vom Senegal.

Eine seiner Jugendfreundinnen, von der er jahrzehntelang nichts gehört hatte, war nachdem sie eines seiner Statements über »Selbstbestimmtes Sterben« gelesen hatte, bei ihm aufgetaucht und hatte ihm von dieser Insel erzählt. Von dem angenehmen Klima – du sehntest dich doch schon immer nach Wärme –, den einsamen weißen Stränden, vor allem aber den freundlichen Menschen, die sich 1975 von Portugal gelöst hätten und stolz auf ihre Unabhängigkeit seien.

Auch die Musik dort werde ihm gefallen. Das Negative: Selbst diese kleine Insel werde von chinesischen Billigläden und Supermärkten überschwemmt, was für die sehr arme Bevölkerung natürlich verführerisch sei. Lebensmittel seien teuer. Aber er werde auch offene Märkte finden und sich mit den immer lachenden Marktfrauen per Handzeichen anfreunden. Die Landessprache sei Kreol, das werde er vermutlich nicht mehr lernen. Die junge Bevölkerung bemühe sich aber um Englisch. Diese Freundin hatte nach mehreren Aufenthalten auf der Insel beschlossen, dorthin auszuwandern, bis ein Unfall ihre Pläne zunichtemachte. Sie sei jetzt auf ständige ärztliche Versorgung angewiesen, die es dort nicht gebe.

Eine Weile nach dem Besuch dieser Freundin entschloss sich Paul, seine Zelte in Norddeutschland abzubrechen, die kleine Erbschaft seiner Schwester in den Umzug nach Boa Vista zu investieren, und die letzte Zeit seines wiedergewonnenen Lebens dort zu verbringen. Die vielen Schläge, die er infolge Ullas Missgunst hatte einstecken müssen, sah er so aufs Allerschönste abgegolten. Die laufenden Kosten würde seine Rente abdecken.

Das Abschiedsgespräch mit Stefan Ruppert hatte lange gedauert. Sein Anwalt wollte ihn von seinem Vorhaben abbringen und meinte, man brauche ihn hier in Deutschland, um das Anliegen auch physisch sichtbar voranzubringen – jetzt, da er wieder laufen könne, sei er dafür der ideale Mann. Aber Paul hatte argumentiert, sein Gesicht kenne man jetzt, und wenn er, Ruppert, es für hilfreich hielte, könne er gern ein Foto von Paul verwenden, aber gesagt sei wirklich alles. Jeder, der sich mit diesem Thema beschäftige, wisse, dass Paul Gärtner Autonomie fordere – auch in Bezug auf die Herbeiführung des eigenen Todes. Er habe genug von hohlen Politiker-Phrasen, dafür sei ihm das wiedergewonnene Leben zu schade. Er gehe davon aus, dass Ruppert ihn per E-Mail oder Skype auf dem Laufenden halten werde.

Zuletzt hatten sich die beiden ihrer Freundschaft versichert, sich umarmt, und Paul hatte noch kurz erwähnt, dass er tatsächlich seine »Jenseits-Überlegungen« fortgeführt habe. Er halte es nicht mehr für völlig ausgeschlossen, dass nach dem Tod irgendetwas folge. Ganz im Sinne Rilkes, der jenes fremde Land das *gut gelegene* nannte. Rupert hatte gelacht und gemeint, sein Revier seien nach wie vor Gesetze.

Die Freundin hatte Paul auch von einem einsamen Friedhof erzählt und in ihrer trockenen norddeutschen Art gemeint, der sei was für ihn.

Ein paar Tage nach seiner Ankunft auf Boa Vista wird Paul Gärtner tatsächlich die staubige Straße vom Praia de Cabral landeinwärts zu diesem Friedhof laufen und sich dort nach einem Grabplatz umsehen. Er wird die verstaubten Plastikblumen auf den Grabstätten betrachten, fremde Namen lesen und bemerken, dass die meisten Geburts- und Todesdaten nicht weit auseinanderliegen. Auf dieser Insel werden offenbar nur wenige Menschen so alt, wie er es jetzt ist.

Mit dem Sterben wird Paul Gärtner noch warten. Er wird in seiner Wohnung am Marktplatz von Sal Rei leben, die er von einer Italienerin gemietet hat. Sie veranstaltet Inseltouren für Touristen in ihrem Pick-up, hatte, als Corona ausbrach, gerade eine Eselsfarm hochgezogen und muss seitdem um ihre Existenz kämpfen, wie alle Menschen hier. Es gab Suppenküchen von Hilfsorganisationen für die Einwohner, um sie vor dem Verhungern zu bewahren.

Vom Fenster aus wird Paul den Kindern zusehen, wenn sie abends auf dem großen Platz im nicht mehr funktionierenden Springbrunnen spielen und sonntags lärmend in Scharen zum Gottesdienst in die weiß-blau gestrichene Kirche Sao Isabel drängen. Hektisch zur Ordnung ermahnt von weiß behaupten Nonnen. Er wird den aufdringlichen Taxifahrern aus dem Weg gehen, im schattigen Innenhof des Gästehauses »La Boaventura« sitzen und frische Maracujas von den Zweigen pflücken, die, von einem Draht gehalten, zu einem Sonnensegel über dem Innenhof verwachsen sind. Abends, in den Bars, wird ihn der inseltypische Rhythmus der Musik mitreißen. Er wird an den endlosen Stränden entlanglaufen, die Füße im Wasser – manchmal noch an den Rollstuhlfahrer Paul Gärtner, gefangen im Wohnzimmer eines roten Backsteinhauses in Norddeutschland, zurückdenken – und die Sonne wie einen roten Ball über dem Meer untergehen sehen. Nachts wird er sich hin und wieder Musik von Johann Sebastian Bach auf sein iPad laden. Er wird an seinen Freund Ed denken, der ihm aus dem Keller in den ersten Stock des Lebens half, wo es Bildung und Kultur gibt – und keine Gewalt.

Medizinische Versorgung braucht Paul Gärtner nicht mehr. Die Dosis Natrium-Pentobarbital ist für den Tag X gut verwahrt.

EPILOG

Paul Gärtner wird niemandem verraten, von wem er das Medikament bekommen hat. Vielleicht ist es ihm gelungen, einen befreundeten Tierarzt zu bestechen. Vielleicht hat auch sein Rechtsanwalt es ihm besorgt. Seine Klage »wegen Erlaubnis zum Erwerb eines Betäubungsmittels zur Selbsttötung« wurde vom Oberverwaltungsgericht von Nordrhein-Westfalen abgelehnt. Sein Anwalt hat Revision eingereicht.

Das Zentralkomitee der deutschen Katholiken fordert jetzt »Schutzräume vor Suizidbefürwortern«, Priester warnen ihre Gläubigen, sie würden keine »Letzte Ölung« in Anspruch nehmen können, sollten sie den Wunsch nach einem assistierten Suizid äußern. Hingegen ist die evangelische Kirche mit einem Vorschlag, »Schutzräume« für diejenigen zu schaffen, die ihrem Leben in autonomer Selbstbestimmung ein Ende setzen wollen, an die Öffentlichkeit getreten, und drei Entwürfe eines Gesetzes zur Regelung der Suizidhilfe wurden von Abgeordneten in den deutschen Bundestag eingebracht.

Wohl noch lange werden nicht nur Paul Gärtner und Stefan Ruppert diese sich inhaltlich ständig wiederholenden breizähen Debatten – egal welcher Partei – verfolgen. Es wird noch einige Zeit dauern, bis sich die in allen Belangen sonst selbstverständliche Selbstständigkeit auch in Bezug auf den eigenen Tod im Bewusstsein einer aufgeklärten Gesellschaft verankert, und jeder, der dies möchte, auf legalem Weg zu dem einzigen Medikament greifen kann, das ihm einen sanften, sicheren – und eigenverantwortlich bestimmten – Tod gewährt.

Ich danke dem Freund,
der mir seine Geschichte
anvertraute, und es ermöglichte,
Paul Gärtner auf die Reise
zu schicken.

Von der Autorin weiterhin lieferbar

Roswitha Quadflieg
Ihr wart doch meine Feinde
Roman
Hardcover mit Lesebändchen
und Schutzumschlag
ISBN 978-3-86730-224-1

Ein Kammerspiel. Eine Farce? Eine Satire?
Roswitha Quadflieg erzählt von einem Begräbnis und dem darauf folgenden »Leichenschmaus«, der keiner ist, weil er keiner sein soll. Eine Informantin in Diensten der Staatssicherheit der DDR wird zu Grabe getragen und was dann folgt, ist eine Erzählung in bester dürrenmattscher Diktion: Eine Anhörung unterschiedlichster Meinungen und Kommentare.
Und am Ende passiert ein Mord. Warum?

Ein Gesellschaftspanorama als Kammerspiel.

»Mit atemraubender Spannung und feiner Nuancierungen … baut die Autorin das grausame Interieur einer durch Lügen, Verrat, Unterdrückung und Gewalt gezeichneten Gruppe von Menschen auf.«
Lerke von Saalfeld in der *Frankfurter Allgemeinen Zeitung*

Lektorat
Cornelia Heinrich, Leipzig

Gestaltung
Thomas Walther, BBK, Dresden

Satz
Ö GRAFIK, Dresden

Schrift: Adelle
Papier: Munken Premium cream

Druck und Bindung
cpi, Ulm

Aus Gründen des Umweltschutzes
schweißen wir unsere Bücher nicht
mehr ein.

ISBN 978-3-86730-240-1

Dieses und weitere Bücher
finden Sie auch im Internet unter
www.verlagfaberundfaber.de